Erika Kroell
Der Fremde im Spiegel

Bisher von der Autorin bei KBV erschienen:

Dunkle Schwestern
Irre
Erst eins, dann zwei
Du siehst mich nicht
Der Fremde im Spiegel

Erika Kroell lebt und arbeitet als Rundfunk-Journalistin und Schriftstellerin im Ahrtal. Sie hat mehrere Krimis und phantastische Romane verfasst und ist Autorin zahlreicher Kurzgeschichten in beiden Genres. Sie ist Mitglied im Deutschen Sherlock-Holmes-Club, bei MinD, im *Syndikat* und im Verband Deutscher Schriftsteller.

Erika Kroell

Der Fremde im Spiegel

KBV

Originalausgabe

www.kbv-verlag.de
E-Mail: info@kbv-verlag.de
Telefon: 0 65 93 - 99 86 68
Fax: 0 65 93 - 99 87 01
Umschlagillustration: Ralf Kramp
Lektorat: Nicola Härms, Rheinbach
Druck: Aalexx Buchproduktion GmbH, Großburgwedel
Printed in Germany
ISBN 978-3-942446-22-8

1. Kapitel

Heiligabend, eine Villa am Johannisberg, Bad Neuenahr

Das dumpfe Tappen vieler Füße auf den Eingangsstufen ließ Margret aufhorchen. »Die Weihnachtssänger sind da«, rief sie und drehte die Hitze unter der Suppe niedriger.

»Komm, Herbert!« Sie wischte ihre Hände an einem Küchenhandtuch ab, hängte ihre Schürze an den Haken und lief zur Haustür. Einige der Sänger, allesamt in rot-grüner Kleidung, klopften sich noch die schneebedeckten Stiefel an der untersten Treppenstufe ab, andere hatten schon die kleine Plattform vor der Haustür erklommen.

»Wie schön, dass Sie wieder da sind«, rief Margret ihnen entgegen und klatschte vor Freude in die Hände. »Darauf freue ich mich jedes Jahr ganz besonders.« Sie wandte den Kopf. »Herbert, nun komm schon.«

Die Sänger, drei Frauen und drei Männer, stellten sich in einem Halbkreis auf und stimmten *Stille Nacht* an. Margret lauschte mit einem Lächeln, das sich vertiefte, als sie Herberts Hand auf ihrer Schulter spürte.

Die Sänger ließen *Leise rieselt der Schnee* folgen, was tatsächlich der Wahrheit entsprach und Margrets Weihnachtsfreude noch steigerte, nahmen Beifall und zwanzig Euro entgegen und zogen wieder ab, um andere Menschen zu beglücken.

Margret wollte eben die Haustür schließen, als ein silberner Wagen in die Einfahrt rollte und vor der Garage stehen blieb.

»Die Kinder sind da!« Herbert strebte bereits seinem Sessel im Wohnzimmer zu, drehte aber wieder um und kehrte an die Haustür zurück.

»Frieder! Lissi! Ich bin ja so froh, dass ihr da seid. Jetzt feiern wir wie früher, als ihr noch klein wart. Ein richtiges Familienweihnachten!«

Die beiden jungen Leute ließen sich umarmen und versuchten, der überbordenden Begeisterung ihrer Mutter standzuhalten. Herbert begnügte sich mit einem Händedruck für Frieder und einem Küsschen auf Lissis Wange, brummelte irgendwas möglicherweise freundlich Gemeintes und trat den Rückzug ins Wohnzimmer an. Margret schob ihre Kinder hinter ihm her.

»Gleich kommen die Weihnachtssänger. Erinnert ihr euch noch daran? Sie kommen jedes Jahr und singen vor unserem Haus.« Herbert runzelte die Stirn und schüttelte leicht den Kopf.

Wenig später saßen sie um den großen Esstisch auf unbequemen antiken Stühlen mit geschnitzten Rückenlehnen und kämpften sich an einem Weihnachtsessen ab, das leicht ein kleines Dorf gesättigt hätte. Der große Weihnachtsbaum vor der Glastür zur Terrasse war reich geschmückt und strahlte, das Licht zahlloser Kerzen brach sich in den glänzenden Kugeln, aus dem CD-Player erklang leise Weihnachtsmusik, und Margret versuchte als Einzige, eine Unterhaltung in Gang zu bringen, berichtete aus der Nachbarschaft und vom Geschäft, fragte nach den Fortschritten beim Studium und schelmisch, ob es neue Freunde gäbe, und nahm mit glücklichem Lächeln die kargen Antworten zum Anlass, die nächste Episode oder Frage anzuschließen. Herbert sagte kein Wort, blickte nur hin und wieder von einem zum anderen und hoffte um Margrets Willen, sie würde ihren Kindern nicht allzu sehr auf die Nerven gehen. Der Abend sollte nicht wieder im Streit enden.

Nach dem Essen packten sie ihre Geschenke aus. Lissi hielt ein beigefarbenes Twinset mit Kristallknöpfen in die Höhe. »Danke, Mama, das ist wirklich sehr schön«, kommentierte sie matt, gab ihrer Mutter einen Kuss auf die Wange und ließ Jäckchen und Pulli wieder in die Schachtel fallen, die sie niemals mehr verlassen würden, es sei denn in »Petras Lädchen« in Bad Neuenahr.

Frieder wickelte das unvermeidliche Schreibset aus – Füllfederhalter, Kugelschreiber, Drehbleistift in edlem Dunkelgrün – und überlegte, schon während er sich artig bedankte, an wen er es diesmal weiterschenken würde. Walter, dachte er, der hat noch keins bekommen.

Jetzt griff Margret zu den Geschenken der Kinder und entblätterte ein großformatiges Acrylgemälde, das Lissi gemalt hatte.

»Das ist aber schön«, hauchte sie, platzierte das Bild auf einem Stuhl und betrachtete es aus einigem Abstand. Farbige Objekte, durchzogen von Linien, umrahmt von Schleifen, durchbrochen von Mustern. »Was stellt es denn dar?«

Lissi atmete tief ein und aus. »Es stellt nichts dar, Mama. Es ist abstrakt. Ich habe es *Sommermorgen* genannt.«

»*Sommermorgen*. Sehr schön. Vielen Dank, Liebes.«

Frieders Geschenk war kleiner und entpuppte sich als Buch mit dem Titel *Abendrot*. Margret drehte es etwas ratlos hin und her.

»Es ist eine Kurzgeschichte von mir drin«, erklärte Frieder. »Meine erste veröffentlichte Kurzgeschichte.« In seiner Stimme klang ein Hauch Stolz, aber auch Unsicherheit mit.

»Oh, das ist ja nett. Ich werde sie morgen lesen.« Margret legte das Buch beiseite und stand auf. »Jetzt mache ich uns Kaffee.«

Frieder griff nach der Fernbedienung und schaltete den Fernseher ein, um ihnen eine mühsame Unterhaltung mit dem Vater zu ersparen. Doch Herbert schaltete das Gerät sofort wieder aus.

»Irgendwelche neuen Zukunftspläne?« Seine Sprache war knapp und hart und implizierte bereits die Enttäuschung, die die Antwort unweigerlich mit sich bringen würde.

Lissi straffte die Schultern und sah ihrem Vater in die Augen. »Nun, Frieder hat seine erste Geschichte verkauft, also will er wohl immer noch Schriftsteller werden. Und mein Bild deutet darauf hin, dass ich nach wie vor male.«

Herbert nickte mehrmals langsam. Dann schaltete er kommentarlos den Fernseher ein und wandte sich ab.

Lissi warf einen Blick auf Frieder, doch der ballte die Fäuste im Schoß und starrte auf den Bildschirm.

»Ich helfe Mama in der Küche.« Sie erhob sich und verließ das Zimmer.

Obwohl die Stimmen einer Weihnachtsshow aus den Lautsprechern des Fernsehers schallten und die CD immer noch lief, wurde das Schweigen zwischen Frieder und Herbert immer drückender. Als Frieder schließlich glaubte, nicht mehr atmen zu können, schaltete Herbert den Fernseher wieder aus.

»Da weder du noch deine Schwester sich für das Geschäft interessieren, werde ich es verkaufen.« Frieders Kopf ruckte herum. »Verkaufen? Ist das dein Ernst?«

Herbert nickte. »Absolut. Deiner Mutter geht es gesundheitlich nicht allzu gut. Wir werden uns ein kleines Haus auf dem Land kaufen und uns zur Ruhe setzen.«

Frieder schluckte und versuchte abzuschätzen, was das für ihn und Lissi bedeutete. Doch die Frage blieb nicht lange unbeantwortet.

»Wir werden euch dann nicht mehr finanziell unterstützen können, aber ...«, Herberts Lippen verzogen sich zu einem spöttischen Grinsen, »... als Schriftsteller und als Malerin werdet ihr sicherlich ein gutes Auskommen haben.«

Die Kaffeemaschine blubberte leise. Margret stellte Tassen, Zucker und Milch auf einem silbernen Tablett zusammen. Lissi zog einen Stuhl vor und setzte sich.

»Frieder und ich verbringen Silvester mit ein paar Freunden auf einer Skihütte«, erzählte sie.

»Das ist schön, Schatz. Wann fahrt ihr denn?«

»Morgen.«

»Ihr übernachtet aber doch heute hier, oder? Ich hab eure Zimmer schon vorbereitet.«

»Nein, Mama. Nach dem Kaffee fahren wir wieder. Wir müssen noch packen.«

»Aha, na gut. Bring doch schon mal das Geschirr rüber.«

Lissi nahm das Tablett und trug es ins Wohnzimmer. Die Stimmung im Raum hatte sich verändert. Irgendetwas war in der Zwischenzeit zwischen Frieder und ihrem Vater vorgefallen. Prüfend blickte sie beide an. Frieder unterdrückte offensichtlich seine Wut, und Herbert schien auf unangenehme Weise zufriedener als vorhin. Schnell lief Lissi wieder in die Küche. Margret stellte Tassen und Untertassen auf einem Tablett zusammen. »Ah, Lissi, du kommst gerade recht«, sagte sie und lächelte Lissi freundlich an. »Bring doch schon mal das Geschirr ins Wohnzimmer.«

Verblüfft sank Lissi auf den Stuhl. »Ist alles in Ordnung mit dir, Mama?«

Margret wandte sich ihr zu. »Aber natürlich, Schatz, mir geht es blendend.« Sie nahm die Kaffeekanne aus der Maschine. »Ich hab übrigens eure Zimmer schon vorbereitet.«

Eine Stunde später setzte Lissi Frieder vor dem Haus in Bonn-Endenich ab, in dem er in einer Zwei-Zimmer-Wohnung im dritten Stock lebte, und steuerte den Wagen anschließend über verschneite Straßen zu ihrer eigenen Wohnung. Fröhliche Weihnachten, dachte sie.

2. Kapitel

Silvester, eine Hütte im Schnee
in der Nähe von Schleiden in der Eifel

»Okay, Leute, gleich ist es so weit!«
Walter hielt den Blick fest auf seine Armbanduhr gerichtet und begann zu zählen: »Zehn, neun, acht …«

Julia, Lissi und Frieder nahmen ihre Sektgläser vom Tisch und lauschten dem Countdown. Um Mitternacht stießen sie miteinander an und tauschten die üblichen guten Wünsche, dann schlüpften sie schnell in ihre warmen Jacken und gingen in den Schnee hinaus. Von hier oben genossen sie einen prächtigen Blick auf die kleine Stadt am Fuß des Berges, wo jetzt an vielen Stellen Feuerwerkskörper gezündet wurden. Laut schallten die Explosionen hundertfach zu ihnen hoch, die Funken stoben in allen Farben auf sie zu. Walter hatte ebenfalls mehrere Pakete Silvesterraketen mitgebracht und machte sich daran, sie in am früheren Abend eingegrabenen leeren Weinflaschen aufzustellen und zu zünden. Bald richteten alle vier die Blicke mal aufwärts, um Walters Raketen zu verfolgen, mal abwärts, um die Lichter aus dem Tal nicht zu versäumen.

Schließlich hatte Walter alle Raketen gezündet, und auch im Tal wurden die Explosionen weniger. Durchgefroren liefen sie in die Hütte zurück. Lissi griff nach ihrem Handy. »Ich ruf mal zu Hause an«, sagte sie und wählte eine Nummer. »Besetzt.«

Sie klappte das Telefon wieder zu. »Ich versuch's später noch mal.«

Julia und Walter hatten mehr Erfolg und telefonierten beide kurz mit ihren Eltern.

Danach spielten sie ein Kartenspiel, dessen Sinn hauptsächlich darin bestand, dass der Verlierer einen Schnaps trinken musste. Alle verloren gern und oft, und bald tranken sie, auch ohne Karten zu spielen. Als Lissi irgendwann die Wahlwiederholungstaste an ihrem Handy drückte, äußerte Walter Zweifel, ob sie einen ordnungsgemäßen Neujahrswunsch überhaupt noch aussprechen könnte. Das Besetztzeichen ersparte ihr die Verlegenheit.

»Vielleicht sind die Leitungen überlastet«, mutmaßte Julia und verschliff die eine oder andere Wortendung, sodass Lissi auf den Nachhall der Worte in ihrem Kopf warten musste, um sie zu verstehen. Dann nickte sie.

»Oder sie schlafen schon und haben den Hörer ausgehängt, um nicht gestört zu werden. Egal. Morgen ist auch noch ein Tag.«

Sie schliefen bis in den späten Vormittag, unternahmen einen ausgedehnten Spaziergang durch die tief verschneiten Wälder rings um die Hütte und räumten anschließend auf. Den Müll und die leeren Flaschen verteilten sie gleichmäßig auf ihre beiden Wagen. Am späten Nachmittag brachen sie auf.

3. Kapitel

2. Januar, ein Wald bei Eupen/Ostbelgien

Trotz des dichten Blätterdachs waren die Waldwege rund um den Stausee schneebedeckt. So viel Schnee wie in diesem Winter war lange nicht gefallen. Auch an diesem Morgen schneite es ununterbrochen. Rutger schritt gemächlich aus und hinterließ mit seinen schweren Stiefeln tiefe Abdrücke im Schnee, der ihm bisweilen an die halbe Wade reichte. Auch Ferdi, sein acht Monate alter Terrier, tat sich schwer, die für ihn bauchhohen kalten Hürden zu überwinden, doch seine Freude am Laufen und Springen ließ er sich dadurch nicht nehmen.

»Ferdi, bei Fuß!« Rutger wurde nicht müde, die immer gleichen Befehle zu geben und den Hund, wenn er denn gehorchte, was durchaus vorkam, zu loben, in der Hoffnung, seine Erziehungsmaßnahmen zeitigten Erfolg.

Diesmal beliebte es Ferdi, an Rutgers Seite zu schlüpfen. Obwohl Rutger den Verdacht hatte, dass der Hund sich nur ein wenig von der Mühsal des Rennens ausruhen wollte, tätschelte er ihm lobend den Kopf und sagte: »Brav, Ferdi. Gut gemacht.«

Rutger trug seine Jagdflinte geschultert, eine Franchi Alcione, doch mehr aus Gewohnheit als aus der Absicht, tatsächlich Wild zu schießen. Er litt noch unter der ausschweifenden Silvesterfeier und bezweifelte, irgendein bewegliches Ziel treffen zu können. Nicht heute.

Der Spaziergang in der kalten, klaren Winterluft tat seinem strapazierten Kopf gut. Mit jedem Atemzug spürte er, wie die Nachwirkungen des Alkohols hinauswehten und sich die hoffentlich nur geringfügig reduzierten Gehirnzellen wohler fühlten.

Ferdi hatte das vorangegangene Lob bereits Sekunden später vergessen und sprang wieder munter durch den Schnee. Hin und wieder schüttelte er den Kopf und nieste, wenn er beim Eintauchen in die weißen Flocken einige davon eingeatmet hatte.

»Ferdi, bei Fuß!«, sagte Rutger und widerstand der Versuchung, zur Bekräftigung an der Leine zu ziehen. Der Hund sollte aus eigenem Willen seinen Befehlen folgen. Eigentlich ein Widerspruch in sich, dachte Rutger, aber so läuft Erziehung nun mal.

Diesmal hatte Ferdi jedoch keinen Sinn für Erziehung und schlug sich stattdessen seitlich ins Unterholz. An einer Stelle zwischen hohen Buchen begann er, wie wild zu scharren. Schnee schleuderte nach allen Seiten, und Rutgers dicke Baumwollhose war bald bedeckt davon.

»Was ist denn los, Ferdi?« Rutger trat näher und begutachtete die Stelle, die das Interesse seines Hundes so sehr erregte. Unter dem Schnee tauchte Waldboden auf, verrottete Blätter und braune Erde, kleine Äste und einige Vogelfedern. Ein Vogelkadaver, vermutete Rutger und ließ den Hund graben. Sobald er den Kadaver freigelegt hatte, würde er sich wieder beruhigen.

Ferdi grub und scharrte, als ginge es um sein Leben. Rutger beobachtete geduldig seine Fortschritte. Plötzlich sah er etwas Helles durch den Erdboden schimmern und zog Ferdi abrupt an der Leine zurück. »Bei Fuß!«

Der Hund gehorchte nicht, und Rutger zog ihn gewaltsam zurück und band die Leine an einem Baum in der Nähe fest.

Er hockte sich vor die Grabungsstelle und begann, mit seinen Händen die Erde wegzuschaufeln. Bald erkannte er helle

Haut mit wenigen blonden Haaren darauf. Eine Männerbrust. Ein Arm an der Seite. Er grub weiter an der Stelle, an der er den Kopf vermutete. Die Erde ließ sich nicht so leicht abtragen wie über der Brust, also kratzte Rutger sie mit den Fingerspitzen weg. Seine Augen weiteten sich entsetzt, er wandte sich rasch ab und erbrach sich in ein Gebüsch. Das Gesicht des Toten war völlig zerschlagen, und in den Wunden haftete die Erde am geronnenen Blut. Rutger ließ sich hinterrücks in den Schnee fallen und versuchte, Atmung und Puls unter Kontrolle zu bekommen. Die Nebel der Silvesterfeier waren schlagartig verschwunden.

Ferdi sprang bellend auf und ab und versuchte, die Leine zu zerreißen. Offenbar war ihm der Blutgeruch in die Nase gestiegen.

Rutgers Magen beruhigte sich, und er versuchte, langsam und tief zu atmen, als er eine Hand an seinem Knie spürte.

Kreischend sprang er auf. Ferdi bellte hysterisch. Eine erdverschmierte Hand tastete wie eine verletzte Krabbe über den Waldboden auf der Suche nach Rutgers Bein. Rutger legte beide Hände auf seine Brust, bemüht, sein Herz zu beruhigen. Wenn er jetzt einen Schlag erlitt, waren sie beide verloren.

Endlich gelang es ihm, sich hinzuknien und die kalte Hand zu ergreifen. Die Finger schlossen sich sofort um seine. Mit der freien Hand wischte Rutger die Erde vom Mund des Mannes und hob dann seinen Kopf ein wenig an.

»Alles wird gut«, sagte er. Seine Stimme zitterte. »Alles wird gut. Sie sind gerettet.«

Er ließ die Hand los, zog schnell seine Jacke aus und legte sie auf den Boden. Dann fasste er mit beiden Händen unter die Schultern des Mannes und wuchtete ihn aus seinem Grab. Die Wunden in seinem Gesicht waren immer noch von

Erde bedeckt, doch Rutger konnte sich nicht überwinden, noch einmal mit den Fingern in die Wunden zu fassen, um die Erde zu entfernen. Als er den Mann in seine Jacke gewickelt hatte, wühlte er eine Wasserflasche aus seiner Tasche und gab ihm einige Tropfen in den geöffneten Mund. Der Mann schluckte und hustete, seine Zunge fischte nach den Tropfen auf seinen Lippen, und Rutger träufelte mehr. Irgendwann öffnete der Mann die Augen und sah ihn an. Rutger bemerkte es zuerst nicht, weil das Gesicht unter der Walderde dick angeschwollen war, doch als er den Blick schließlich auffing, brach ihm fast das Herz. Selbst, wenn dieser Mann das hier überleben würde – was ihm geschehen war, würde er sicher nie verwinden.

Rutger wählte den Notruf und erklärte genau, wo im Wald man sie finden würde. Während er auf Hilfe wartete, wischte er mit seinem Taschentuch, so gut es eben ging, die Erde um Augen und Mund des Mannes ab und benetzte seinen Mund mit Wasser.

Nach zehn Minuten brachen zwei Sanitäter mit einer Trage durch die Büsche. Ein Notarzt und zwei Polizisten folgten ihnen auf dem Fuße. Ihre Fahrzeuge hatten sie am Waldrand stehen gelassen. Sie konnten nicht riskieren, sich auf dem verschneiten Waldboden festzufahren.

»Ach, du lieber Himmel«, flüsterte einer der Sanitäter, ein sehr junger Mann, beim Anblick des Verletzten.

Der Notarzt überprüfte Puls und Blutdruck. »Wir bringen ihn sofort ins Hospital. Hier können wir nichts für ihn tun«, sagte er. Die Sanitäter hoben den Mann auf die Trage und hasteten zum Rettungswagen. Der Notarzt telefonierte mit dem Krankenhaus und kündigte den Verletzten an.

Rutger saß erschöpft auf dem Boden, den Rücken an den Stamm einer alten Buche gelehnt. Der Arzt hockte sich vor ihn hin und griff nach seinem Handgelenk. »Wie geht es Ihnen?«

»Es geht«, antwortete Rutger matt.

»Wir nehmen ihn gleich mit«, sagte einer der Polizisten zu dem Arzt.

»Gut. Dann fahre ich jetzt ins Hospital.« Er klopfte Rutger leicht auf die Schulter und verschwand.

»Kommen Sie«, sagte der Polizist, reichte Rutger eine Hand und zog ihn vom Boden hoch. »Wir fahren in die Gendarmerie, sonst holen Sie sich noch den Tod. Mein Kollege wartet auf die Spurensicherung.«

4. Kapitel

2. Januar, eine Villa am Johannisberg,
Bad Neuenahr

Wieder ein Jahr vorbei. Katharina stieg langsam die sieben Stufen zum Eingang der Villa Hemmesfeld empor und sann über das vergangene Jahr nach. Es war viel schneller verstrichen als das Jahr zuvor. Dasselbe hatte sie auch im vergangenen Jahr gedacht, als sie am 2. Januar diese Stufen hinaufgestiegen war. Die Zeit rast nur so an einem vorbei. Irgendwann in nicht allzu fernen Jahren wird sie in irgendeinem Altenheim sitzen und, im Rückblick auf ihr Leben, vor allem Gummihandschuhe und Putzlappen sehen. Und es wird kein herausragend gutes Altenheim sein, denn ihre Rente wird nur für ein einfaches reichen, und selbst da wird das Sozialamt noch dazuzahlen müssen. Ihre drei Kinder werden ihr nicht finanziell unter die Arme greifen. Das steht jetzt schon fest. Und sich persönlich um sie kümmern, werden sie erst recht nicht. Sie wird alt und einsam und arm sein.

Katharina schüttelte sich, als sie auf dem kleinen Platz vor der Tür angekommen war. Was sollte das Selbstmitleid? Das Leben war nun mal so. Fertig. Sie war froh darüber, bei den Hemmesfelds eine gute Arbeit gefunden zu haben. Die Leute waren nett und zahlten einen gerechten Lohn. Und Katharina war rüstig genug, noch ein paar Jahre durchzuhalten. Viel mehr, das wusste sie inzwischen, konnte man vom Leben nicht erwarten. Zumindest nicht, wenn man Katharina Silbernagel war.

Sie schloss die Haustür auf und schrak sofort zurück. Ein entsetzlicher Gestank schlug ihr entgegen.

Sicher waren Hemmesfelds über die Feiertage weggefahren und hatten irgendwelche Lebensmittel vergessen, die nun auf dem Herd oder auf dem Tresen vor sich hingammelten. Obwohl das Frau Hemmesfeld wirklich nicht ähnlich sah.

Katharina stellte ihre Tasche neben der Haustür ab und lief schnell ins Wohnzimmer, um die Terrassentür zu öffnen und für Durchzug zu sorgen. Ihre Schritte knirschten, und als sie hinuntersah, stand sie in einem Scherbenfeld. Eine Scheibe der gläsernen Tür war zerbrochen, und ein etwa fußballgroßes Loch mit gezacktem Rand ließ kalte Luft herein.

»Na, was ist das denn!«, schimpfte Katharina und öffnete die Tür sperrangelweit. Frische Winterluft strömte in den Raum und vertrieb die stinkenden Schwaden verdorbenen Essens. Vermutlich hatte der Lümmel aus der Nachbarschaft mal wieder im Garten Fußball gespielt, als die Hemmesfelds nicht zu Hause waren. Kleiner Lausebengel. Herr Hemmesfeld würde seinen Eltern die Rechnung für die Reparatur der Scheibe schicken.

Das Wohnzimmer schien, abgesehen von den Scherben vor der Tür, ordentlich aufgeräumt. Das Haus war ganz still, und Katharina fühlte sich in der Annahme bestätigt, dass die Besitzer verreist seien.

Sie holte ihre Tasche an der Haustür, ließ die Tür aber noch offen. In der Küche entdeckte sie sofort die Übeltäter: Auf dem Herd standen mehrere Töpfe mit halb geöffneten Deckeln. Ein Blick genügte: Das Innere der Töpfe war mit grün-weißem Schimmel bedeckt, und aus allen schlug ihr heftiger Gestank entgegen.

»Mein Gott!«, schimpfte sie, nahm einen Topf, lief zum Bad und spülte den grässlichen Inhalt die Toilette hinunter. Als die Töpfe geleert, ausgespült und in der Spülmaschine untergebracht waren, besserte sich allmählich der Geruch im Haus. Katharina öffnete auch noch das Küchenfenster und zog eine Strickjacke über, um die Kälte abzumildern.

Während die Spülmaschine lief und die Winterluft das Haus neu belebte, wischte Katharina die Fußböden im Erdgeschoss, befreite die Außentreppe und den Weg zum Briefkasten von Schnee und Eis und goss die ausgetrockneten Blumen auf den Fensterbänken. Allzu lange würden die den Kälteeinbruch nicht mehr durchhalten. Deshalb drehte sie danach eine Runde durch das Erdgeschoss und schloss alle Fenster und Türen wieder. Es blieb nur das Loch in der Terrassentür.

Katharina griff nach dem Telefonbuch auf der Kommode in der Diele und suchte die Nummer eines Glasers heraus. Der Mann versprach, noch im Laufe des Vormittags vorbeizuschauen und die Scheibe auszumessen. Katharina suchte nach einer alten Zeitung und Klebeband und verschloss die Bruchstelle provisorisch.

Sie gönnte sich eine Tasse Kaffee am Tisch in der Küche, blätterte dabei die Zeitungen der letzten Tage, die vor der Haustür gelegen hatten, durch und rauchte eine Zigarette. Wäre Frau Hemmesfeld da gewesen, hätte sie natürlich nicht geraucht. Die Chefin mochte das nicht, und selbstverständlich respektierte Katharina das. Aber sie würde gleich noch mal lüften, und Frau Hemmesfeld würde nichts bemerken.

Ohnehin, stellte sie jetzt fest, würde sie nochmals ordentlich lüften müssen, denn die Bude müffelte schon wieder.

Nach der Pause füllte sie einen Eimer mit heißem Wasser und Putzmittel und zog in die obere Etage um, wo die Hemmesfelds ihr Schlafzimmer, zwei Kinderzimmer, ein Gästezimmer und zwei Bäder untergebracht hatten. Zwei Bäder und eine Gästetoilette mit Dusche im Erdgeschoss. Das musste man sich mal vorstellen!

Frau Hemmesfeld hatte Katharina ganz aufgeregt erzählt, dass ihre beiden Kinder über Weihnachten zu Besuch kämen. Deshalb sah sie zuerst in den Kinderzimmern nach, aber beide Räume waren tadellos aufgeräumt, die Betten gemacht, die Tische und die Papierkörbe sauber und leer.

Also ging sie weiter zum Schlafzimmer.

Sie öffnete die Tür und blieb wie erstarrt im Rahmen stehen. Der Gestank in diesem Zimmer war greifbar wie dicker Filz. Er legte sich auf Katharina wie eine schwere Decke, unter der sie fast zusammenbrach.

Schlimmer noch war das Bild, das sich ihr bot: Im breiten Ehebett lagen Herr und Frau Hemmesfeld, beide blutüberströmt. Katharina ließ den Putzeimer fallen, und Wasser und Reinigungsmittel ergossen sich über das Parkett und rannen bis unter das Bett, wo sie sich in der Vereinigung mit den Blutlachen allmählich rötlich färbten.

Erst die Türklingel erlöste Katharina aus ihrer paralytischen Starre. Sie rannte die Treppe hinunter, riss die Haustür auf und stolperte an dem erschrockenen Glaser vorbei die Treppe hinunter.

* * *

»Hier lässt es sich leben, was?« Kraut stand breitbeinig und mit verschränkten Armen am Rande der Terrasse und überblickte den parkähnlichen Garten der Villa Hemmesfeld. Die weiße Schneedecke ließ das Grundstück noch weitläufiger wirken, als es tatsächlich war. Die Sitzgruppe unter einer großen Trauerweide am Ende des Gartens schien kilometerweit entfernt zu sein.

Dani folgte ihrem Blick und nickte beeindruckt. »Das kann man wohl sagen. Allerdings scheint das Leben hier mit einem erhöhten Risiko einherzugehen.« Sie wandte sich um und sah zu den Fenstern im Obergeschoss des Hauses hinauf, wo die Kollegen der Spurensicherung seit über zwei Stunden zugange waren.

»Auch wieder wahr. Lieber arm und gesund als reich und tot«, kommentierte Kraut.

Sie setzten ihre Wanderung um das Haus fort, inspizierten das Gartenhaus und die Garage, ohne beides zu betreten. Auch da würde sich die SpuSi später noch umsehen. Die verschneiten und kaum sichtbaren Fußspuren auf der Terrasse und dem von dort zur Vorderseite führenden Plattenweg hatten die Kollegen bereits fotografiert und gesichert. Nur deshalb konnten die beiden Polizistinnen die Wartezeit mit einer Besichtigungstour verkürzen.

Vor dem Haus hatte sich inzwischen eine kleine Menschenmenge um die drei Streifenwagen versammelt. Nachbarn und zufällige Passanten, die sich der Faszination des Grauens nicht entziehen konnten. Die uniformierten Kollegen befragten die Leute, um Hinweise auf den Zeitpunkt des Verbrechens oder eventuell Beobachtungen, die von Interesse sein könnten, zu erhalten. Später würden Dani und Kraut die Ergebnisse dieser Gespräche mit den Kollegen durchgehen und entscheiden, welche der Personen sie selbst noch einmal ausführlich befragen würden. Doch das hatte erst einmal Zeit. Jetzt stand der Tatort im Mittelpunkt des Interesses.

Aus der offenen Haustür trat ein Kollege der Spurensicherung an die Treppe und winkte ihnen zu. Dani setzte sich auf den Beifahrersitz ihres Wagens und tauschte die High Heels gegen ein Paar kurze Gummistiefelchen. Kraut war wie immer eher praktisch als chic gekleidet. Ihre Füße steckten in schwarzen Schnürstiefeln mit Lkw-Reifenprofil, geeignet für jedes Gelände, wenn man vom Tanzparkett im Kurhaus mal absah.

Vor der Tür zogen beide Latexhandschuhe und blaue Plastikschuhe über und traten ein. Neben der Haustür war ein metallgerahmtes Zahlenfeld in die Wand eingelassen. Eine Alarmanlage, die anscheinend keinen Alarm ausgelöst hatte.

Seite an Seite durchstreiften sie die Zimmer im Erdgeschoss und versuchten, ein Gefühl für die Räume und die Menschen, die darin gelebt hatten, zu bekommen. Die Küche war aufgeräumt bis auf einige Tücher und eine Flasche Reinigungsmittel auf der Anrichte.

Leider hatte die Putzfrau der Opfer das Erdgeschoss bereits komplett gereinigt, bevor sie die Leichen im Schlafzimmer entdeckte. Kaum abzuschätzen, wie viele Indizien sie damit vernichtet hatte. Ein Gespräch mit ihr würde später vielleicht Hinweise darauf bringen, sofern sie vor ihrer Putzmission irgendetwas Ungewöhnliches bemerkt hatte.

Dani warf einen Blick in den Kühlschrank, Kraut öffnete Schubladen und Schränke. Im Wohnzimmer betrachteten beide die silbergerahmten Fotos auf dem Kaminsims. Zwei Kinder, ein Junge und ein etwas älteres Mädchen, beide blond und blauäugig, dominierten die Ahnengalerie. Von links nach rechts konnte man ihr Heranwachsen verfolgen. Das letzte Foto zeigte sie als erwachsene Menschen. Mitte zwanzig, schätzte Dani.

Auf zwei Fotos war ein Paar in gekünstelter Pose zu sehen, die Eltern vermutlich. Auf einem trugen sie ihre Hochzeitskleidung und schienen jung und glücklich. Das zweite zeigte sie viele Jahre später, vielleicht bei ihrer Silberhochzeit. Er blickte sehr ernst in die Kamera, die Augenbrauen trafen sich fast in der Mitte, kantiges Kinn, schmale, fest geschlossene Lippen. Ein harter Mann. Sie dagegen weich und rundlich, ein seliges Lächeln auf den Lippen, der Blick irgendwie verwirrt. Keine Frage, wer in diesem Haus das Sagen hatte.

Vor der Terrassentür stand noch der Weihnachtsbaum, darunter lagen ein Buch und ein Gemälde. Ohne das fleißige Lieschen wäre beides wahrscheinlich mit Tannennadeln bedeckt, dachte Dani. Aus deren Zustand hätte man vielleicht auf den Zeitpunkt des Verbrechens schließen können. Sie kniff die Lippen zusammen.

»Kiefernnadeln«, sagte Kraut. Überrascht sah sich Dani zu ihr um.

»Es ist eine Kiefer, keine Tanne«, erläuterte Kraut.

Dani klappte den Mund auf und gleich wieder zu. »Hab ich laut gedacht?«, fragte sie. Kraut wandte sich lächelnd ab, öffnete den CD-Player und holte die eingelegte Scheibe heraus. Kopfschüttelnd wandte sich Dani einem monumentalen Schreibtisch zu, zog die Schubladen auf und betrachte das Sammelsurium von Papieren, Kontoauszügen, Streichholzbriefchen und Schlüsseln, von denen vermutlich niemand mehr wusste, welches Schloss sie einst geöffnet hatten.

Das Loch in der geborstenen Scheibe der Terrassentür ließ wieder kalte Luft ins Zimmer. Die Kollegen hatte die provisorische Abdeckung entfernt und die zusammengefegten Glasscherben aus dem Mülleimer geborgen. Allmählich kühlte der Raum aus. Dani machte sich eine geistige Notiz, noch heute Kontakt mit dem Glaser aufzunehmen, den sie bei ihrer Ankunft, die aufgelöste Putzfrau im Arm, vor dem Haus angetroffen hatten. Da er nichts zur Erhellung der Situation beitragen konnte, hatten sie nur seine Adresse notiert und ihn gehen lassen. Katharina Silbernagel, schöner Name übrigens, dachte Dani, wurde derzeit im Krankenhaus versorgt. Sie stand unter Schock, und es war unklar, wann man sie würde vernehmen können.

Mit langsamen Schritten, den Blick über Wände und Stufen gleitend, stiegen sie in die erste Etage hinauf. Im Schlafzimmer war inzwischen ebenfalls ein Fenster geöffnet worden, sodass der üble Gestank abziehen konnte und das Atmen einigermaßen erträglich war. Auf einer schmalen Kommode im oberen Flur stand ein Telefon der altmodischen Sorte mit Wählscheibe. Der Hörer lag daneben.

In der Tür zum Schlafzimmer blieben sie stehen und betrachteten stumm und erschüttert die Szene. Das Ehepaar lag nebeneinander in einem breiten Bett, sie berührten einander nicht. Seine Hände lagen flach auf der Decke, sie war bis zu den Schlüsselbeinen zugedeckt. Nur ihre runden Schultern, bedeckt von einem blassgelben Stoff, waren sichtbar. Und natürlich ihre Gesichter. Zwei rotbraune, zerklüftete Abgründe in verwesendem Fleisch, wie Masken aus einem Horrorroman. Der oder die Täter hatten mit einem Hammer zugeschlagen. Wie oft, würde die Obduktion ergeben. Die Blutspritzer an der Wand über den Köpfen, an der Decke und seitlich auf dem Boden würden zeigen, aus welcher Richtung die Schläge gekommen und wie heftig sie gewesen waren.

Der Hammer lag an der Bettseite der Frau auf dem Boden, direkt neben der eingetrockneten Blutlache, die vom Gesicht der Frau über das Kissen und den Bettrand nach unten gesickert war. Neben dem Hammer lagen zwei ineinander verknüllte Latexhandschuhe.

Die Lage der Toten ließ darauf schließen, dass sie sich nicht gewehrt hatten. Sie waren wohl im Schlaf erschlagen worden.

In diesem Raum herrschte, anders als im Erdgeschoss, einige Unordnung. Schubladen waren halb geöffnet, Wäsche herausgezogen und zu Boden geworfen worden, Tiegel und Flakons auf der Kommode umgefallen. Dani und Kraut betraten den Raum und untersuchten ihn sorgfältig.

Die Spurensicherung hatte sämtliche Details im Zimmer und die mit Nummern markierten Fundstücke fotografiert.

Später würden sie anhand dieser Fotos den Zustand des Raums jederzeit nachvollziehen können. Doch der direkte, unmittelbare Eindruck am Tatort war unverzichtbar. Manchmal fand man keine Anhaltspunkte, die der Lösung des Falles dienlich wären, doch hin und wieder reichte ein Eindruck, ein Gefühl, um auf die richtige Spur zu kommen. Intuition, nannte Dani es. Kraut sagte: Bauchgefühl.

»Wir müssen die Kinder benachrichtigen«, sagte Dani, als sie Stunden später mit Kraut zur Haustür ging. »Diesen Teil hasse ich besonders.«

Kraut nickte nur. Ihre empathischen Fähigkeiten hielten sich in Grenzen, und mit der Information Hinterbliebener kam sie im Allgemeinen ganz gut zurecht. Eure Leute sind tot. Das Leben geht weiter. Macht was draus.

»Die Kollegen haben ein Notizbuch sichergestellt mit Adressen und Telefonnummern. Da werden wir sie wohl finden«, sagte sie. »Aber weißt du was? Angesichts der vorgerückten Stunde schlage ich vor, dass wir unsere Bonner Kollegen sozusagen um Amtshilfe bitten und sie mit dieser unangenehmen Aufgabe betrauen. Und wenn wir morgen genauere Untersuchungsergebnisse haben, fahren wir selbst noch einmal hin.«

Dani war erleichtert. »Gute Idee«, sagte sie. »Rufst du in Bonn an?«

»Mach ich«, sagte Kraut und zückte ihr Handy. »Geh schon mal vor.«

»So, das wäre erledigt«, meinte Kraut, als sie Dani vor der Haustür einholte.

»Sollen wir im Krankenhaus nachfragen, ob die Putzfrau schon vernehmungsfähig ist?« Dani hatte sichtlich keine Lust mehr dazu. Es war Sonntag, und sie sehnte sich nach einem ausgedehnten Bad und einem gemütlichen Abend vor dem Fernseher. Herrgott noch mal, das Jahr hatte gerade erst angefangen, und schon ging das Elend wieder los.

Kraut sah sie von der Seite an, prüfend und mit gerunzelten Brauen. »Ich denke, das hat auch noch Zeit bis morgen. Die Frau war echt fertig mit der Welt. Lassen wir sie eine Weile in Ruhe. Sie läuft uns ja nicht weg.«

Dani lächelte dankbar und folgte Kraut die Treppen hinunter in den Garten. Zwei Leichenwagen standen in der Einfahrt.

Dani zog die Plastikhüllen von den Füßen. »Ich hab nicht mal mehr Lust, meine Pumps anzuziehen«, seufzte sie und ließ sich erschöpft auf den Beifahrersitz sinken.

Kraut grinste. »Da wird Luki aber enttäuscht sein.« Sie schwang sich hinters Steuer und startete den Motor.

»Luki? Wieso?«

Kraut lenkte den Wagen aus der schneebedeckten Einfahrt auf die mit Schlaglöchern übersäte Straße.

»Ich hab eben mit ihm telefoniert. Er macht gerade einen Nudelauflauf für uns. Whisky und Cola im Kühlschrank. Sonst noch Wünsche?«

Lächelnd ließ Dani den Kopf gegen die Lehne sinken. »Danke, Schwester, das wär alles.«

Sie genoss die zehnminütige Fahrt nach Rech, wo Kraut und ihr Bruder Lukas wohnten, und rauchte eine Zigarette. Kraut hatte es längst aufgegeben, mit zur Schau getragener Missbilligung auf ihre Sucht Einfluss nehmen zu wollen, und beachtete sie nicht weiter.

»Die Sache mit den Kiefernnadeln«, sagte Dani, »hast du da etwa meine Gedanken gelesen?«

Kraut grinste sie an. »War nicht so schwer. Du hast den Baum betrachtet, dann die Geschenke, und dann hast du deinen Mund zusammengekniffen, wie du es immer machst, wenn du dich über etwas ärgerst. Da ich weiß, dass deine Kenntnis der Natur unterirdisch ist, war mir klar, dass ein Weihnachtsbaum für dich in jedem Fall eine Tanne ist und du dich über das Fehlen von Tannennadeln ärgerst. Alles klar?«

Dani runzelte die Stirn und kniff die Lippen zusammen.

»Und jetzt«, fuhr Kraut ungerührt fort, »denkst du gerade, dass du doch eigentlich der Klugscheißer in unserem Team bist und ich das primitive Muskelpaket.«

Dani schüttelte missmutig den Kopf und starrte aus dem Fenster. Kraut lachte herzlich und lenkte den Wagen über die Nepomukbrücke in Rech.

»Im Übrigen vermute ich, dass die Tat an Heiligabend oder am ersten Weihnachtstag passiert ist. Im CD-Player lag noch Weihnachtsmusik, und davon hat man gewöhnlich nach Heiligabend die Nase voll.«

»Da stimme ich dir zu, Sherlock.« Dani richtete sich auf. »Halt mal kurz an.«

Kraut zog die Augenbrauen hoch, stoppte aber brav an der Einfahrt zum Spielplatz. Dani stieg aus, ging zum Kofferraum und nahm ihre glänzenden schwarzen Pumps aus einer Tasche. »Huldigt dem Koch«, sagte sie und streifte die bequemen Gummistiefel ab.

Zwei Minuten später parkte Kraut den Wagen neben dem alten Fachwerkhaus, das sie mit ihrem Bruder bewohnte. Lukas hatte, vermutlich am Fenster auf sie lauernd, den Wagen bereits entdeckt und erwartete sie in der offenen Haustür. Kraut wurde herzhaft gedrückt und emporgehoben. Dani bekam ein züchtiges Küsschen auf die Wange und ein »Du bist so schön«.

Daran könnte ich mich gewöhnen, hatte Dani gedacht, als sie Lukas zum ersten Mal vor vielen Jahren begegnet war. Er hatte sich gleich in sie verliebt und bedachte sie seither mit Komplimenten, die einer Sophia Loren würdig waren. All die Jahre hatte Dani befürchtet, Lukas' Vernarrtheit könnte sich zu etwas auswachsen, mit dem sie nicht mehr fertig würde, doch bisher war er auf dem gleichen Level geblieben. Dem Level eines zwölfjährigen Jungen, der nie erwachsen werden würde. Lukas hatte das Down-Syndrom. Seit dem Unfalltod ihrer Eltern lebten Lukas und Kraut in ihrem Elternhaus in Rech zusammen und kamen gut zurecht. Während der Woche besuchte Lukas die Caritas-Behindertenwerkstätten in Sinzig, wo er sich sehr wohl fühlte. Dort wurde er entsprechend seiner Fähigkeiten und Vorlieben gefördert und gefordert. In den letzten Jahren hatte er seine Leidenschaft für Gartenarbeiten entdeckt, und mit den ersten Frühlingssonnentagen verlegte er seine Aktivitäten ins Grüne, was dazu führte, dass Dani und Kraut viel mehr gesundes Gemüse aßen, als sie jemals gewollt hatten. Und den ganzen Sommer über gab es frische Blumen in der Küche. Eigens für Dani hatte Lukas einen Rosenstrauch der Sorte Daniela Regina angepflanzt, eine strahlend weiße Rose mit kräftigen, dicht beblätterten Blüten. Im Sommer überreichte er ihr eine der Rosen, sooft sie sich trafen.

Jetzt deckte er den Tisch, während Dani und Kraut sich im Bad frisch machten und anschließend in bequeme Hausanzüge schlüpften. Schon lange hatte Dani einen Grundstock an Kleidung bei Kraut deponiert. In den Jahren ihres Zusammenarbeitens, anfangs nicht immer leicht, waren sie sich näher gekommen. Jetzt verbrachte Dani regelmäßig gemütliche und entspannte Abende bei den Geschwistern.

Lukas servierte Nudelauflauf und Gurkensalat, dazu frisch geröstetes Baguette und einen guten halbtrockenen Rosé, schön kühl.

Bald waren die Bilder des Tages verschwunden. Lukas fragte wie immer nach, ob Kraut und Dani »böse Männer« gefangen hätten. Sie verneinten ein wenig schuldbewusst, versprachen aber, in den nächsten Tagen ihr Bestes zu geben.

Das Klingeln von Krauts Handy unterbrach die Feierabendidylle. Sie schaute aufs Display. »Oh, die Bonner Kollegen.« Mit einem Blick auf Lukas verzog sie sich zum Telefonieren in den Flur.

Wenig später kam sie zurück. »Tja, Pech gehabt. Die Kollegen haben weder die Tochter noch den Sohn angetroffen. Sieht also so aus, als müssten wir da selbst morgen ran.«

Damit war dieser Tag erledigt. Ein Spielfilm mit Tom Cruise, ein paar Whisky-Cola und die vielen gemütlichen Kissen auf der Couch im Wohnzimmer entführten sie alle drei ins Reich der Träume, aus dem sie zu unterschiedlichen Zeiten in der Nacht aufwachten und in ihre Betten schlüpften.

5. Kapitel

3. Januar, St. Nikolaus-Hospital,
Eupen/Ostbelgien

Die beiden Männer standen vor dem Fenster der Intensivstation auf dem Flur und betrachteten den Patienten im zweiten Bett rechts. Da sein Kopf und Gesicht dick bandagiert waren, konnte man das Geschlecht der Person nicht erkennen, doch sie wussten: Es war ein Mann. Und das war auch schon alles, was sie über ihn wussten. Nein, das stimmte nicht ganz. Sie wussten auch, dass irgendjemand diesen Mann hatte töten wollen. Und es nicht geschafft hatte. Zumindest noch nicht, denn der Zustand des Patienten war keineswegs stabil.

»Wir haben ihn in ein künstliches Koma versetzt, ansonsten hätte er keine Chance«, sagte Professor Heiner Amersbach, Leiter der Klinik, zu dem Polizisten. »Außerdem können wir ihn so leichter zusammenflicken. Sein Gesicht ist eine …«, er zögerte, doch dann sagte er ganz unprofessionell: »… eine Katastrophe. Fast alle Knochen gebrochen oder zertrümmert. Einige Schläge sind bis ins Gehirn eingedrungen.«

Kriminalhauptkommissar Hager Ludd von der Kripo Eupen steckte eine Hand in die Hosentasche und spielte mit dem Kiesel, den er stets bei sich trug. Die glatte Rundung des Steins beruhigte ihn wie immer.

»Können Sie schon etwas über seinen Geisteszustand sagen?«

»Nein. Es ist völlig unabsehbar, wie schwer sein Gehirn geschädigt ist. Sein Gesicht können wir wieder herstellen, zumindest einigermaßen. Ob es ihm ähnlich sehen wird, ist ungewiss, aber immerhin wird er in ein paar Wochen irgendein Gesicht haben. Ob er damit noch eine Frau kriegen kann, ist fraglich.«

Amersbach machte eine Pause und atmete durch. »Sein geistiger Zustand ist zurzeit völlig unbekannt. Möglicherweise erinnert er sich nicht an das, was passiert ist. Das kann aber wiederkommen. Oder er erinnert sich nie mehr. Vielleicht wacht er niemals wieder auf. Im Moment kann niemand eine haltbare Prognose abgeben.«

Er wandte sich vom Fenster ab. »Trinken Sie noch einen Kaffee mit mir oder sind Sie in Eile?«

Hager Ludd lächelte milde. »Eile? Sind Sie ein Migrant aus Deutschland?«

Amersbach lächelte ebenfalls und ging voraus in Richtung seines Büros am Ende des Flurs der Intensivstation. »Jetzt lachen Sie nicht, aber tatsächlich habe ich deutsche Wurzeln. Aber die liegen weit, weit zurück.«

Er öffnete die Tür zu seinem Büro und ließ Ludd mit einer Handbewegung den Vortritt. »Meine Sekretärin wird uns einen schönen, starken Kaffee machen. Möchten Sie auch Kuchen?«

Hager Ludd betrat ein helles, mit vielen Grünpflanzen geschmücktes Vorzimmer. Schmuckloser Schreibtisch, Computer, cremefarbene Stahlschränke für die Patientenakten.

Ein junger Mann in Jeans und weißem Hemd wühlte in einem Schubladenregister herum. Als die beiden Männer eintraten, blickte er auf und grüßte freundlich.

»Siegbert, machen Sie uns doch bitte einen Kaffee und besorgen Sie irgendwas Feines aus der Cafeteria.«

Siegbert schob die Schublade schwungvoll zu. »Sehr gern, Chef«, sagte er, ging zu seinem Schreibtisch und nahm ein paar Scheine aus einer bunt verzierten Spanschachtel neben dem Rechner.

»Darf's was Süßes sein oder eher was Herzhaftes?«

Amersbach sah Ludd an. »Was Süßes«, sagte der und folgte Amersbach durch eine weitere Tür in dessen Büro, das luxuriös mit Leder und Mahagoni eingerichtet war.

»Das ist Ihre Sekretärin?«, fragte Ludd, während er seinen alten Trenchcoat abnahm und über die Lehne der dunkelroten Couch legte.

Amersbach nickte lächelnd.

»Schöner Hüftschwung«, sagte Ludd. »Gefällt mir, die Kleine.«

Er ließ sich in einen der monströsen Sessel fallen und genoss die Atmosphäre von Reichtum und Unabhängigkeit.

»Ihre deutschen Wurzeln müssen wirklich weit zurückliegen. In Deutschland würden Sie allein für die Bezeichnung Sekretärin standrechtlich erschossen.«

Amersbach lachte, nahm eine Flasche Cognac aus einem Schrank und goss zwei Schwenker voll.

Zufrieden mit der gegenseitigen Gesellschaft schwenkten sie den Cognac in den großen Gläsern, schnupperten und nippten. Ludd nahm eine Schachtel Zigarillos aus der Tasche und bot sie Amersbach an, der ohne zu zögern zugriff.

Während sie rauchten und tranken, ließ Ludd seinen Blick durch das Büro streifen. Ein Gemälde hinter dem Schreibtisch fiel ihm ins Auge, ein buntes Gewusel von irgendwas, das ihm rein gar nichts sagte. »Interessantes Bild.«

Amersbach blinzelte ihn durch eine Rauchwolke an. »Hat meine Frau gemalt. Ich finde es schrecklich, aber das ist der Preis der Ehe.«

Als Siegbert, ein Tablett balancierend, den Raum betrat, fand er die Männer in entspannter Atmosphäre. Schnell stellte er Tassen, Kaffeekanne und Kuchen auf dem Tisch ab. »Bitte sehr: Zitronenröllchen, Käsesahne und Bienenstich. Guten Appetit.«

»Vielen Dank, Siegbert«, sagte Amersbach und lächelte seine Sekretärin freundlich an.

Siegbert flitzte zu einem der Schränke und brachte einen riesigen Marmoraschenbecher herbei, den er mitten auf dem Tisch platzierte. Mit missbilligender Miene wischte er ein wenig Asche vom Tisch und strich sie in den Ascher.

»Sie haben den Mann untersucht. Was können Sie mir noch sagen?« Ludd bugsierte ein Zitronenröllchen auf seinen Teller und goss ihnen beiden Kaffee ein.

»Er hatte Alkohol und Drogen im Blut. Nicht so viel, dass es ihn außer Gefecht gesetzt hätte, aber doch eine ganze Menge, wenn man die Zeit bedenkt, die seit der Einnahme vergangen sein muss. Die Verletzungen könnten von einer Axt stammen. Scharfe, nach außen breiter werdende Einschnitte, die mühelos durch die Knochen gingen. Ich vermute, der Mörder hielt ihn für tot, als er ihn im Wald vergrub. Alles andere macht keinen Sinn.«

Ludd nickte zustimmend.

»Die bakterienreiche Walderde hat sehr schnell begonnen, die offenen Wunden zu zersetzen. Teile seiner Haut sind irreparabel beschädigt worden. Ich schätze, er hat zwölf bis fünfzehn Stunden in der Erde gelegen.«

»Wieso ist er nicht erstickt?«

Amersbach zuckte die Schultern. »Vielleicht lag sein Gesicht auf der Seite. Die Erde im Wald ist meistens ziemlich locker. In seinem Zustand dürfte er nur äußerst flach geatmet, also keine Erde eingesogen haben. Genau kann man so etwas nicht nachvollziehen. Und der Boden war vermutlich zu hart gefroren, um ein tieferes Grab zu schaufeln.«

Ludd knetete die letzten Krümel auf seinem Teller mit der Gabel zusammen und schob sie sich in den Mund. Während er die Kuchenplatte inspizierte und sich für Bienenstich entschied, fragte er: »Wie lange werden Sie ihn im künstlichen Koma lassen?«

Amersbach trank seine Tasse leer und goss nach.

»Schwer zu sagen. Auf jeden Fall so lange, dass wir sein Gesicht einigermaßen reparieren können. Danach sehen wir weiter.«

Ludd sah ihn fragend an.

»Na ja, so zwei, drei Wochen auf jeden Fall«, schob Amersbach nach.

6. Kapitel

3. Januar, Krankenhaus Maria Hilf,
Bad Neuenahr

Lukas saß bereits im Bus nach Sinzig, als Dani und Kraut ins Auto stiegen. Katharina Silbernagel erwartete sie im Krankenhaus, in ihrem weißen Bett thronend wie die Königin von Saba. Ihr Gesicht war frisch und leicht gerötet vor Aufregung angesichts des bevorstehenden Verhörs, wie sie es gern für sich selbst nannte. Sie genoss ganz offensichtlich den Part einer Kronzeugin in einem schwierigen Mordfall.

»Also, es kam mir schon komisch vor, dass Frau Hemmesfeld das Essen einfach so auf dem Herd zurückgelassen hatte. Ich dachte, sie wären verreist. Und das würde sie so nicht machen. Aber, na ja, nachher stellte sich ja heraus, dass ich recht hatte. Oh, mein Gott.«

Sie schlug die Hände vors Gesicht und schluchzte ein paarmal.

»Frau Silbernagel«, sagte Kraut und ignorierte den warnenden Blick Danis. Ihre Geduld war begrenzt. »Versuchen Sie, sich zu erinnern, wie das Haus ausgesehen hat, als Sie es betraten. War irgendetwas ungewöhnlich? Was es unordentlich?«

Katharina ließ die Hände von ihren trockenen Wangen sinken und dachte nach. »Nein, eigentlich nicht. Es stank erbärmlich. Ich habe Türen und Fenster geöffnet und dabei die kaputte Terrassentür entdeckt. Dann habe ich die Essensreste vernichtet und die Spülmaschine angestellt.« Ihr Blick glitt die Wand hinauf zur Decke, während sie die Bilder der Räume aus ihrer Erinnerung abrief.

»Nein, das Wohnzimmer war aufgeräumt bis auf die Glasscherben. Die Bilder und die Blumen – alles an seinem Platz.

Nichts auf dem Teppich. Nein«, ihr Blick glitt wieder zurück zu Kraut, »alles war wie immer.«

Dani räusperte sich, um die Aufmerksamkeit der Frau auf sich zu lenken. »Seit wann haben Sie für die Hemmesfelds gearbeitet?«

Katharina schürzte die Lippen. »So an die fünfzehn Jahre, schätze ich. Immer zweimal die Woche, außer zwischen Weihnachten und Neujahr. Da wollten sie ihre Ruhe haben. Manchmal sind sie auch ein paar Tage weggefahren. Wir kamen gut miteinander aus, die Frau Hemmesfeld und ich. Ihn hab ich kaum gesehen. Der war immer im Geschäft, wenn ich da war.«

Hemmesfeld war Bauunternehmer gewesen, das wussten Dani und Kraut inzwischen. Damit war er reich geworden. Oder zumindest wohlhabend. Seine finanziellen Verhältnisse hatten sie noch nicht restlos ergründet.

»Haben Sie Familie?«

»Zwei Töchter und einen Sohn. Mein Mann hat mich sitzen lassen, schon lange her.«

»Kannten Ihre Kinder die Hemmesfelds ebenfalls?«

Katharina schüttelte den Kopf. »Ich hab davon erzählt, wo ich arbeite und so, aber ich hab sie nie mitgenommen, weil ich Angst hatte, dass sie irgendwas von den teuren Sachen im Haus kaputtmachen.«

Dani betrachtete die Frau inmitten der weißen Laken. Sie schätzte ihr Alter auf Mitte bis Ende fünfzig.

»Wie alt sind Ihre Kinder, und was machen sie?«

»Merle und Klara sind verheiratet und haben selbst Kinder. Ganz süße Dinger. Kevin sucht immer noch nach Arbeit. Irgendwie hat er kein Glück. Er ist einundzwanzig, die Mädchen vierundzwanzig und sechsundzwanzig.«

Sie hob den Blick und sah Dani um Verständnis heischend an. »Es sind gute Kinder, alle drei.«

»Das glaube ich Ihnen«, sagte Dani und drückte ihre Hand. »Wir werden Sie für heute in Ruhe lassen. Genießen Sie den Aufenthalt hier, und lassen Sie sich verwöhnen.«

Kraut runzelte fragend die Stirn, doch Katharina ließ sich entspannt in die Kissen zurücksinken und wartete auf das Mittagessen, das innerhalb der nächsten Minuten durch die Tür geschoben würde. Was für ein Leben! Drei Mahlzeiten am Tag, die man nicht selbst zubereiten musste, nachmittags Kaffee und Kuchen, ein Fernseher am Bett und vierundzwanzig Stunden Ruhe. Das Paradies!

Mit der Fernbedienung zappte sie durch die Kanäle und blieb bei einer Gerichtsdokumentation hängen. Als sich wenige Minuten später die Tür öffnete und die Schwester ein Tablett hereintrug, ließ Katharina den Kopf zur Seite fallen und sah schlagartig krank und erschöpft aus.

Vom Krankenhaus *Maria Hilf* fuhren sie gleich über die Autobahn in Richtung Bonn. Die Tochter der Hemmesfelds, Elisabeth, wohnte in der Südstadt in einer der schönen alten Stadtvillen, die in Bonn zuhauf zu finden waren. Fünf Parteien zeigte die Klingelleiste an. Elizabeth wohnte unter dem Dach.

Schon nach dem ersten Klingeln summte der Türöffner ohne Nachfrage. Möglicherweise funktionierte die Gegensprechanlage nicht.

Dani und Kraut stiegen die drei Etagen empor. Die Wohnungstür stand offen. Dani klopfte.

»Kommt rein«, rief eine Frauenstimme aus dem Inneren der Wohnung. Die Polizistinnen traten ein und schlossen die Tür hinter sich.

Eine junge Frau kam aus dem gegenüberliegenden Raum in den Flur und betrachtete sie verblüfft. Sie trug die blonden

Haare zu einem Pferdeschwanz gebunden. Ihre Kleidung bestand aus einem farbverkleckstem, beigefarbenen Overall und dicken Wollsocken. Dani schätzte sie auf etwa achtundzwanzig Jahre.

»Oh, hallo, ich hatte jemand anderen erwartet«, sagte sie und trat einen Schritt näher. »Was kann ich für Sie tun?«

Dani übernahm wie immer die Vorstellung. »Ich bin Oberkommissarin Daniela Flegel von der Kripo Ahrweiler. Das ist meine Kollegin, Hauptkommissarin Kraut. Wir haben leider schlechte Nachrichten für Sie.«

Elisabeth Hemmesfeld legte den Kopf ein wenig schief und runzelte die Brauen. »Schlechte Nachrichten? Ist was passiert?«

Jetzt kam der schlimme Teil, den Dani so sehr verabscheute. Dennoch bevorzugte sie es, ihn selbst zu übernehmen und nicht Kraut zu überlassen. Ihre Art, schlechte Nachrichten zu überbringen, war, gelinde gesagt, burschikos.

»Können wir uns vielleicht irgendwo hinsetzen?«, fragte sie und deutete auf den Raum hinter der jungen Frau.

»Äh, ja, natürlich. Bitte, kommen Sie.«

Elisabeth wandte sich um, strich nervös eine Haarsträhne hinters Ohr, deutete auf ein riesiges Sofa und setzte sich selbst auf die Kante eines dazu passenden Sessels. »Also, was ist los?«

»Frau Hemmesfeld«, begann Dani, »Sie sind doch Elisabeth Hemmesfeld?«

Lissi nickte.

»Wir müssen Ihnen leider mitteilen, dass Ihre Eltern ums Leben gekommen sind.«

Einige Sekunden verstrichen, während Lissi eine weitere Haarsträhne zurückstrich, sich im Sessel zurechtsetzte und sofort wieder nach vorn auf die Kante rutschte. Ihr Blick irrte fragend von einer Polizistin zur anderen, dann zum Fenster und im Raum umher.

»Meine Eltern?«, sagte sie schließlich ungläubig. »Aber wieso … Was … was ist passiert?«

Dani sah sich suchend um und entdeckte eine Wasserflasche und Gläser auf einer Kommode unter dem Fenster. Sie stand auf, füllte ein Glas und reichte es Lissi, die es annahm, ohne zu trinken.

Dani setzte sich wieder.

»Ihre Eltern sind ermordet worden.« Die Schonungslosigkeit dieser Mitteilung war ihr bewusst. Doch in vielen Nächten, die solchen Mitteilungen vorausgegangen waren, hatte sie nie eine Formulierung gefunden, die trostreicher oder weniger entsetzlich gewesen wäre. Es gab keine guten Worte dafür.

Lissi ließ das Wasserglas auf den Holzboden fallen und schlug eine Hand vor den Mund. Kraut warf Dani einen Blick zu, der besagte: Mal wieder zu früh mit dem Wasser. Sie stand auf und suchte in der Küche nach einem Wischlappen.

»Es tut mir schrecklich leid«, sagte Dani und widerstand der Versuchung, die junge Frau in den Arm zu nehmen. Lissis Augen füllten sich mit Tränen, ihre Hand hielt immer noch den Mund fest verschlossen, die andere umklammerte die Sessellehne.

»Ermordet!«, flüsterte sie. »Das kann doch nicht … Was … Sind Sie sicher, dass es sich um meine Eltern handelt?«

Dani nickte. »Kein Zweifel. Sie wurden gestern in ihrem Haus tot aufgefunden. Die Putzfrau hat sie eindeutig identifiziert.«

Kraut kehrte mit einem Handtuch zurück, wischte das vergossene Wasser auf und füllte das Glas erneut.

Diesmal griff Lissi zu und trank einen Schluck. Krauts Blick zu Dani sagte: Siehste?

Lissi wühlte ein gebrauchtes Papiertaschentuch aus einer Hosentasche und schnäuzte sich. Die Tränen liefen ihr ungehemmt die Wangen hinab.

»Wer hat das getan?«, fragte sie stockend.

»Das wissen wir noch nicht. Aber wir werden den oder die Täter finden«, versicherte Dani. Ich höre mich an wie der personifizierte Polizeibericht, dachte sie und kam sich linkisch und unbeholfen vor.

»Wie ... wie ... sind sie ...« Lissi brachte die Worte nicht heraus.

»Sie haben nichts davon mitbekommen«, sagte Dani. »Sie sind im Schlaf gestorben.«

Die großen Augen ins Leere gerichtet, nickte Lissi. Automatisch wischte sie alle paar Sekunden mit dem Taschentuch Tropfen von ihrer Nase. Ihre Tränen liefen unaufhörlich.

Kraut lockerte die Schultern. Sie wurde bereits ungeduldig. Mit Flegel dauerte so etwas immer ewig. »Ich geh mal in die Küche und mache uns einen Kaffee«, sagte sie und stand auf. Dani nickte. Lissi reagierte nicht.

Als Kraut zehn Minuten später mit einer Kaffeekanne zurückkehrte, saß Dani auf Lissis Sessellehne und hielt sie tröstend im Arm. Kraut schüttelte den Kopf, holte Tassen aus der Küche und goss dampfenden Kaffee ein.

Während Dani Lissis Schultern streichelte und sie hin und wieder zu einem Schluck Kaffee nötigte, sah Kraut sich im Zimmer um. Offenbar handelte es sich um eine Mischung aus Wohnzimmer und Atelier. Neben dem Fenster stand eine Staffelei mit einem unvollendeten Gemälde, das vor bunten Farben nur so strotzte. An den Wänden lehnten weitere Rahmen mit bemaltem oder noch jungfräulichem Leinen. Ein fahrbares Regal transportierte Farben, Pinsel, Wassergläser, Wischlappen und einige Flaschen mit nicht zu identifizierendem Inhalt. Elisabeth Hemmesfeld war Malerin. Das erklärte das Bild unter dem Weihnachtsbaum. Die Polstermöbel und Schränke waren sicher nicht billig gewesen, ebenso wenig die gut ausgestattete

Einbauküche, die Kraut vor wenigen Minuten hatte besichtigen können. Elisabeth schien ihre Bilder gut zu verkaufen.

»Können wir jemanden anrufen, der sich um Sie kümmert?«, fragte Dani gerade, als Kraut ihre Besichtigung beendet hatte.

Lissi hob den Blick und sah Dani erschrocken an. »Haben Sie schon mit meinem Bruder gesprochen?«

Dani schüttelte den Kopf. »Nein, wir fahren anschließend zu ihm.«

Lissi schüttelte den Kopf. »Oh Gott, er wird das nicht aushalten. Ich fahre mit Ihnen.«

Sie sprang auf und rannte im Zimmer hin und her. »Wo ist meine Tasche? Ich brauche meine Tasche!«

Dani fasste sie an den Schultern. »Beruhigen Sie sich. Wir finden Ihre Tasche, und dann fahren wir gemeinsam zu Ihrem Bruder.«

Lissi schluchzte auf und barg ihr Gesicht an Danis Schulter. Kraut suchte und fand die Handtasche und öffnete die Wohnungstür.

Zwei junge Leute standen davor und starrten sie verblüfft an.

»Wer sind Sie, und wie sind Sie ins Haus gekommen?«, herrschte Kraut sie an.

»Die … die Haustür war nur angelehnt«, stammelte die Frau. »Wir sind Freunde von Lis.«

Lissi, die die beiden gesehen hatte, riss sich von Dani los und stürzte zur Tür. »Ella, meine Eltern sind tot«, schluchzte sie und warf sich der Freundin in die Arme. Der junge Mann neben ihr wurde blass.

»Was ist passiert?«, fragte er, an Kraut gewandt. Und dann: »Entschuldigen Sie. Ich bin David Mallmann, ein Freund von Lis. Das ist Ella Wengel.«

Bevor Kraut in ihrer unnachahmlichen Art Auskunft geben konnte, trat Dani vor und forderte den Mann mit einer Handbewegung zum Eintreten auf.

»Frau Hemmesfelds Eltern sind ermordet worden«, erklärte sie flüsternd. »Wir wollten uns gerade zu ihrem Bruder begeben, der noch nichts davon weiß. Sind Sie auch mit Herrn Hemmesfeld befreundet?«

David nickte vage. »Befreundet wäre vielleicht zu viel gesagt, aber wir kennen ihn. Sollen wir mitkommen?«

Dani blickte zu Kraut, die entschieden den Kopf schüttelte.

»Ja, das wäre vielleicht ganz gut«, sagte Dani zu David und schob ihn hinaus ins Treppenhaus.

Kraut sackte in sich zusammen und ließ den Kopf hängen.

Lissi schloss die Haustür mit ihrem eigenen Schlüssel auf und stürmte die Treppe empor. Dani versuchte, sie einzuholen. »Frau Hemmesfeld, warten Sie bitte. Wir sollten vielleicht erst einmal klingeln oder klopfen und Ihren Bruder nicht so überfallen.«

Lissi wurde langsamer und blieb schließlich stehen. Sie nickte und stieg die restlichen Stufen ruhiger hoch. Vor einer weißen Tür im dritten Stock blieb sie stehen und atmete zitternd ein paarmal durch. »Das wird schrecklich werden«, flüsterte sie und wischte ihre Tränen ab.

Sie drückte einmal auf den Klingelknopf. Ein einzelner Ton erklang und brach sofort wieder ab. Lissi klopfte. »Frieder, ich bin's, Lissi. Mach auf.«

Hinter der Wohnungstür rührte sich nichts.

»Manchmal geht er einfach nicht an die Tür«, flüsterte Lissi und klopfte noch einmal.

»Bitte, Frieder, mach sofort die Tür auf.«

Wieder tat sich nichts.

»Soll ich aufschließen?« Lissi hielt den Schlüssel noch in der Hand.

Dani überlegte kurz. »Nein, versuchen Sie zuerst, ihn anzurufen. Vielleicht ist er ja tatsächlich unterwegs. Dann sollten wir nicht in seine Wohnung eindringen.«

Lissi öffnete ihre Handtasche und wühlte nach dem Handy. Dani spähte hinein und sah ein Durcheinander von Lippenstiften, Kugelschreibern, Taschentüchern und Notizzetteln, ganz ähnlich dem Inhalt ihrer Handtasche. Lissi wühlte immer nervöser. »Ich kann mein Handy nicht finden«, schluchzte sie und begann hysterisch zu weinen.

»Lassen Sie mich mal«, sagte Dani und nahm ihr die Tasche aus den zitternden Händen. Schnell hatte sie das Telefon gefunden und reichte es Lissi. Ella trat heran und umarmte ihre Freundin von hinten.

Das Handy am Ohr versuchte Lissi, das Weinen zu unterdrücken. »Er geht nicht ran. Was sollen wir jetzt tun?«

Dani blickte zu Kraut. Die zuckte ratlos mit den Schultern. »Es besteht eigentlich kein Grund, nachzusehen, ob er doch zu Hause ist. Nicht für uns jedenfalls«, sagte sie dann. »Aber Sie sind seine Schwester. Wenn Sie wollen, können Sie aufschließen.«

Lissi nickte und öffnete die Wohnungstür. Eisige Kälte schlug ihr entgegen, doch sie nahm sie nicht wahr, ergriff Ellas Hand und zog sie mit sich in die Wohnung. Dani und Kraut spähten hinter den beiden her in einen schmucklosen Flur. Lissi und Ella schauten in die beiden Zimmer, in die Küche und ins Bad.

»Er ist nicht da«, sagte Lissi und fing wieder an zu weinen. Ella nahm sie in den Arm.

»Was machen wir jetzt?«, fragte Dani.

Kraut verschränkte die Arme vor der Brust. »Es ist sein gutes Recht, nicht zu Hause zu sein und nicht ans Telefon zu gehen. Da machen wir gar nichts.«

Sie wandte sich an Lissi. »Frau Hemmesfeld, bitte versuchen Sie weiter, Ihren Bruder zu erreichen. Und rufen Sie uns an, wenn er wieder auftaucht.«

Lissi nickte.

»Können Sie beide noch ein wenig bei ihr bleiben?«, fragte Dani. David und Ella nickten. »Natürlich. Wir lassen sie doch jetzt nicht allein.«

»Danke. Wir melden uns später noch einmal bei Ihnen, Frau Hemmesfeld.«

Gemeinsam gingen sie hinunter auf die Straße. Lissi stieg zu ihren Freunden ins Auto und fuhr mit ihnen davon.

»Gut, dass sie jetzt nicht allein ist«, sagte Dani. »Bisschen komisch, das mit dem Bruder, oder?«

»Eigentlich nicht«, widersprach Kraut. »Du gehst doch auch mal nicht ans Telefon, oder? Vielleicht ist er gerade bei seiner Freundin oder in der Bibliothek oder im Museum. Da schaltet man das Handy aus.«

»Ab dem Moment, als wir nach ihm gefragt haben, hat sie sich nur noch um ihn gesorgt.«

»Ja, die große Schwester eben.«

In flottem Tempo fuhren sie zurück nach Ahrweiler, wo auf ihren Schreibtischen reichlich Arbeit auf sie wartete.

* * *

Am späten Nachmittag hatten sie die Gespräche der Kollegen mit den Nachbarn nachgelesen, den Bericht der Spurensicherung durchgesehen und eine Magnetwand mit den Fotos vom Tatort bestückt. Jetzt saßen sie bei der etwa fünfundzwanzigsten Tasse Kaffee an ihren Schreibtischen und starrten die Fotos an.

»Erste Einschätzung?«

Kraut ließ die Füße vom Tisch auf den Boden knallen und richtete sich auf. »Okay. Erster Eindruck: ein Einbruch, der ausgeartet ist. Dafür spricht übrigens, dass in der Nacht zum ersten Weihnachtstag drei weitere Einbrüche in der Nähe stattfanden. Allerdings ohne Personenschaden. Der Täter denkt, die Leute sind nicht zu Hause, schlägt eine Scheibe ein, wühlt sich durch das Haus, findet im Schlafzimmer die Bewohner und erschlägt sie in Panik. Dann richtet er das Untergeschoss wieder einigermaßen her, damit niemand, der zufällig durch ein Fenster schaut, Verdacht schöpft und seine Tat möglichst lange unentdeckt bleibt.«

Dani nickte nachdenklich. »Möglich. Die Tat geschah laut Obduktion über die Weihnachtstage. Zuletzt gesehen hat man sie an Heiligabend, als die Weihnachtssänger sie besucht haben. Eine Nachbarin, die zufällig aus dem Fenster sah.«

»Warum hat der Täter die Handschuhe und den Hammer liegen lassen?«

»Vielleicht aus Entsetzen über seine Tat. Würde zu deiner Einbrechertheorie passen. Er erschlägt die Leute in Panik, obwohl er eigentlich nur ein Einbrecher und kein Mörder ist. Danach kann er nicht mehr logisch denken und reagiert nur noch.«

»Dazu passt allerdings nicht, dass er das Wohnzimmer aufgeräumt hat.«

»Vielleicht hat er das Wohnzimmer aber gar nicht in Unordnung gebracht, sondern hat oben angefangen, um sich dann nach unten durchzuarbeiten.«

»Aber die Handschuhe«, sagte Dani und tippte auf das Foto. »Er hat sie oben ausgezogen und ist dann geflüchtet. Also muss er irgendwo im Haus, an der Tür oder auf dem Treppengeländer, Fingerabdrücke hinterlassen haben. Es wurden aber keine fremden Abdrücke gefunden.«

»Vielleicht hatte er noch ein Paar Handschuhe und wollte nur die blutigen loswerden.«

»Nirgendwo im Haus wurde Bargeld gefunden. Schmuck ebenfalls nicht. Leute wie die Hemmesfelds hatten sicher beides im Haus. Er hat offenbar alles gefunden. Das passt wieder nicht zu der Theorie, dass er oben angefangen hat und dann in Panik geflüchtet ist. Da wäre irgendwo im Wohnzimmer etwas übrig geblieben, zumindest Bargeld im Schreibtisch.«

»Vielleicht hat er doch unten angefangen. Vielleicht gehört er zu der ordentlichen Sorte, die alles wieder aufräumt. Dann ging er nach oben, geriet in Panik und so weiter. Aufräumen hätte da sowieso nichts mehr genutzt angesichts der Leichen im Bett.«

»In den Handschuhen und am Hammerstiel wurden Hautschuppen und Fingerabdrücke gefunden. Die Kollegen versuchen, die DNA zu entschlüsseln.«

»Beziehungstat? Bekannte, auf die wir noch nicht gestoßen sind? Liebschaften? Eifersucht? Oder die Kinder?«

Kraut ließ sich wieder in ihren Stuhl fallen. »Weißt du was? Wir haben keinerlei vernünftige Anhaltspunkte. Die Kinder erben immerhin vermutlich das Geld und das Haus und profitieren damit in erster Linie. Aber traust du ihnen eine solche Tat zu?«

Dani schüttelte den Kopf. »Elisabeth sicher nicht. Aber Frieder kennen wir doch noch nicht einmal. Möglicherweise ist er irgendwie … gestört. Vielleicht ist Elisabeth deshalb so überbesorgt.«

»Sie schien aber nicht den leisesten Verdacht zu haben. Sie machte sich nur Sorgen, wie er die Nachricht aufnehmen würde.«

»Wie fandest du ihre Reaktion?«

Dani zündete sich eine Zigarette an und stellte sich ans offene Fenster. »Angemessen«, sagte sie. »Erschüttert. Glaubwürdig.«

»Also konzentrieren wir uns erst mal auf den Bruder, sobald er wieder auftaucht. Und suchen im Bekanntenkreis. Und bei der Baufirma. Angestellte wissen oft eine Menge über ihre Chefs.«

»Ich rufe Elisabeth noch mal an und mache für morgen einen neuen Termin aus.«

»Und vorher fahren wir in die Firma.«

Wie jeden Abend erstatteten sie dem Leiter der Polizeiinspektion, Lothar Werner, Bericht.

»Wir können uns vor Presseanfragen kaum retten«, sagte Werner. »Haben Sie irgendetwas für mich?«

»Leider nicht, Chef«, antwortete Dani. »Von den beiden Kindern haben wir erst eins ausfindig machen können, die Tochter. Der Sohn weiß noch nicht Bescheid. Wir hoffen, dass wir ihn morgen antreffen. Es deutet einiges auf einen missglückten Einbruch hin, aber da gibt es auch Widersprüche.«

Werner rieb seinen Nasenrücken. »Das bedeutet, wir halten uns mit Informationen so weit wie möglich zurück. Der Junge soll nicht aus der Zeitung erfahren, was mit seinen Eltern passiert ist.«

»Genau. Und das verschafft uns etwas Zeit, mehr über die Tatumstände herauszufinden.«

Dani und Kraut standen auf und traten zur Tür.

»Bringen Sie mir bald handfeste Ergebnisse«, sandte Lothar Werner ihnen nach.

»Wir tun unser Bestes, Chef«, sagte Kraut.

»Wie immer«, ergänzte Dani.

7. Kapitel

4. Januar, Krankenhaus Maria Hilf,
Bad Neuenahr

Wehmütig betrachtete Katharina den Fernseher, auf dem die letzten Szenen einer amerikanischen Serie liefen. Sie saß auf dem Bett, vollständig angekleidet, die Handtasche neben sich, und wartete auf Kevin. Trotz einer oscarreifen Schauspielleistung war es ihr nicht gelungen, den Arzt davon zu überzeugen, dass sie noch einige Tage zur Beobachtung im Krankenhaus bleiben müsse. Also ging es jetzt wieder nach Hause.

Vor ihrem geistigen Auge erstand ein Bild ihres Heims, wie es aussehen musste, nachdem Kevin zwei Tage allein dort gewesen war. Was heißt, allein? Vermutlich mit seinen sogenannten Freunden, die weder Benehmen noch eine Zukunft hatten, ganz zu schweigen von einem guten Einfluss auf Kevin.

Zuerst einmal würde sie die ganze Wohnung putzen müssen, dann wäre Arbeitssuche angesagt. Kevin hatte kein Einkommen, und Katharina war allein dafür verantwortlich, dass der Kühlschrank gefüllt und die Miete bezahlt wurde. Ob sie in ihrem Alter überhaupt noch eine vernünftige Arbeit fände? Sie konnte es nur hoffen.

Ein paar Tränen lösten sich aus ihren Augen und rannen die Wangen hinab. So gern hatte sie bei den Hemmesfelds gearbeitet. So eine nette Frau. Und was für ein schreckliches Ende die beiden genommen hatten. Welches Ungeheuer war imstande, diese netten Leute zu erschlagen? Mit Schaudern erinnerte sie sich an das Bild, das das Schlafzimmer bei ihrem

Eintreten geboten hatte. Grauenhaft. Und sie ... sie war genauso zum Opfer geworden. Keine Arbeit, kein Geld, keine Zukunft.

Am liebsten wäre sie für immer in diesem Zimmer im Krankenhaus geblieben.

Kevin riss sie aus ihren Gedanken. »Hi, wie geht's?«

Katharina betrachtete ihren Sohn und stellte fest, dass er die gleiche Kleidung wie vor zwei Tagen trug.

»Ganz gut inzwischen«, sagte sie und griff nach ihrer Tasche. »Und wie läuft's zu Hause?«

»Nichts Besonderes.«

»Wie war dein Termin beim Arbeitsamt?«

Kevin ging voraus, die Hände in die Hosentaschen gestopft. »War nicht da.«

»Was?« Katharina blieb stehen, doch Kevin ging ungerührt weiter den Krankenhausflur hinab Richtung Ausgang.

»Warum warst du nicht da?«

»Hab verschlafen.«

»Oh, Kevin, so geht das nicht. Du kannst nicht ständig vor der Arbeit weglaufen.«

Kevin wandte sich um und grinste sie an. »Wieso nicht? Bisher hat's doch ganz gut geklappt!«

Als Katharina an Kevins alter Klapperkiste ankam, saß er bereits hinter dem Steuer und hatte sich eine Zigarette angesteckt.

Schwer fiel sie auf den Beifahrersitz. So ging das nicht weiter. Sie musste jetzt an sich selbst denken. Sie fasste einen Entschluss.

»Hör zu, Kevin«, sagte sie. Kevin drehte den Zündschlüssel und startete den Motor. Katharina griff zum Schlüssel und zog ihn ab. Der Motor erstarb wieder.

»Was soll das?« Entrüstet blickte Kevin seine Mutter an.

Katharina blieb standhaft. »Du sollst mir zuhören, habe ich gesagt.«

Wütend verschränkte Kevin die Arme vor der Brust und starrte durch die Windschutzscheibe.

»Ich habe soeben meine Arbeit verloren, falls du noch nicht darüber nachgedacht hast. Keine Arbeit, kein Geld. Ist dir das klar?«

Kevin rührte sich nicht.

»Nein, das ist dir natürlich nicht klar, weil Mama immer für dich gearbeitet hat. Aber damit ist jetzt Schluss. Du musst von nun an für dich selbst sorgen. Ich kann es nicht mehr.«

Kevin öffnete den Mund und starrte Katharina an. »Was? Was soll das heißen?«

Katharina schloss die Augen und atmete tief durch.

»Du suchst dir eine eigene Wohnung und eine Arbeit. Ich kann nicht mehr für dich sorgen. Das heißt es. Und jetzt fahr los.«

Sie steckte den Schlüssel wieder ins Zündschloss. Wie betäubt startete Kevin den Motor.

Zu Hause warf Katharina nur einen kurzen Blick in Küche und Wohnzimmer. Wie erwartet war die Wohnung total verdreckt und verwüstet. Überall lagen leere Getränkedosen und Chipstüten herum. Auf dem Wohnzimmertisch lief ein Aschenbecher über. Es war zum Heulen.

Sie ging in ihr Schlafzimmer, schloss die Tür ab und legte sich ins Bett.

Als Kevin später an die Tür klopfte, rührte sie sich nicht.

* * *

Die Firma *Hoch- und Tiefbau Hemmesfeld* lag im Sinziger Industriegebiet direkt an der B9 zwischen Bonn und Koblenz. Ein

Containergebäude am Rande eines großen, mit zwei Meter hohem Maschendraht eingezäunten Geländes beherbergte das Büro des Bauleiters. Überall standen Baumaschinen und lagerten Materialien wie Steine, Latten und Dachschindeln.

Kraut parkte den Wagen direkt vor dem Bürogebäude. Noch während sie ausstiegen, öffnete sich die schmale Tür, und ein Baum von einem Mann trat heraus. Er stellte sich als Bauleiter Dieter Odenkirchen vor und bat die beiden Frauen hinein.

Auf seinem Schreibtisch, der rechts und links mit Stapeln von Papier bedeckt war, hatte er eine kleine Fläche in der Mitte freigeschaufelt und Kaffee vorbereitet.

»Schreckliche Sache«, sagte er, während er, ohne nachzufragen, Kaffee in die Tassen goss. »Haben Sie schon etwas herausgefunden?«

»Noch nicht viel«, gab Dani zu und betrachtete den Mann unauffällig. Sie schätzte ihn auf Mitte vierzig. Seine breiten Schultern und sein Stiernacken zeugten davon, dass er sich nicht mit theoretischen Aufgaben begnügte, sondern selbst mit Hand anlegte. Das waren Muskeln, die mit Sicherheit nicht im Fitnessstudio entstanden waren. Er trug ein dunkelblaues Hemd, an den Armen aufgekrempelt, und eine einfache dunkle Jeans und sah außerordentlich gut aus. Sein Gesicht war dem des Supermans aus den Comics nachempfunden. Oder umgekehrt.

Aus den Augenwinkeln warf Dani einen Blick zu Kraut, die aber nicht den Mann anstarrte, sondern sie selbst und grinste. Als sich ihre Blicke trafen, sandte sie Dani ein stummes »Wow!«

Dani nickte grinsend, räusperte sich dann und versuchte, sich auf ihre Aufgabe zu konzentrieren. Was war das noch gleich? Ach ja. Polizeiarbeit. Richtig.

»Wie läuft das Geschäft?«

»Ganz gut«, antwortete Odenkirchen und legte ein Bein quer über das andere. »Mit Höhen und Tiefen, wie üblich. Ein Winter wie dieser kostet uns schon einiges an Aufträgen, aber die holen wir gewöhnlich im Sommer wieder rein. Alles in allem kann man sagen: gut.«

»Wie war Herbert Hemmesfeld so als Chef?«

Odenkirchen dachte ein paar Sekunden nach und grinste dann auf eine jungenhafte Weise. Dani sank ein wenig in sich zusammen.

»Wie sagt man so schön: Streng, aber gerecht. Wenn man seine Arbeit tat, konnte man immer auf ihn zählen. Für Faulenzer oder Schlamper hatte er wenig Verständnis. Die fanden sich schneller auf dem Arbeitsamt wieder, als sie »Hey, Mann« sagen konnten.«

»Wie lange arbeiten Sie schon für ihn?«

Odenkirchen überlegte. »Über zwanzig Jahre. Ich kam als junger Mann in die Firma und hab von der Pike auf gelernt. Hemmesfeld war immer ein bisschen wie ein Vater für mich.« Er lehnte sich vor. »Nicht dass Sie mich falsch verstehen. Ich habe einen Vater, und er hatte einen Sohn, aber wir waren so was wie Vater und Sohn im Geiste. Das Geschäft war uns beiden wichtig.«

Dani nickte. Kraut zog eine Augenbraue hoch. Solche Sentimentalitäten waren ihr fremd und nicht geheuer.

»Was wird denn jetzt aus der Firma?«, fragte sie.

»Keine Ahnung«, antwortete Odenkirchen. »Ich führe sie erst mal weiter, bis feststeht, wer sie erbt und was derjenige damit vorhat. Wissen Sie«, er goss Kaffee in alle Tassen nach, »ich hatte gerade mit dem Chef vereinbart, die Firma zu übernehmen. Die Verträge liegen schon fix und fertig bei seinem Anwalt. Heute wollten wir sie unterzeichnen.«

»Tatsächlich? Hemmesfeld wollte verkaufen?«

Odenkirchen nickte. »Die Gesundheit seiner Frau ließ zu wünschen übrig. Seine Kinder machten keine Anstalten, seine Nachfolge anzutreten. Also hat er mich vor einiger Zeit gefragt, ob ich das Geschäft übernehmen möchte. Er wollte alles verkaufen und mit seiner Frau einen beschaulichen Lebensabend verbringen. Reisen, Landhaus und so was. Er freute sich richtig darauf. Und seine Frau auch.«

Dani trank einen Schluck Kaffee und versuchte, ihre nächste Frage diplomatisch zu formulieren, doch Kraut kam ihr zuvor. »Woher haben Sie das Geld für diese Investition?«

Ja, dachte Dani, so kann man es auch sagen.

Odenkirchen lehnte sich zurück und sah die beiden Frauen abwechselnd an. »Ich habe viel gearbeitet in den letzten zwanzig Jahren. Man kann tatsächlich eine Menge Geld verdienen im Baugewerbe. Hemmesfeld wusste, was er an mir hat, und hat dafür entsprechend bezahlt. Ich habe keine Frau und keine Kinder. Das Geld liegt zum Teil auf der Bank, zum Teil habe ich es angelegt. Den Rest wollte Hemmesfeld mich in Raten abstottern lassen. Es war alles fix und fertig durchgerechnet.«

Er beugte sich vor und legte die Ellbogen auf den Tisch. »Und jetzt geht die Firma vermutlich an seine Kinder, die sie entweder in wenigen Monaten ruinieren oder sofort verscherbeln. Wenn ich Glück habe, kann ich sie davon überzeugen, dass ich der geeignete Käufer bin.«

»Kennen Sie die Kinder von Hemmesfeld?«

»Flüchtig. Sie waren hin und wieder mal auf einer Baustelle, aber das ist schon lange her. Damals hatte der Chef noch die Hoffnung, sie für den Betrieb interessieren zu können. Die hatte er inzwischen aufgegeben.«

»Gut.« Dani stand auf, und Kraut folgte ihrem Beispiel. »Das wär's einstweilen. Wenn wir noch Fragen haben, melden wir uns. Und falls Ihnen etwas einfällt …« Sie legte eine Visitenkarte auf den Tisch.

»Ach ja, wann haben Sie Ihren Chef zum letzten Mal gesehen?«

»Am Tag vor Heiligabend, als er Feierabend machte. So gegen sieben. Von Weihnachten bis Neujahr haben wir grundsätzlich Betriebsferien. Diese Zeit wollte er immer zu Hause verbringen.«

»Und wo waren Sie Heiligabend?«, setzte Kraut nach.

Odenkirchen zog überrascht die Augenbrauen hoch. »Verdächtigen Sie mich etwa?«

Kraut öffnete den Mund, doch diesmal kam Dani ihr zuvor. »Reine Routine. Diese Frage stellen wir allen, die irgendwie mit der Familie zu tun haben.«

Odenkirchen folgte ihnen zur Tür. »Tja, meine Antwort wird Sie nicht glücklich machen. Ich war allein zu Hause. Den ganzen Abend und die ganze Nacht.«

Sie verabschiedeten sich, stiegen in den Wagen und fuhren über die B9 in Richtung Ahrweiler.

»Was für ein Mann«, seufzte Dani und rollte verzückt die Augen. »Ich will ihn heiraten.«

Kraut grinste von einem Ohr bis zum anderen.

»Hör zu, Dummerchen«, sagte sie, »der Mann war nie verheiratet, hat keine Kinder und sein ganzes Geld gespart. Was sagt uns das?«

Abrupt richtete sich Dani auf. »Er ist doch nicht etwa schwul, oder?«

»Tja, mein Schatz, ich fürchte doch. Wenn nicht schwul, dann zumindest impotent. Und geizig.«

Kraut lachte, als sie Danis enttäuschten Gesichtsausdruck sah.

»Nicht weinen, Liebling«, sagte sie und tätschelte Danis Knie. »Mami findet schon noch einen Mann für dich.«

* * *

Claudius Berg, der Anwalt der Hemmesfelds, zierte sich, als Dani ihn telefonisch um Auskunft über Hemmesfelds Verkaufsabsichten befragte. Stattdessen bat er sie zu sich in die Kanzlei, die nur wenige Meter von der Polizeiinspektion entfernt lag. Als Dani und Kraut eintrafen, hatte er bereits alle Unterlagen auf seinem Schreibtisch ausgebreitet.

»Herr Hemmesfeld wollte sich von seinem ganzen immobilen Besitz trennen, um Zeit und Raum für seine Frau zu haben«, erklärte er. »Die Firma mit sämtlichem Inventar und allen Fahrzeugen und Maschinen, das Haus mit der kompletten Einrichtung bis auf einige wenige sehr persönliche Gegenstände. Er hatte einen Makler beauftragt, in Südfrankreich ein kleineres Anwesen auf dem Land zu suchen. Frau Hemmesfeld hätte noch viele Jahre leben können, doch durch die fortschreitende Demenz wäre sie immer mehr eingeschränkt gewesen in ihrer Bewegungsfreiheit. Er wollte nur noch für sie da sein, mit ihr im Garten arbeiten und spazieren gehen und so weiter. Bewundernswert.«

»Haben die beiden ein Testament hinterlassen?«, fragte Dani.

»Selbstverständlich. Es wäre nach dem Verkauf der Firma entsprechend geändert worden.«

»Inwiefern?«

»Nun ja, nach dem Verkauf hätten sie nur noch Bargeld und das neue Haus in Frankreich vererben können. Jetzt sind es das alte Haus, die Firma, Bargeld und Wertpapiere.«

»Und die beiden Kinder erben alles? Oder gibt es noch andere Verwandte?«

»Nein, sämtliche Elternteile der beiden sind bereits verstorben, ebenso eine Schwester von Frau Hemmesfeld, die ihrerseits keine Nachkommen hatte. Dennoch erben die Kinder nicht alles. Sie bekommen das Haus, das Auto und jeweils etwa fünfhunderttausend Euro in bar, dazu noch Wertpapiere. Die genaue Summe muss ich erst noch ermitteln. Die Haushälterin und der Gärtner werden ebenfalls bedacht. Offenbar waren sie schon sehr lange bei den Hemmesfelds. Sie haben sie beide sehr geschätzt.«

Dani freute sich von ganzem Herzen für Katharina.

»Wer erbt die Firma?«, fragte Kraut.

»Das komplette Unternehmen geht an den derzeitigen Bauleiter, Dieter Odenkirchen. Herr Hemmesfeld mochte ihn wie einen Sohn. Er hat oft von ihm gesprochen, und immer nur in den höchsten Tönen.«

Diese Information ließ Dani und Kraut erst einmal verstummen. Das warf ein neues Licht auf Odenkirchen.

»Kann Odenkirchen davon gewusst haben?«, fragte Dani. »Er erzählte uns, dass er die Firma gerade kaufen wollte, als die Hemmesfelds starben.«

»Das stimmt auch. Das Testament war ja nur für den Todesfall gedacht. Bis dahin hätten Herr und Frau Hemmesfeld ja von etwas leben müssen, also konnte er die Firma nicht einfach verschenken. Aber er hat Odenkirchen einen wirklich guten Preis gemacht. Auf dem freien Markt hätte er leicht das Doppelte erzielen können. Aber es war ihm wichtig, dass die Firma, die er ja von ganz unten aufgebaut hatte, in gute Hände übergeht. Und Geld hatten sie ja ohnehin genug.«

»Könnte Odenkirchen davon gewusst haben?«, wiederholte Dani ihre Frage.

Berg schüttelte vage den Kopf. »Ich glaube es nicht. Zumindest habe ich Herrn Hemmesfeld abgeraten, darüber zu sprechen. Das hätte nur Begehrlichkeiten geweckt. Aber sicher weiß ich es nicht.«

»Und die Kinder der Hemmesfelds? Haben sie das Testament gekannt?«

»Gleiche Antwort. Soweit ich weiß, nicht. Dass sie die Firma nicht bekommen, dürfte sie nicht allzu sehr enttäuschen. Keiner von beiden war daran interessiert, ins Baugewerbe einzusteigen. Und eine halbe Million Euro sind ja auch ein ganz nettes Erbe.«

Berg führte die beiden Frauen persönlich zur Tür.

»Die Testamentseröffnung findet übrigens am Donnerstag nächster Woche um fünfzehn Uhr hier in meiner Kanzlei statt«, informierte er sie, bevor sie sich verabschiedeten. »Ich habe heute die Einladungen verschickt.«

»Da fällt mir ein«, sagte Dani und wandte sich noch einmal zu dem Anwalt um. »Wir konnten Frieder Hemmesfeld bisher nicht ausfindig machen. Er ist verreist oder verschwunden. Wir wissen es noch nicht. Was passiert mit seinem Erbteil, falls er bis nächste Woche noch nicht aufgetaucht ist?«

Berg dachte kurz nach. »Das Gelderbe bleibt auf der Bank, die Wertpapiere ebenfalls. Und das Haus, an dem er hälftig beteiligt ist, kann nicht verkauft werden ohne seine Zustimmung. Ansonsten bleibt die Gültigkeit des Testaments davon unberührt.«

Er klingt wie der Sprecher der Anwaltskammer, dachte Dani amüsiert und bedankte sich.

8. Kapitel

Frieder geht einfach nicht ans Telefon«, sagte Elisabeth Hemmesfeld anstelle einer Begrüßung und bat die beiden Frauen mit einer Handbewegung in ihre Wohnung »Ich hab schon alle seine Freunde angerufen. Niemand hat ihn gesehen. Ich habe keine Ahnung, wo er sich herumtreibt.«

Kraut stutzte. »Herumtreibt? Was meinen Sie damit?«

Lissi ließ sich in ihren Sessel fallen. »Ich sag's nicht gern, aber Frieder verschwindet öfter mal für ein paar Tage. Immer, wenn er eine neue Bekanntschaft aufgerissen hat. Er bleibt tagelang da, wo immer das ist, bis er genug davon hat. Er geht nicht ans Telefon und meldet sich nicht. Es ist also eigentlich nicht ungewöhnlich. Aber gerade jetzt ...«

Dani setzte sich wieder auf den Platz, auf dem sie schon am Vortag gesessen hatte. Kraut blieb am Fenster stehen und sah hinaus.

»Er weiß ja nicht, was los ist«, sagte Dani. »Sie können es ihm also nicht übel nehmen, wenn er sich so verhält wie immer.«

»Wie lange dauert seine Vögeltour gewöhnlich?«, fragte Kraut, ohne sich umzudrehen.

Dani und Lissi zuckten synchron zusammen.

»Meist drei bis vier Tage. Das Längste bisher waren zwei Wochen.«

»Das ist lang«, sagte Dani. »Haben Sie eine Ahnung, wo wir nach ihm suchen könnten? Geht er in Discos oder Bars, um seine Frauen aufzureißen? Oder schleppt er sie in der Unibibliothek ab?«

Kraut wandte sich um und sah Dani kopfschüttelnd an. Dani hob die Hände. Was?!

»Die Frage ist eher, ob er sie in Darkrooms oder am Bahnhof aufreißt«, sagte Kraut. »Wie viele Schwulenclubs gibt es wohl in Bonn und Umgebung? Ach ja, ich vergaß, da ist ja auch noch Köln. Das wird nicht einfach.«

Lissi kniff die Lippen zusammen. Dani saß wie erschlagen auf der Couch.

»Wir haben versucht, es vor unseren Eltern zu verheimlichen. Papa wäre ausgerastet, wenn er das gewusst hätte. Frieder hatte unheimlich Angst vor ihm.«

»Warum denn?«

»Keine Ahnung. Es hatte wohl etwas mit der Erwartungshaltung zu tun. Papa hat immer gehofft, dass Frieder mal den Betrieb übernimmt. Dann entpuppte er sich als Schöngeist, der Schriftsteller werden wollte. Frieder hatte immer das Gefühl, eine einzige Enttäuschung für unseren Vater zu sein.«

»Und Sie?«, fragte Dani. »Waren Sie auch eine Enttäuschung?«

Lissi schüttelte unschlüssig den Kopf. »Ja und nein. Einerseits war ich die Erstgeborene, andererseits aber ein Mädchen. Als klar wurde, dass ich malen wollte, war die Enttäuschung nur mäßig. Aber als Frieder dann Schriftsteller werden wollte, war alles vorbei.«

»Was meinen Sie mit ›alles vorbei‹?«, hakte Dani nach.

»Ich weiß auch nicht. Sie gaben irgendwie die Hoffnung auf. Keine tauglichen Erben oder so. Wir waren nur noch Beiwerk, das an Geburtstagen und an Weihnachten zu Besuch kommt. Keine Hoffnungsträger mehr, verstehen Sie?«

Dani nickte. Ja, das verstand sie nur zu gut. Ihr Vater, ein Professor-Doktor-hast-du-nicht-gesehen, war zu Tode getroffen gewesen, als sie sich für eine Laufbahn bei der Polizei entschied.

»Also waren Sie zu Weihnachten bei Ihren Eltern?«

»An Heiligabend, ja. Nach dem Essen sind wir wieder gefahren.«

»Und Ihren Bruder, wann haben Sie den zum letzten Mal gesehen?«

»An Neujahr. Wir hatten ein paar Tage mit Freunden auf einer Skihütte verbracht. Neujahrsabend sind wir gegen neun nach Hause gekommen. Ich hab Frieder vor seinem Haus abgeliefert und bin in meine Wohnung gefahren. Und am nächsten Tag kamen Sie.«

Dani dachte einen Moment nach, bevor sie die nächste Frage stellte. »Hat Frieder während Ihres Urlaubs von irgendwem erzählt? Einer neuen Liebe?«

»Nein. Er war sehr ruhig. Stiller als sonst. Irgendetwas schien ihn zu bedrücken, aber er wollte nicht darüber sprechen, als ich nachgefragt habe. Keine Ahnung. Er ist nicht sehr offen, wissen Sie.«

»Könnte er sich jemand anderem geöffnet haben, einem Freund oder Liebhaber?«

Lissi schüttelte den Kopf. »Das glaube ich nicht. Wenn überhaupt, spricht Frieder mit mir. Mit anderen Menschen wird er nie so richtig warm. Deshalb kommt er ja nach ein paar Tagen immer wieder zurück. Bei ihm hält alles nur kurze Zeit. Dann ist er wieder da.«

Dani nickte. Im Moment fielen ihr keine weiteren Fragen ein, aber sie wollte auch noch nicht gehen. Das Verhör schien noch nicht zu Ende zu sein.

»Könnten wir einen Kaffee kochen?«, fragte sie deshalb. Lissi stand sofort auf. »Natürlich. Entschuldigen Sie bitte. Ich bin im Moment nicht ich selbst.«

»Nur zu verständlich«, sagte Dani und folgte Lissi in die Küche. Kraut sah ihnen missmutig hinterher und äffte Danis ›nur zu verständlich‹ nach.

Als sie, jede mit einer Tasse Kaffee vor sich, anschließend um den Couchtisch herum saßen, fragte Kraut. »Wurden Sie von Ihren Eltern finanziell unterstützt?«

Lissi nickte. »Ja, sie haben uns jeden Monat das Geld für Miete und Lebensunterhalt überwiesen. Mit Kunst verdient man nicht so viel. Zumindest nicht am Anfang.«

»Wussten Sie, dass Ihr Vater die Firma verkaufen wollte?«, schob Kraut nach.

Lissi sah überrascht auf. »Nein, das wusste ich nicht. Wollte er das?«

Kraut nickte, und Dani erklärte, dass Hemmesfeld bereits einen Kaufvertrag mit seinem Bauleiter ausgehandelt hatte.

Lissi überdachte die Information, kommentierte sie aber nicht.

»Angeblich ging es Ihrer Mutter gesundheitlich nicht so gut?«, hakte Dani nach.

Wieder schien Lissi überrascht. »Tatsächlich?« Sie dachte nach. »Sie schien etwas verwirrt, als wir Heiligabend da waren. Sie redete furchtbar viel, lief ständig hin und her. Ich hab gedacht, sie hätte Krach mit meinem Vater. Dann reagierte sie nämlich auch so. Aber vielleicht …«, sie zögerte, »vielleicht hatte sie auch ein anderes Problem.«

»Das Gehirn Ihrer Mutter zeigte Anzeichen von Demenz«, erklärte Kraut. »Deshalb wollte Ihr Vater die Firma und das Haus verkaufen, um die letzten guten Tage mit Ihrer Mutter zu verbringen.« Sie stand auf und trat wieder ans Fenster. »Hat nicht geklappt.«

Bestürzt senkte Lissi den Kopf. Ihre Finger tasteten nach der Kaffeetasse. »Das … das hab ich nicht gewusst«, flüsterte sie. »Das haben wir beide nicht gewusst.«

»Hätte das was geändert?« Kraut sah nicht, dass Lissi leise zu weinen begonnen hatte, und Dani fragte sich, ob sie das in irgendeiner Form berührt hätte. Sie wechselte wieder zu Lissis Sessellehne und legte den Arm um die junge Frau.

»Es ist nicht Ihre Schuld«, sagte sie leise und sandte brennende Blicke in Krauts Rücken, die diese jedoch nicht zu verletzen schienen.

Da sie nun schon mal in Bonn waren, beschlossen sie, noch auf Verdacht zu Frieders Wohnung in Endenich zu fahren. Vielleicht war er inzwischen wieder da und ging nur nicht ans Telefon. Lissi begleitete sie.

Wieder ertönte der schrille, kurze Klingelton. Lissi drückte gleich noch einmal auf den Knopf.

Plötzlich öffnete sich die Tür, und alle drei erschraken. Damit hatte keine von ihnen wirklich gerechnet.

Im Türrahmen stand ein schmaler junger Mann mit dunklem Wuschelkopf und blassem Gesicht und starrte sie fragend an. »Ja, bitte?«, sagte er, als von den drei Frauen vor der Tür kein Wort kam.

»Ist Frieder da? Ich bin seine Schwester«, sagte Lissi und spähte an ihm vorbei in die Wohnung.

Seine Blässe überzog sich mit einem leichten Hauch Rosa.

»Nein. Er ist nicht da.«

Lissi drängte sich an ihm vorbei in die Wohnung und durchstreifte die Zimmer.

»Wer sind Sie?«, fragte Kraut.

»Ich bin ein Freund von Frieder. Und wer sind Sie?« Sein Ton war aufmüpfig. Genau das Richtige für Kraut, dachte Dani amüsiert.

»Wir beide sind von der Kripo, und wenn's recht ist, würden wir gern ein Wörtchen mit Ihnen reden. Gehen Sie hinein.«

Eingeschüchtert drehte sich der Junge um und schlurfte in den der Tür gegenüberliegenden Raum. Ein Wohnzimmer.

Dort stellte er sich mit verschränkten Armen mitten ins Zimmer.

»Wissen Sie, wo Frieder Hemmesfeld ist?«

Er schüttelte den Kopf.

»Was machen Sie hier?«

Lissi hatte ihre Runde durch die Wohnung beendet und ließ sich in einen Sessel fallen. Die Heizungen waren ausgeschaltet, und Lissi rieb fröstelnd über ihre Oberarme.

»Frieder hatte noch ein paar CDs von mir, und weil er sich am Handy nicht gemeldet hat, dachte ich, ich hol sie mir eben ab.«

»Und auf Ihr Klingeln hin hat sich die Tür magisch geöffnet?«

»Nein, sie war nur angelehnt.«

Kraut und Dani wechselten einen Blick. Ziemlich ausgeschlossen.

»Zeigen Sie mir Ihren Ausweis.«

Trotzig schob er das Kinn vor. »Hab ich nicht dabei.«

»Führerschein?«

»Nein.«

»Name und Anschrift?«

»Thomas Müller, Argelanderstraße 10 in Bonn. Zufrieden?«

»Das sage ich Ihnen gleich«, antwortete Kraut und griff zu ihrem Handy. Sie telefonierte mit den Kollegen im Polizeipräsidium Bonn und ließ die Angaben überprüfen.

»Danke«, sagte sie, gab die Adresse von Frieders Wohnung durch und klappte das Handy zusammen.

Aus dem hinteren Hosenbund zog sie ein Paar Handschellen heraus, packte den jungen Mann am Arm und drehte ihn um. »Sie sind vorläufig festgenommen und werden gleich von ein paar freundlichen Kollegen auf die Bonner Polizeiwache begleitet«, sagte sie, während die Handschellen um seine Handgelenke einrasteten.

»Warum? Ich hab nichts getan!«, schrie er panisch.

»Sie haben falsche Personalien angegeben und wurden in einer Wohnung angetroffen, zu der Sie keinen berechtigten Zugang haben. Das genügt einstweilen.«

Kraut schubste ihn von sich. »Und jetzt setzen Sie sich und halten den Mund.«

Lissi und Dani hatten das Geschehen mit großen Augen verfolgt.

Kraut wandte sich zu ihnen um. »Da wir schon mal hier sind, sollten wir uns in der Wohnung umsehen. Vielleicht finden wir Hinweise auf Frieders Verbleib. Mach du das, Flegel. Ich leiste unserem neuen Freund Gesellschaft.«

In Lissis Begleitung ging Dani ins Schlafzimmer. Das Bett war ungemacht und zerwühlt. Vor dem offenen Kleiderschrank lag ein Haufen Wäsche. Lissi bückte sich und untersuchte ihn. »Das sind die Kleider, die Frieder im Urlaub mithatte«, sagte sie. Ihr Blick wanderte umher. »Seine Reisetasche ist nicht da.« Sie musterte den Inhalt des Kleiderschranks. »Ich bin nicht ganz sicher, aber ich glaube, es fehlt einiges von seiner Kleidung. Er hat viel mehr, als hier drin ist.«

»Sehen wir mal im Bad nach«, schlug Dani vor und folgte Lissi über den Flur.

Im Wohnzimmer warf Krauts neuer Freund ihr ununterbrochen wütende Blicke zu. »Sie haben mir meine Rechte nicht vorgelesen«, keifte er schließlich. »Die Verhaftung ist damit völlig rechtswidrig.«

Kraut grinste ihn an. »Erstens bist du nicht verhaftetet, sondern nur vorläufig festgenommen. Zweitens: Was mich betrifft, hast du nur das Recht, die Schnauze zu halten. Klar?«

Im Bad überließ Dani es wieder Lissi, die Bestände zu prüfen. Nachdem sie alle Schränke und Schubladen geöffnet hatte, stellte sie entmutigt fest: »Ich kann nicht genau sagen, ob etwas fehlt. Keine Ahnung, was Frieder sich ins Gesicht oder unter die Achseln schmiert.«

»Hat er irgendwo in der Wohnung ein Versteck für Bargeld?«, fragte Dani.

Lissi schüttelte den Kopf. »Glaub nicht. Er trug sein Geld immer in der Brieftasche mit sich herum.«

»Dann können wir demnach nur feststellen, dass Ihr Bruder nicht da ist und seine Reisetasche ebenfalls nicht.«

Sie gingen zurück ins Wohnzimmer. »Möglicherweise ist er verreist.« Dani berichtete von ihren mageren Erkenntnissen.

Ein Klopfen an der Tür kündigte die Bonner Kollegen an. Kraut erläuterte ihnen kurz den Sachverhalt und übergab ihnen ihren Gefangenen.

Auf dem Rückweg nach Ahrweiler machten sie eine Bestandsaufnahme.

»Frieder ist verschwunden. Damit steht er auf der Liste der Tatverdächtigen ganz oben«, stellte Dani fest. »Ich hab im Bad unauffällig ein paar Haare aus der Bürste gezupft. Damit können wir seine DNA mit der aus den Gummihandschuhen vergleichen.«

»Aber was hat er davon, seine Eltern umzubringen und dann abzuhauen? Sein Erbe kann er so ja wohl nicht antreten.«

»Vielleicht plant er, nach einiger Zeit bei Elisabeth aufzutauchen, seinen Anteil zu holen und dann wieder zu verschwinden.«

Kraut nickte. »Möglich wär's.«

»Odenkirchen kommt, glaube ich, nicht infrage, denn er hätte sich damit das Geschäft vermasselt. Außerdem kein Motiv auf Anhieb.«

»Es wäre schon ein Motiv, wenn er von dem Testament gewusst hätte«, wandte Kraut ein. »Eine Firma kaufen oder erben, sind doch finanziell deutlich verschiedene Umstände. Und er hat kein Alibi. Außerdem kannte er die Gewohnheiten seines Chefs und auch das Haus, vielleicht sogar den Code der Alarmanlage. Hemmesfeld hat ihm offenbar völlig vertraut.«

Dani stimmte zu. Sie mussten Odenkirchen auf jeden Fall im Auge behalten.

»Außerdem«, fuhr Kraut fort, »hat er bei unserem Gespräch eine Formulierung gebraucht, die mich im Nachhinein stutzig macht. Er sagte, er führt die Firma weiter, bis klar ist, wer sie erbt. Normalerweise gäbe es doch da gar keine Unklarheiten, oder? Im Normalfall erben die Kinder. Aber er stellte das offenbar infrage.«

Dani nickte. Das war ihr nicht aufgefallen, aber Kraut hatte völlig recht. »Er könnte von dem Testament gewusst haben. Und weil seine Barschaft nicht ganz ausreicht, um die Firma zu übernehmen, hat er die Erbschaftslösung gewählt.«

»Wir sollten auch die Einbruchstheorie nicht außer acht lassen«, setzte Kraut ihre Betrachtungen fort. »Immerhin drei Einbrüche in derselben Nacht. Es wurde noch niemand festgenommen.«

»Der Johannisberg in Bad Neuenahr ist ein Wohngebiet für reiche Leute. Das ist allgemein bekannt.«

»Wir sollten uns mal bei den Arbeitern in Hemmesfelds Firma umhören. Und uns die Kinder der Putzfrau näher ansehen.«

»Mehr fällt mir auf Anhieb auch nicht ein.«

* * *

Die klare Wintersonne schien schon längst durchs Fenster in Katharinas Schlafzimmer, bevor sie die Augen öffnen und sich dem Alltag stellen konnte. Sie hatte regelrecht Angst davor, die Tür ihres Zimmers zu öffnen. Was, wenn Kevin da draußen wäre und Ärger machte? Was, wenn sie keine Arbeit fände? Was, wenn …?

Sie schlüpfte in ihren Bademantel und öffnete vorsichtig einen Spalt breit die Tür. Die Wohnung lag ruhig da. Weder Musik noch Fernsehergeräusche waren zu hören. Entweder schlief Kevin noch oder er war nicht da. Sie sah auf die Uhr. Kurz vor elf. Vielleicht hatte sie Glück.

Leise schlich sie ins Bad, putzte sich die Zähne und duschte sich kurz ab. Gleich heute Morgen wollte sie zum Arbeitsamt gehen und sich um eine neue Stelle bemühen. Sie hatte nicht die geringsten Reserven auf der Bank. Wenn bis Ende des Monats nichts hereinkam, würde sie die Miete nicht bezahlen können. Ihr graute vor dem Gedanken.

Als sie im Bad fertig war, rührte sich immer noch nichts. Vorsichtig drückte sie die Klinke zu Kevins Zimmer hinunter. Eine Weile betrachtete sie seine zerknüllten Bettdecken, bis sie erkannte, dass er tatsächlich nicht da war. Erleichtert atmete sie auf.

Entgegen ihrer Stimmung wählte sie ein fröhlich gemustertes, helles Kleid und eine dazu passende Jacke, trank schnell in der Küche einen Kaffee und machte sich auf den Weg.

Als sie nach eineinhalb Stunden zurückkam, riss Kevin gerade die Schubladen im Wohnzimmer auf. Sie warf einen Blick ins Schlafzimmer. Da war er wohl schon gewesen. Das Zimmer war verwüstet.

Müde stellte sie sich in den Türrahmen. Kevin ignorierte sie völlig.

»Falls du Geld suchst«, sagte sie, »viel Glück.«

Kevin richtete sich auf und warf ihr einen wütenden Blick zu. »In dieser Hütte ist nichts, was zu gebrauchen ist«, schrie er. »Der Fernseher ist uralt, kein Computer, kein DVD-Player. Du hast wirklich gar nichts!«

Katharina nickte zustimmend. Ja, sie hatte wirklich gar nichts. Und dabei hatte sie in den letzten fünfunddreißig Jahren ständig gearbeitet. Irgendwas hatte sie falsch gemacht.

Sie schlurfte in die Küche und setzte sich an den Tisch.

Die Frau im Arbeitsamt hatte ihr auch keine Hoffnung gemacht. Sie solle ein Bewerbungstraining mitmachen, hatte die vorgeschlagen. Bewerbungstraining? Als Putzfrau? Katharina fasste sich verzweifelt an den Kopf. Wie sollte das nur weitergehen?

Kevin stürmte in die Küche. »Weißt du was? Du kannst mich mal. Ich bin auf dich doch gar nicht angewiesen. Oder glaubst du vielleicht, deine paar Kröten hätten mich die letzten Jahre ernährt? Vergiss es!«

Er drehte sich um und rannte aus der Wohnung.

Den werde ich so schnell nicht wiedersehen, dachte Katharina. Wenigstens das.

Müde griff sie nach der Stadtzeitung und blätterte bis zu den Stellenanzeigen. Irgendwas würde sie schon finden. Geputzt werden musste immer, und vielleicht zählte da eher die Erfahrung als das Alter.

* * *

Nachdem die Villa Hemmesfeld gründlich gereinigt und in einen zumutbaren Zustand zurückversetzt worden war, streifte Lissi in Begleitung der beiden Polizistinnen durch die Räume und versuchte, eine Liste der fehlenden Gegenstände anzufertigen. Damit würde die Polizei später bei Pfandhäusern und einschlägig bekannten Hehlern nach den vermissten Stücken suchen und möglicherweise einen Hinweis auf die Täter finden.

»Meine Mutter besaß einige sehr schöne Schmuckstücke«, sagte Lissi. Sie hatte einige Minuten gebraucht, bis sie im Schlafzimmer der Eltern die ersten Worte sprechen konnte. Immer wieder war ihr Blick zum Bett geglitten. Dani konnte sich vorstellen, was in der jungen Frau vorging.

»Schreiben Sie auf, was Ihnen einfällt«, forderte Dani sie jetzt auf. »Später könnten Sie versuchen, die Schmuckstücke zu zeichnen. Dass Sie Malerin sind, vereinfacht die Sache.«

Lissi nickte und begann zu notieren: ein Smaragdcollier mit passendem Armband und Ring, eine Perlenkette, eine einfache Silberkette mit einem Kreuz, mehrere Ringe, eine Armbanduhr, mit Brillanten besetzt, goldene Manschettenknöpfe mit einem eingeprägten Löwen.

»Mein Vater hat sie immer getragen, wenn er einen wichtigen Termin hatte. Sein Sternzeichen war Löwe.«

Lissi wischte Tränen aus ihren Augen, bevor sie weiterschrieb. Zwei goldene Ohrstecker mit Perlen, zwei Hängeohrringe mit Rubinen, Armband, Collier.

»Ihre Mutter hatte eine Menge Schmuck«, bemerkte Kraut mit einem Blick auf die Liste.

Lissi nickte. »Sie liebte Schmuck. Mein Vater hat ihr zum Geburtstag und zu Weihnachten jedes Mal ein neues Stück geschenkt. Sie hat mir mal erzählt, dass ihre Familie ziemlich arm gewesen ist, und als meine Eltern später Erfolg mit dem Geschäft hatten, hat sie es genossen, sich mit teurem Schmuck zu behängen.«

Jetzt flossen die Tränen ungehemmt.

Später durchsuchte Lissi das Erdgeschoss. Im Wohnzimmer fehlte eine Geldkassette im Schreibtisch. Wie viel Bargeld darin gewesen war, wusste sie nicht. Ansonsten schien alles vorhanden. Die Täter hatten weder die wenigen wertvolleren Gemälde noch das Silberbesteck oder silberne Kerzenleuchter mitgenommen.

»Ich glaube, das war's«, sagte Lissi schließlich. »Ich werde zu Hause sofort damit anfangen, Zeichnungen anzufertigen.«

9. Kapitel

Rosenkranzkirche, Bad Neuenahr

Die Beerdigung ließ das schon halb eingeschlafene Interesse an der Ermordung des Ehepaars Hemmesfeld noch einmal aufleben. Fotografen und Reporter drängten sich in der Rosenkranzkirche in Bad Neuenahr und später auf dem Friedhof am Johannisberg. Hunderte von Menschen nahmen an der Feier teil: die Mitarbeiter der Firma, Freunde, Geschäftspartner und Vertreter der Stadt und des Kreises. Hemmesfeld war ein bekannter Unternehmer gewesen und zudem ein wichtiger Arbeitgeber für die Region.

Dani war gespannt, ob das Fehlen von Frieder Hemmesfeld in der Presse kommentiert würde. Elisabeth und Frieder lebten schon einige Jahre nicht mehr zu Hause. Vielleicht fiel sein Fehlen niemandem auf.

An Elisabeths Seite ging Dieter Odenkirchen zum Grab. Er bot ihr seinen Arm, als sie ein wenig schwankte angesichts der vielen Menschen, die ihr die Hand drücken und ihr Beileid aussprechen wollten. Er führte sie zurück zum Wagen und brachte sie und ihre Freunde Ella und David nach Hause. Er reichte ihr seine Visitenkarte und bat sie, jederzeit anzurufen, wenn sie einen Rat oder Hilfe jedweder Art brauchte.

Dann fuhr er zurück in die Firma und kümmerte sich um Aufträge, Arbeiten, die erledigt werden mussten, Mitarbeiter, die Probleme mit was auch immer hatten, erledigte die Post und bezahlte Rechnungen. Das Leben ging weiter.

* * *

Dani und Kraut fuhren nach der Beerdigung wieder in die Inspektion zurück.

Mithilfe eines Zeichners, den sie gelegentlich mit solchen Aufträgen betrauten und der auch Gesichter von Verdächtigen nach den Vorgaben eines Zeugen anfertigte, waren mehrere Zeichnungen von den in der Nachbarschaft gestohlenen Gegenständen entstanden, ebenfalls meist Schmuckstücke, außerdem eine Kamera, zwei Flachbildfernseher und ein Laptop. Im Gegensatz zu den Hemmesfelds waren die ausgeraubten Nachbarn tatsächlich über Weihnachten verreist und kamen lediglich zu materiellem Schaden, den im Zweifelsfall die Versicherung ersetzen würde. Das Ehepaar Hemmesfeld hatte wahrscheinlich einfach Pech gehabt, weil kein Licht brannte, das auf seine Anwesenheit hinwies.

Ein Nachtlicht hätte vielleicht ihr Leben gerettet, dachte Dani, als sie den Stapel mit Zeichnungen gestohlener Gegenstände durchsah. Elisabeth Hemmesfelds Zeichnungen waren zweifellos die genauesten von allen. Ihr künstlerisches Auge konnte vermutlich Details besser festhalten als das Auge eines Laien, auf das der Polizeizeichner angewiesen war.

Das Smaragdcollier mit Armband und Ring hatte es Dani besonders angetan. Elisabeth hatte die Steine grün schraffiert und die silbernen Umrandungen detailliert herausgearbeitet. Wunderschöne Schmuckstücke, dachte Dani und konnte nicht umhin, sie sich an ihrem Hals, an ihrem Arm, an ihren Ohren vorzustellen.

Am Nachmittag telefonierte Dani mit den Kollegen der Bonner Polizei. Der in Frieders Wohnung festgenommene junge Mann hieß Thomas Schürmann. Er hatte eine kleine Menge Marihuana und ein paar Ecstasy-Tabletten bei sich. Vermutlich war es das, was er aus Frieders Wohnung genommen hatte. Nun also auch noch Drogen, dachte Dani. Frieder schien ihr als mutmaßlicher Täter immer wahrscheinlicher.

* * *

»Katharina Silbernagel hat den Heiligabend bei ihrer Tochter Merle verbracht.« Dani legte den Hörer auf die Gabel. »Die ganze Familie war da. Allerdings ist Kevin gegen zehn Uhr verschwunden. Angeblich hatte er eine Verabredung mit ein paar Kumpels.«

»Er ist schon ein paarmal aufgefallen«, sagte Kraut und deutete auf eine Akte auf ihrem Schreibtisch. »Schlägereien, Diebstahl, Autoaufbrüche. Vielleicht hat er sich inzwischen weitergebildet und bricht nun in Häuser ein.«

»Wir sollten ihn uns mal vorknöpfen. Allerdings wissen wir nicht, wo er sich aufhält. Seine Mutter hat ihn rausgeworfen.«

Kraut schlug die Akte auf.

»Schauen wir doch mal, mit wem er sich früher zusammengetan hat. Bei einem der Burschen wird er vermutlich untergekrochen sein.«

Kraut blätterte die Akte durch. »Hier: Louis Bertram und Günther Wagner. Auch solche Leichtgewichte.«

* * *

Louis Bertram wohnte bei seinen Eltern in Dernau in einem kleinen, hunderte Jahre alten Fachwerkhaus.

»Klingel du«, sagte Kraut, als sie den kleinen Vorhof betraten. »Ich sehe mich mal im Garten um.«

Dani trat an die Haustür und drückte den Klingelknopf. Es ertönte ein nicht enden wollendes Klingelzeichen, das einen förmlich im Stehen einschlafen ließ. Dani ließ den Kopf hängen und rollte mit den Augen.

Als sie hinter der Tür Geräusche hörte, richtete sie sich wieder auf. Ein junger Mann öffnete die Tür und beäugte sie misstrauisch. Dani stellte sich vor und zeigte ihren Ausweis.

»Ich möchte mit Louis Bertram sprechen. Sind Sie das?«

»Nein, nein«, stammelte der Mann. »Das ist mein Bruder. Ich schau mal nach, ob er da ist. Warten Sie, bitte.«

Er schloss die Haustür wieder und ließ Dani einfach stehen. Sie klingelte erneut, aber es wurde nicht wieder geöffnet.

Kraut sah einen wintertoten Garten, der möglicherweise im Sommer Blumen und Gemüse hervorbrachte. Einige parzellierte Flächen im hinteren Bereich ließen das zumindest vermuten. Der Garten war von einer etwa zwei Meter hohen Trockenmauer umgeben und bildete so eine Art Kessel. In einer Ecke stand unter einem behelfsmäßigen Unterstand aus Schalenbrettern ein altes Motorrad, das sich augenscheinlich seit Jahren in einem Wartezustand befand. Rost und Schmutz hatten sich darauf breitgemacht.

Eben wollte Kraut sich wieder zur Vorderfront des kleinen Hauses begeben, da öffnete sich die Hintertür, und ein Mann rannte über die Wiese. Sofort setzte Kraut ihm nach und erwischte ihn, noch bevor er die Mauer erklimmen konnte.

»Louis Bertram, nehme ich an«, sagte sie und drehte ihm den Arm auf den Rücken. »Wohin so eilig?«

»Scheiße«, war die einzige Antwort, die sie bekam. Sie schob ihn durch den Garten bis vor das Haus.

Dani hatte gerade zum dritten Mal auf den Klingelknopf gedrückt und tippte ungeduldig mit der Schuhspitze auf den Boden.

»So was hatte ich mir schon gedacht«, sagte sie, als Kraut, den jungen Mann vor sich herschiebend, auf dem Hof auftauchte.

»Hallo, Bruder von Louis. Ich schätze, nun können wir unsere kleine Unterhaltung nur noch in der Inspektion fortsetzen. Aber sehr nett, dass Sie uns begleiten wollen.«

Kraut verfrachtete Louis auf den Rücksitz des Dienstwagens und kettete ihn vorsichtshalber mit einer Handschelle an der Tür fest.

»Wissen Sie, wo Kevin Silbernagel ist?«, fragte Dani.

»Kevin? Wieso?«

Dani entschied, dass Louis vermutlich nichts wusste. Und wenn doch, würden sie auf der Wache mehr aus ihm herausholen.

Sie fanden Kevin in der Wohnung seines Freundes Günther Wagner in Heimersheim. Diesmal gingen Dani und Kraut nicht das Risiko ein, dass er ihnen entwischen konnte, sondern schoben Günther einfach in die Wohnung, als er ihnen die Tür öffnete. Kevin saß mit einer Spielsteuerung in den Händen vor dem Bildschirm und fuhr offenbar ein virtuelles Autorennen. Kraut nahm ihm die Steuerung ab, und Kevins Auto krachte laut scheppernd in die Leitplanke. Mehrere virtuelle Menschen starben. Kevin schrie auf. »Hey, was soll das?«

»Polizei. Beruhigen Sie sich und setzen Sie sich hin.«

Dani hatte derweil ein Auge auf Günther, der mit der Haustür liebäugelte.

»Sie auch!«, sagte sie und deutete auf die Couch. Brav setzte er sich. »Was ist denn los?«

»Wir haben einige Fragen an Sie und möchten Sie freundlich bitten, uns auf die Wache zu begleiten. Werden Sie das freiwillig und ohne Zwang tun? Was meinen Sie?«

Dani bemühte sich um ein freundliches Lächeln, das auch halbwegs gelang.

Kevin und Günther blickten sich verstohlen an. »Wir haben nichts angestellt. Warum sollten wir mitkommen? Sie können uns auch hier fragen!«

Kraut streckte die Schultern und lockerte die Arme. »Unser erstes Angebot läuft in wenigen Minuten aus. Das zweite lautet: Wir nehmen Sie fest und bringen Sie mit Gewalt zur Wache. Entscheiden Sie sich.«

»Und zwar jetzt!«, setzte Dani hinzu und stimmte die Jeopardy!-Countdown-Melodie an: Ting, ting, ting, ting, ting, ting, ting …

Kevin und Günther sahen sie an, als wäre sie nicht recht gescheit. Offenbar hatten die beiden noch niemals Jeopardy! gesehen oder davon gehört. Überraschung!

Trotzdem erkannten sie den Ernst der Lage und standen auf, um den beiden Polizistinnen zum Auto zu folgen.

»Alle drei geben an, den späten Heiligabend gemeinsam verbracht zu haben«, stellte Dani zwei Stunden später fest. »Allerdings sind sie sich nicht einig darüber, wo sie den Abend verbracht haben. Kevin und Günther wollen Playstation gespielt haben, Louis erinnert sich dagegen an Fernsehen und jede Menge Bier im Schuppen hinter dem Haus seiner Eltern.«

Kevin, Louis und Günther waren getrennt vernommen worden. Offenbar hatten sie es im Vorfeld versäumt, ein eindeutiges Alibi für den Heiligabend abzusprechen. Dennoch hatte man sie inzwischen wieder gehen lassen, denn es gab keinerlei konkrete Hinweise auf ihre Schuld. Die unterschiedlichen Versionen ihres Alibis hatten sie mit reichlich Alkohol und dem Verwechseln des Datums begründet.

Obwohl es sich um den Heiligen Abend handelte, hielt Dani diese Erklärung für möglicherweise wahr, denn solche Idioten scherten sich wahrscheinlich einen feuchten Kehricht um Weihnachten. Für sie war dieser Abend nur einer von vielen gewesen.

»Nehmen wir mal an, sie wären die Einbrecher. Wir könnten ihre Wohnungen nach den gestohlenen Gegenständen durchsuchen.«

»Auf den bloßen Verdacht hin bekommen wir niemals einen Durchsuchungsbefehl«, wandte Kraut ein. »Außerdem hatten sie über eine Woche Zeit, die Sachen zu verscherbeln. So blöd, sie zu Hause aufzubewahren, werden sie wohl nicht sein. Immerhin waren sie auch schlau genug, bei den Einbrüchen Handschuhe zu tragen.«

»Morgen wird in den Tageszeitungen ein Hinweis auf die gestohlenen Gegenstände erscheinen. Und auf unserer Website werden sie ja auch abgebildet. Vielleicht bringt uns das weiter.«

Kevin, Günther und Louis rannten los, nachdem sich die Tür der Polizeiinspektion hinter ihnen geschlossen hatte. Bloß weg hier, bevor die Bullen es sich anders überlegten.

Die *Marktschenke* im Zentrum Ahrweilers schien ihnen einstweilen weit genug entfernt, und sie setzten sich mit einem Bier an einen Tisch in der Ecke.

»Mann, wie konntest du nur vergessen, welches Alibi wir abgesprochen hatten?« Kevin schlug mit der Faust auf den Tisch und funkelte Louis wütend an. »Das hätte verdammt ins Auge gehen können.«

»Reg dich ab, Alter. Ist ja noch mal gut gegangen.« Louis trank sein Glas leer und rülpste zufrieden. Kevin hätte ihm am liebsten eins über den dummen Schädel gezogen.

»Du hast sie doch nicht alle, du Idiot«, schimpfte jetzt auch Günther. »Glaubst du, die Bullen geben sich damit zufrieden? Spätestens morgen, wenn nicht schon früher, stehen die mit einem Durchsuchungsbefehl vor der Tür. Wir müssen so schnell wie möglichen die restlichen Sachen wegschaffen.«

»Ich weiß auch schon wohin«, sagte Kevin. »Wir verstecken sie in der Höhle oben im Wald. Und wir holen sie erst wieder raus, wenn Gras über die Sache gewachsen ist.« Günther nickte sofort, doch Louis blickte Kevin stirnrunzelnd an. »Und was ist mit der Kohle? Hey, ich brauche dringend ein paar Mücken. Ich bin völlig pleite.«

Blitzschnell langte Kevin über den Tisch, griff den Kragen von Louis` T-Shirt und zog ihn zu sich heran. »Hör zu, Blödmann, wir verstecken das Zeug, und damit basta. Und wehe, du wagst es, auch nur ein Stück davon zu verscherbeln. Dann mache ich dich fertig, klar?«

Louis nickte rasch. »Schon klar, Mann. Bleib ruhig.«

»Was ist mit dem Zeug, das wir schon verkloppt haben?« Günther blickte Kevin besorgt an. »Glaubst du, Stevie hält dicht?«

Kevin nickte. »Bisher hatten wir doch noch nie Probleme mit dem. Bis die Sachen endlich beim Händler ankommen, haben sie so viele Umwege genommen, dass sie niemand mehr bis zu uns zurückverfolgen kann.«

Er warf ein paar Münzen auf den Tisch und stand auf. »Und jetzt los. Wir haben noch ein bisschen was zu tun.«

10. Kapitel

Frieder blieb verschwunden. Elisabeth schien sich inzwischen ernsthaft zu sorgen. Täglich rief sie in der Inspektion an und fragte, was sie tun solle. Dani und Kraut konnten ihr nur raten, weiterhin sein Handy anzurufen. Allerdings war die Chance, dass sie damit Erfolg hatte, gering. Ein Versuch, das Handy zu orten, war gescheitert. Es war demnach ausgeschaltet und lag vermutlich auf irgendeiner Müllkippe.

Sie hatten Frieder inzwischen zur Fahndung ausgeschrieben und ein Foto von ihm an Polizeidienststellen im ganzen Land gemailt.

Die Kollegen in Trier hatten Julia und Walter vernommen, doch beiden war Frieder während der Urlaubswoche im Schnee nicht anders als sonst vorgekommen. Ein bisschen verpeilt, wie immer, nicht ganz bei sich, wie immer.

Auch in Hemmesfelds Firma waren keine neuen Hinweise zu finden. In der Belegschaft herrschte allgemein die Ansicht, Hemmesfeld sei ein guter Chef gewesen.

Dani und Kraut hatten das Gefühl, von einer Sackgasse in die andere zu wandern.

»Ich möchte noch mal mit Elisabeth sprechen«, sagte Dani. »Sie muss uns mehr über Frieder erzählen, über seine Persönlichkeit und warum sie von Anfang an so besorgt war.«

Kraut war einverstanden, da sie ohnehin an einem Punkt angekommen waren, an dem sie nicht mehr weiterwussten. Sie meldeten sich telefonisch an und fuhren sofort los.

Lissi hatte bereits Kaffee gekocht und Tassen auf den Tisch gestellt, als sie dreißig Minuten später an ihrer Tür klingelten. Sogar eine kleine Schale mit Plätzchen stand bereit, und

Kraut griff sofort zu. Sie hatte seit dem Frühstück nichts gegessen, und ihr Magen schrie nach Speisung.

»Wir möchten mehr über Frieder erfahren«, kam Dani sofort auf den Punkt. »Sie schienen von Anfang an überbesorgt. So, als wäre Ihr Bruder ein Pflegefall oder besonders sensibel. Gibt es dafür eine Erklärung?«

Lissi starrte auf ihre Kaffeetasse. Ihre Hände lagen zunächst ruhig in ihrem Schoß, dann begannen sie ein unruhiges Eigenleben, drehten und verwanden sich und blieben schließlich in einem festen Knoten stecken, den Lissi nur mit sichtlicher Mühe wieder lösen konnte.

»Frieder war immer schon ungewöhnlich«, sagte sie leise. »Im Nachhinein betrachtet muss ich sagen, dass er schon von Kindesbeinen an nicht der Mann zu werden versprach, den mein Vater sich erhofft hatte.« Dani nickte mitfühlend. Kraut runzelte die Stirn.

»Wie Sie ja wissen, bin ich drei Jahre älter als Frieder. Ich konnte ihn also Zeit seines Lebens beobachten. Er war ein seltsames Kind. Nach außen hin immer freundlich und höflich und außerdem wunderhübsch. Aber wenn niemand hinsah, ließ er seine Wut an unschuldigen Kreaturen aus.«

Sie stockte und trank einen Schluck Kaffee, um sich wieder zu sammeln.

»Was hat er getan?«, fragte Dani leise, um sie zum Weiterreden zu ermutigen.

»Einmal hat er die Schnecken im Garten mit einer Schere zerschnitten. Er hat Käfer mit der Lupe versengt. Und das Schlimmste war das, was er unserem kleinen Hund angetan hat. Eines Tages war er verschwunden, der Hund, meine ich, und wir dachten, er wäre weggelaufen. Aber zwei Wochen später fand ich seine Leiche im Wald, angebunden an einen Baum. Er hat ihn einfach verdursten lassen.«

Tränen liefen über Lissis Wangen, und sie wischte sie mit einer nervösen Handbewegung weg.

»Das ist schrecklich«, sagte Dani betroffen. Krauts Miene war eher abweisend als mitfühlend.

»Warum ...«, Dani suchte nach den richtigen Worten, »warum kümmern Sie sich dennoch so liebevoll um ihn?«

Lissi schluchzte auf und schlug die Hände vors Gesicht. »Er ist doch mein kleiner Bruder!«

Dani nickte. Sie ließ ein paar Minuten verstreichen, bevor sie die nächste Frage stellte. »Hat es später noch ähnliche Vorfälle gegeben? Seit Frieder erwachsen ist?«

Lissi schüttelte den Kopf. »Ich glaube nicht. Ich hoffe es jedenfalls. Seit er angefangen hatte zu schreiben, schien er weniger wütend zu sein als vorher. Er konnte dabei wohl seine Aggressionen abbauen. Aber ich hab mir immer Sorgen gemacht, wenn er tagelang verschwunden war, und mit dem Schlimmsten gerechnet.« Sie schluchzte. »Und jetzt sieht es ja wohl so aus, als ob meine Sorge nicht unbegründet war.«

Dani nickte nachdenklich. »Nehmen wir mal an, nur so als Hypothese, Frieder hätte tatsächlich Ihre Eltern getötet. Warum hätte er das tun sollen?«

Lissi hob den Kopf und starrte ins Leere. »Darüber habe ich auch nachgedacht. Vielleicht hat die Vorstellung, zukünftig ohne die Unterstützung meiner Eltern leben zu müssen, ihm Angst gemacht. Vielleicht war er wütend deswegen. Er müsste in der Nacht noch mal nach Neuenahr gefahren sein. Ich hab ihm aber nichts angemerkt am nächsten Tag. Gar nichts. Ich kann mir einfach nicht vorstellen, dass er es wirklich getan hat.«

Sie weinte von Neuem und suchte in ihren Hosentaschen nach einem Papiertuch.

Kraut kniff die Augen zusammen. »Aber Sie wussten doch gar nichts davon, dass Ihr Vater alles verkaufen wollte?«

Lissi nickte. »Ich nicht, aber Frieder vielleicht doch. Er war eine Zeit lang allein mit Vater im Wohnzimmer. Vielleicht hat er es ihm da erzählt.«

»Aber Ihnen gegenüber hat er davon nichts erwähnt?«

»Nein, kein Wort.«

Sie verließen Lissi erst, als sie sich einigermaßen beruhigt hatte. »Das arme Mädchen«, sagte Dani mitfühlend, als sie im Auto gen Süden brausten. »Was für eine Verantwortung. Immer in der Angst zu leben, der psychopathische Bruder könnte irgendwas Fürchterliches anrichten.«

Kraut nickte. »Ja, wahrhaftig. Und bei all der Belastung noch so viel Text auswendig zu lernen. Eine erstaunliche Leistung.«

Dani schaute sie verblüfft an, doch Krauts Blick blieb stur auf die Straße gerichtet.

»Was meinst du? Welchen Text?«

Kraut schüttelte den Kopf. »Ich bitte dich: ›nicht der Mann zu werden versprach, den mein Vater sich erhofft hatte‹? ›Unschuldige Kreaturen‹? So was hab ich zum letzten Mal bei Dickens gelesen.«

»Du hast Dickens gelesen?«

Ungeduldig schlug Kraut aufs Lenkrad. »Ich kann lesen, stell dir nur vor. Aber darum geht es nicht. Der ganze Vortrag klang doch von vorne bis hinten auswendig gelernt. Frieder hat demnach alles getan, was man von angehenden Psychopathen erwartet: Schnecken und Käfer gequält, nach außen hübsch getan. Das Einzige, was mir gefehlt hat, war der Igel, der normalerweise in solchen Geschichten mit einer Axt zerteilt wird.«

Dani sackte in ihrem Sitz zusammen und sagte eine Zeit lang gar nichts, während sie das Gespräch mit Lissi noch einmal Wort für Wort ablaufen ließ. Schließlich sah sie Kraut an.

»Du könntest recht haben«, stimmte sie zu, »aber es könnte auch alles stimmen. Dass sie sich ungewöhnlicher Formulierungen bedient, ist noch kein hinreichendes Indiz dafür, dass ihre Worte nicht der lauteren Wahrheit entsprechen.«

Kraut wandte rasch den Kopf und sah sie an. »Was?«

»*Quod erat demonstrandum*«, sagte Dani und lächelte zufrieden.

11. Kapitel

10. Januar, eine Pfandleihe in Bonn

Im Moment war keine Kundschaft im Laden, und Lutz Schüller nutzte die Gelegenheit, im Hinterzimmer die Bestände durchzusehen. Mit Ablauf der Woche würden wieder einige Teile zum Verkauf freigegeben. Ein paar schöne Stücke waren darunter, die, da war er sicher, mit beträchtlichem Gewinn über den Ladentisch gehen würden.

Sorgfältig überprüfte er Stück für Stück, hakte in seinem Bestandsbuch ab, was die Auslösefrist überschritten hatte und räumte es in ein anderes Regal, das das Angebot für die nächste Woche enthielt.

An Verkaufsstücken mangelte es ihm nie. Fast die Hälfte der Leute, die Schmuck oder Elektrogeräte bei ihm verpfändeten, kam niemals wieder, um die Sachen auszulösen. Nach sechs Wochen gingen sie automatisch in seinen Besitz über, und er konnte sie für etwas weniger als den tatsächlichen Wert verkaufen. Da die ursprünglichen Besitzer nur höchstens die Hälfte des Wertes erhielten, war seine Gewinnspanne nicht schlecht.

Als die Ladenglocke bimmelte, legte er das Bestandsbuch sofort auf den Tisch und ging nach vorn in den Laden. Mitunter war seine Kundschaft von der Art, die man nicht gerne lange allein im Geschäft ließ.

Der junge Mann, der vor dem Glastresen stand, schien in eben jene Kategorie zu passen. Die Augen trotz des bewölkten Himmels hinter einer Sonnenbrille versteckt, auf dem Kopf eine dunkelblaue Wollmütze, das Kinn in einen dicken Schal gedrückt, versuchte er so offensichtlich, sich unkenntlich zu machen, dass es schon lächerlich wirkte. Offenbar war ihm nicht klar, dass er seinen Pass würde vorzeigen müssen. Schüller amüsierte sich, ließ sich aber nichts anmerken.

»Was kann ich für Sie tun?« Er stützte beide Hände auf die Theke und sah den Jungen erwartungsvoll an.

»Ich möchte was versetzen.«

Die Stimme klang jugendlich. Pech, dachte Schüller. Achtzehn mussten seine Kunden schon sein, sonst bekäme er Ärger mit der Polizei.

»Was haben Sie denn anzubieten?«, fragte er dennoch.

Der Junge kramte in seinen Jackentaschen und förderte drei silberne Schmuckstücke mit Edelsteinen hervor. Sorgfältig legte er sie nebeneinander auf die Theke. Schüller stockte der Atem. Rubine und Sterlingsilber. Das sah er auf den ersten Blick.

Er nahm eines der Stücke, ein Collier, hoch und betrachtete es mit seiner Juwelierlupe. Wundervolle Arbeit, reine Rubine, leuchtend rot. Wertvolle Verschlüsse. Der Stempel stimmte ebenfalls.

Er nahm die dazu passenden Ohrringe. Dann das Armband.

Im Kopf kalkulierte er den Wert der drei Stücke und welchen Preis er dem Kunden anbieten würde.

Schließlich legte er alle Teile wieder sorgsam nebeneinander.

»Das sind schöne Schmuckstücke«, stellte er fest. Der Junge nickte nervös. Auf seiner Oberlippe sammelten sich winzige Schweißperlen.

»Da sind nur zwei Dinge, die wir klären müssen«, fuhr Schüller fort. »Zum einen: Können Sie in irgendeiner Form beweisen, dass der Schmuck Ihnen gehört? Zum anderen: Sind Sie volljährig?«

»Ja, ich bin längst volljährig«, antwortete der Bursche. »Den Schmuck habe ich von meiner Mutter geerbt, die vor ein paar Wochen gestorben ist. Wie soll ich beweisen, dass er mir gehört?«

»Wie wär's mit einem Erbschein?«

»Erbschein?«

»Ja, das ist ein Dokument, in dem festgelegt ist, wer was von einem Verstorbenen erbt. Haben Sie so etwas?«

»Nein. Meine Mutter ist gestorben. Der Schmuck war in ihrer Kommode. Ich bin der einzige Erbe. Das war's. Kein Erbschein.«

Schüller nickte. Das kam häufig vor. Nicht viele Menschen verfassten ein Testament. Nur die Wohlhabenden und Reichen. Alle anderen dachten, dass sich nach ihrem Tode schon alles von allein regeln würde. Er konnte zwar nicht sicher sein, dass der junge Mann die Wahrheit sagte. Aber er konnte auch nichts tun, um seine Aussage zu überprüfen. Und er wollte die Stücke haben. Seine jahrzehntelange Berufserfahrung sagte ihm, dass dieser Bursche nicht wieder auftauchen würde, um die Stücke auszulösen.

»Zeigen Sie mir, bitte, Ihren Pass.«

Der Junge zog eine Brieftasche aus der hinteren Hosentasche und wühlte einen Personalausweis heraus. Schüller betrachtete das Foto, das einen jungen Mann mit blondem Haar und blauen Augen zeigte. Die Größe stimmte in etwa.

»Brille!«

Der Junge zog die Brille bis auf die Nasenspitze hinunter. Zwei blaue Augen starrten Schüller misstrauisch an.

»Gut«, sagte er und reichte den Pass zurück. »Ich gebe Ihnen tausend für alles.«

»Okay«. Der Junge war, ohne zu zögern, einverstanden, unterschrieb den Pfandschein, auf dem Schüller Name und Adresse des Kunden notiert hatte, und verschwand mit tausend Euro im Portemonnaie.

»Ich hätte dir auch fünfzehnhundert gegeben«, sagte Schüller leise, als die Ladentür zufiel. Handeln war offenbar nicht eine der Stärken dieses jungen Mannes.

Er betrachtete die Schmuckstücke noch einmal ausgiebig mit der Lupe. Ja, da hatte er einen echten Fang gemacht. Die drei Teile waren zusammen mindestens siebentausend Euro wert. Ein netter Gewinn.

Er griff zu einem weichen Velourstuch und polierte jedes Schmuckstück, bis es strahlte und funkelte. Aus der Schublade nahm er ein gepolstertes Schmuckkästchen und verwahrte die neuen Stücke sorgfältig. Für die nächsten sechs Wochen würden sie in einem der Regale im Hinterzimmer eine Heimat finden. Dann würde er sie der begeisterten Weltöffentlichkeit in seinem Schaufenster präsentieren.

12. Kapitel

Anwaltskanzlei Berg,
Bad Neuenahr-Ahrweiler

Mit dem Einverständnis aller Anwesenden nahmen Dani und Kraut an der Testamentseröffnung teil. Katharina Silbernagel knetete nervös ihre Hände. Seit sie die Einladung des Anwalts erhalten hatte, fragte sie sich, was das wohl bedeutete. Ihre angeborene und durch ein hartes Leben institutionalisierte Angst vor allem Offiziellen ließ sie Böses befürchten. Ihre Vernunft hielt dagegen, dass es eigentlich nicht schaden konnte, in einem Testament erwähnt zu werden.

Dieter Odenkirchen dagegen war nicht überrascht. Er hatte damit gerechnet, in irgendeiner Form im Testament seines Chefs bedacht zu werden. Außer diesen beiden und Elisabeth stand ein älterer Mann in der Kanzlei. Claudius Berg stellte ihn als Johannes Gäb vor, ein Gärtner im Ruhestand, der außerhalb der Wintermonate das Anwesen der Hemmesfelds betreut hatte.

Claudius Berg hatte eine Reihe Stühle vor seinem Schreibtisch aufgestellt und bat die Anwesenden, Platz zu nehmen. Elisabeth setzte sich in die Mitte, Odenkirchen nahm rechts neben ihr Platz und reichte ihr seine Hand, die sie dankbar lächelnd ergriff.

Berg setzte zu einer einleitenden Rede über den traurigen Anlass und seine lange, freundschaftliche Geschäftsbeziehung mit den Verstorbenen an. Schließlich öffnete er einen Briefumschlag und entnahm mehrere Bögen Papier.

»Herr und Frau Hemmesfeld haben verschiedene Versionen des Testaments abgefasst«, begann er. »Eine für den Fall des gemeinsamen Todes, eine weitere für den Fall, dass einer von ihnen beiden zuerst stirbt. Diese ist durch den gemeinsamen Tod hinfällig und wird in den Akten aufbewahrt.«

Er legte ein Blatt zur Seite.

»Wir beginnen mit den kleineren Verfügungen. Katharina Silbernagel und Johannes Gäb, als Haushälterin beziehungsweise als Gärtner bei den Hemmesfelds beschäftigt, werden mit jeweils fünfzigtausend Euro in bar bedacht.« Katharinas Kopf zuckte erschrocken hoch. Gäb strich mit einer Hand über seine Halbglatze.

»Außerdem erbt Frau Silbernagel eine Perlenkette mit passenden Ohrsteckern aus dem persönlichen Besitz von Frau Hemmesfeld. Herr Gäb erhält ein Paar Manschettenknöpfe aus Gold mit eingeprägter Löwenfigur aus dem persönlichen Besitz von Herrn Hemmesfeld.«

Katharina schnäuzte kräftig in ihr Taschentuch und unterdrückte ein Schluchzen. Auch Johannes Gäb wischte verstohlen eine Träne aus dem Augenwinkel.

»Leider muss ich Ihnen mitteilen, dass die Schmuckstücke gemeinsam mit dem anderen Schmuck seit dem Tag des Verbrechens verschwunden sind. Sollte die Polizei sie wiederfinden und die Staatsanwaltschaft sie freigeben, werden sie Ihnen selbstverständlich nachgereicht.«

Er wartete auf ein Zeichen der Zustimmung und des Verstehens. Gäb und Katharina nickten.

»Nun kommen wir zur Firma. Das Bauunternehmen Hemmesfeld fällt mit sämtlichen Mobilien und Immobilien an Dieter Odenkirchen, derzeit Bauleiter des Unternehmens.« Dani und Kraut beobachteten Odenkirchens Reaktion. Er öffnete den Mund, brachte aber keinen Ton heraus. Er schien ehrlich überrascht. Dann runzelte er die Stirn und sah fragend zu Elisabeth. Die allerdings war blass geworden und starrte den Anwalt an.

»Davon wusste ich nichts«, sagte Odenkirchen leise und drückte Lissis Hand, doch sie entzog sie ihm mit einem heftigen Ruck.

»Das kann nicht wahr sein«, stieß sie hervor. »Das kann er nicht machen. Das ist mein Erbe!«

»Er hat es gemacht«, antwortete Berg ruhig. »Es steht Ihnen selbstverständlich frei, das Testament später anzufechten. Doch jetzt bitte ich Sie, Ruhe zu bewahren, damit wir fortfahren können.«

Er wandte sich an Odenkirchen: »Eine Liste aller mobilen und immobilen Teile des Unternehmens ist dem Testament beigefügt, ebenso ein Auszug aus dem Grundbuch, der das Grundstück betrifft. Falls Sie das Erbe annehmen, möchte ich Sie bitten, im Anschluss an die Testamentseröffnung hierzubleiben, um die Details und das weitere Vorgehen zu besprechen.«

Odenkirchen nickte nur. Er wirkte angeschlagen.

»Kommen wir nun zum Privatvermögen der Hemmesfelds, das hälftig unter den Geschwistern Elisabeth und Frieder Hemmesfeld aufgeteilt wird. Es handelt sich dabei um die Villa am Johannisberg mit Grundstück und sämtlichem Inventar und um einen Pkw der Marke BMW. Das vorhandene Barvermögen beläuft sich auf 462.516 Euro und 58 Cent in bar sowie Aktien und Wertpapiere mit einem Verkaufswert von rund 1,3 Millionen Euro. Der errechnete Wert bezieht sich auf den Tag der Feststellung, und zwar auf den 12. Januar dieses Jahres, und kann sich naturgemäß jederzeit verändern. Die finanziellen Zuwendungen an Frau Silbernagel und Herrn Gäb sind aus dem Barvermögen bereits herausgerechnet.«

Lissis versteinerte Miene ließ nicht erkennen, ob sie zuhörte und wahrnahm, was der Anwalt verlas.

»Falls Sie Fragen zum Testament oder zur Abwicklung

haben, können Sie sich jederzeit an mich wenden. Gerne auch gleich im Anschluss.«

Berg wandte sich nun direkt an Lissi. »Frau Hemmesfeld, wenn es Ihnen recht ist, würde ich gern gleich mit Ihnen über die Möglichkeit und den Sinn einer Testamentsanfechtung sprechen.«

Lissi nickte.

Berg stand auf. »Ich danke Ihnen allen für Ihre Zeit und Geduld. Frau Silbernagel und Herr Gäb: Bitte hinterlassen Sie bei meiner Mitarbeiterin Frau Nelles Ihre Kontodaten, damit Ihnen Ihr Erbe baldmöglichst überwiesen werden kann.« Katharina und Johannes nickten, reichten dem Anwalt die Hand und gingen in das Vorzimmer.

Angela Nelles blickte auf und erschrak. »Meine Güte, Sie sind ja kreidebleich.« Sie sprang auf und führte Katharina zu einem Stuhl. »Setzen Sie sich erst einmal hin. Sie natürlich auch«, fügte sie, zu Johannes gewandt, hinzu. Er gehorchte, ließ sich neben Katharina nieder, griff nach ihrer eiskalten Hand und massierte sie kräftig, um die Blutzirkulation anzuregen. Angela Nelles stellte zwei Tassen auf einen kleinen Tisch und goss heißen Kaffee ein.

»Jetzt machen wir erst mal ein schönes Kaffeepäuschen«, sagte sie munter und suchte im Schrank nach ein paar Keksen, die sie neben die Kaffeetassen stellte. Katharina griff zu. Schon der Duft des Kaffees belebte sie etwas.

»Entschuldigen Sie«, flüsterte sie heiser und räusperte sich. »Es geht mir schon wieder besser.«

»Na, wunderbar«, Angela lächelte ihr beruhigend zu. »Dann genießen Sie den Kaffee. Alles andere hat Zeit.«

»Herr Odenkirchen«, wandte sich Berg an Dieter, der immer noch wie unter Schock stand. »Warten Sie doch bitte im Vorzimmer, bis mein Gespräch mit Frau Hemmesfeld beendet ist. Haben Sie die Zeit?«

»Natürlich.« Odenkirchen verließ den Raum und blieb mitten im Vorzimmer einfach stehen, bis Angela sich auch seiner erbarmte und einen weiteren Stuhl an den kleinen Tisch rückte. »Scheint ja 'ne schwierige Sitzung gewesen zu sein«, murmelte sie und setzte frischen Kaffee auf.

Dani und Kraut verabschiedeten sich von Lissi und Berg. Draußen vor der Tür steckte Dani sich eine Zigarette an.

»Und?«

Kraut wiegte ihren kurz geschorenen Blondschopf. »Odenkirchens Überraschung schien echt zu sein. Lissis Reaktion auch. Sie ist richtig wütend.«

»Da geht ihr ja auch ordentlich was durch die Lappen. Die Firma ist sicher einiges wert, das Grundstück, die ganzen Maschinen. Der Kundenstamm wird sicherlich auch irgendwie beziffert.«

»Aber sie kommt ja auch nicht gerade schlecht weg. Gut 880.000 in bar und in Wertpapieren, dazu Haus und Auto. Und falls Frieder nicht mehr auftaucht, verdoppelt sich das glatt. Davon kann sie, wenn sie vernünftig damit umgeht, ihr Künstlerleben locker finanzieren.«

»Frau Silbernagel ist fast zusammengeklappt. Hoffentlich ist sie so gescheit, Kevin nichts davon zu verraten.«

»Man könnte ja mal kurz mit ihr darüber reden, was meinst du?«

»Gute Idee.«

In diesem Moment traten Katharina und Johannes aus der Kanzlei ins Freie. Johannes hatte Katharina den Arm geboten, und obwohl sie sich deutlich erholt hatte, nahm sie das Angebot gerne an und ließ sich führen.

»Je eher, desto besser«, murmelte Dani und trat auf die beiden zu. »Frau Silbernagel, sollen wir Sie nach Hause fahren?«

Katharina wollte schon dankend annehmen, da sagte Johannes: »Nicht nötig. Mein Wagen steht vorn an der Straße. Ich fahre sie nach Hause.«

Katharinas eben noch so bleiches Gesicht überzog sich mit einem Hauch von Röte. »Vielen Dank.«

Dani betrachtete die beiden amüsiert. Da schien sich was anzubahnen. Sehr schön.

»Kann ich Sie trotzdem noch kurz sprechen?«

»Ich warte vorne«, sagte Johannes, drückte Katharinas Arm und ließ sie dann los.

Dani wartete, bis Johannes um die Ecke verschwunden war.

»Frau Silbernagel, ich hoffe, ich werde jetzt nicht zu persönlich. Aber ich möchte Ihnen dringend raten, Ihre Erbschaft geheim zu halten.«

Katharina nickte. »Natürlich.«

Dani setzte nach. »Ich meine, nicht nur vor der Nachbarschaft, sondern auch vor Ihren Kindern. Vor allem vor Kevin.« Damit lehnte sie sich weit aus dem Fenster. Falls Katharina ihr diese Einmischung übel nahm, konnte das Ärger geben. Doch ihre Sorge war unbegründet.

Katharina lächelte ihr zu. »Machen Sie sich da mal keine Gedanken. Kevin hat mich lange genug ausgenutzt. Und den Mädchen geht es gut genug. Ich denke jetzt mal nur an mich.«

»Dann wünsche ich Ihnen alles Gute«, sagte Dani herzlich und schüttelte ihr die Hand. »Hoffentlich finden wir bald den Schmuck.«

»Ja, das wäre schön. Frau Hemmesfeld hat wohl bemerkt, wie sehr mir gerade die Perlenkette und die Ohrstecker gefallen haben.« Rasch wischte sie eine Träne fort, winkte Kraut zu und folgte Johannes zu seinem Wagen.

Berg bat Lissi zu einer Clubsesselgarnitur am Fenster. »Frau Hemmesfeld«, begann er. »Lissi. Darf ich noch Lissi sagen?«

Lissi presste die Lippen zusammen, nickte aber.

»Dein Vater wollte die Firma in guten Händen wissen. Ihm war schon lange klar, dass du und Frieder damit überfordert wäret. Wäre er ein paar Tage später gestorben, hätte Odenkirchen die Firma gekauft. So hat er sie geerbt.«

»Und das Geld, das er bezahlt hätte, geht mir verloren«, stellte Lissi fest.

Berg nickte. »Das stimmt. Aber die vereinbarte Summe hat bei Weitem nicht den tatsächlichen Wert der Firma erreicht. Dennoch würde sie bei einer Testamentsanfechtung vermutlich zugrundegelegt, denn der Wille des Erblassers ist hier deutlich erkennbar. Ich bin nicht hundertprozentig sicher, aber ich denke, dass ihr mit eurem Erbe weit über dem Pflichtteil liegt. Insofern würde eine Anfechtung nur Kosten verursachen.«

Lissi nickte vage. »Ich werde darüber nachdenken.«

Berg stand auf. »Du solltest dich vielleicht von einem Fachanwalt beraten lassen. Ich gebe dir eine Kopie des Testaments und der Bestandslisten mit.«

Nachdem er Lissi verabschiedet hatte, bat er Odenkirchen in sein Büro. »Sie haben nichts davon gewusst, nicht wahr?«

Odenkirchen schüttelte den Kopf. »Nein. Ich hatte mit einer kleinen Anerkennung gerechnet, so wie die anderen Angestellten, aber damit … wahrhaftig nicht.«

Aus einem verdeckten Barfach in seiner Schrankwand nahm Berg eine Flasche Cognac und zwei Gläser. »Dann möchte ich Ihnen erst einmal ganz herzlich gratulieren. Sie sind nun ein wohlhabender Firmenbesitzer. Die Firma ist übrigens schuldenfrei.«

Dankbar nahm Odenkirchen das Glas, verzichtete auf die Schwenkerei und stürzte den Cognac in einem Zug hinunter. Berg goss sofort nach.

»Rein fachlich, nehme ich an, werden Sie kein Problem haben, das Unternehmen weiterzuführen. In rechtlichen Fragen stehe ich Ihnen gern jederzeit zur Verfügung. Wie Sie vielleicht wissen, begleite ich das Bauunternehmen Hemmesfeld bereits seit seiner Gründung vor fast dreißig Jahren.«

Odenkirchen nickte. »Vielen Dank. Das nehme ich gern in Anspruch. Was muss ich denn jetzt tun?«

»Die Eigentumsübertragung ist mit ein paar Urkunden und Eintragungen schnell erledigt. Sie müssen ein Gewerbe anmelden, bekommen eine neue Steuernummer und so weiter. Das kann ich alles für Sie erledigen. Zukünftig müssen Sie jährlich eine Einkommenssteuererklärung und vierteljährlich eine Umsatzsteuererklärung abgeben. Und die Personalkosten verwalten und abrechnen. Habe ich erwähnt, dass ich auch Steuerberater bin?«

Odenkirchen sah Berg überrascht an. Der grinste fröhlich. »Also, wenn Sie einverstanden sind, geht alles seinen gewohnten Gang.«

Sie krönten ihre neue Geschäftsbeziehung mit einem weiteren Cognac.

»Lissi könnte versuchen, das Testament anzufechten, aber ich glaube es, ehrlich gesagt, nicht. Die beiden sind mehr als gut weggekommen. Das wird sie noch einsehen, wenn sie sich erst einmal beruhigt hat.«

Es dauerte nicht lange, bis Lissi aus der Tür der Kanzlei trat. Sie blickte die beiden Polizistinnen, die offenbar auf sie gewartet hatten, überrascht an.

»Kann ich noch etwas für Sie tun?«

Dani nickte. »Zum einen würden wir gern mit Ihnen über das Testament sprechen. Sie schienen ziemlich wütend zu sein.«

Lissi kniff die Lippen zusammen. »Natürlich. Wären Sie nicht wütend, wenn Ihnen gerade hunderttausende Euro durch die Lappen gegangen sind? Schließlich waren es meine Eltern und nicht Dieters.«

Dani nickte. »Sie kommen aber auch nicht schlecht weg. Und das Geschäft interessiert Sie doch eigentlich gar nicht.«

»Das Geschäft nicht, das Geld, das ich dafür bekommen hätte, schon.« Mit einer ungeduldigen Geste schob sie eine Haarsträhne hinters Ohr. »Sonst noch etwas?«

»In den Gummihandschuhen, die am Tatort gefunden wurden, befanden sich DNA-Spuren. Sie stimmen mit Frieders DNA überein.« Dani ließ Lissi Zeit, die Information zu verarbeiten.

»Das bedeutet …«, wollte sie fortfahren, doch Lissi fiel ihr ins Wort. »Ich weiß, was das bedeutet. Aber es muss eine andere Erklärung dafür geben.«

»Die einzige andere Erklärung wäre, dass Frieder die Handschuhe zu einem früheren Zeitpunkt getragen hat. Besteht diese Möglichkeit Ihres Erachtens?«

Lissi dachte nach. »Vielleicht …«, sie zögerte, »vielleicht hat er sie mal beim Abwaschen getragen. Und der Mörder hat sie aus dem Spülschrank genommen, bevor er …«

Dani und Kraut wechselten einen Blick. Nicht völlig von der Hand zu weisen.

»Im Haus wurden keine weiteren derartigen Handschuhe gefunden«, wandte Dani ein.

»Dann war es eben das letzte Paar.« Trotzig schob Lissi ihre Unterlippe vor. »Frieder hätte das nicht getan. Niemals.«

»Immerhin ist er nach wie vor verschwunden und antwortet nicht auf Anrufe.«

Eine Weile starrte Lissi stumm zu Boden. Schließlich hob sie den Kopf und sah Dani an. »Vielleicht ist ihm etwas zugestoßen. Ein Unfall. Oder auch ein Verbrechen.« Ihre Augen füllten sich mit Tränen.

Dani und Kraut hatten diese Möglichkeit bereits erwogen und überprüft. In der näheren Umgebung war seit Silvester keine unbekannte Person getötet worden.

»Wie auch immer. Bitte verständigen Sie uns sofort, wenn Frieder mit Ihnen Kontakt aufnimmt.«

13. Kapitel

15. Januar, eine Pfandleihe in Bonn

Ein ruhiger Samstag ging allmählich zu Ende. Lutz Schüller sah auf die Uhr. In einer halben Stunde würde er den Laden schließen. Bis dahin würde er, wie immer samstagnachmittags, einen Blick auf die Internetseite der Polizei werfen. Dort stellte die Polizei regelmäßig eine Liste von verschwundenen oder an Tatorten gefundenen Gegenständen in der Hoffnung ein, jemand erkenne sie wieder und könne zur Erhellung eines Verbrechens beitragen. Soweit möglich, waren der Liste Fotos oder Zeichnungen beigefügt.

Für Lutz Schüller war das Studium dieser Seite eine eher unangenehme Pflicht. Mehr als einmal hatte er dort Wertsachen gefunden, die in seinem Laden versetzt worden waren. Für ihn bedeutete das, dass die Stücke konfisziert und irgendwann dem rechtmäßigen Eigentümer zurückgegeben wurden. Das Geld, das er dafür bezahlt hatte, wurde ihm nur selten erstattet. Manchmal erhielt er von den Besitzern eine kleine Belohnung, aber sie reichte nie aus, seinen Verlust zu ersetzen.

Die andere Möglichkeit, nämlich sich nicht an die Polizei zu wenden, kam für Schüller nicht in Betracht. Würde er auch nur einmal damit auffallen, käme er wegen Hehlerei vor Gericht, und seine Karriere als Geschäftsmann wäre schnell beendet.

Jeden Samstagnachmittag wählte er die Internetadresse an, weil er hoffte, kein bekanntes Stück zu sehen.

Diesmal wurde seine Hoffnung allerdings herb enttäuscht. Schon im ersten Drittel der Liste las er: Collier aus Sterlingsilber mit Rubinen, passende Ohrhänger und Armband. Er klickte auf den Link *mehr* und sah eine Zeichnung der wundervollen Schmuckstücke, die erst in dieser Woche in sein Hinterzimmer eingezogen waren. Die Zeichnung war sehr detailliert und entsprach fast völlig der Wirklichkeit. Schüller seufzte und las die dazugehörigen Informationen. Demnach war der Schmuck bei einem Einbruch in Bad Neuenahr-Ahrweiler verschwunden. Wahrscheinlich in der Nacht von Heiligabend auf den ersten Weihnachtstag.

Schüller runzelte die Stirn. Das war eher ungewöhnlich. Normalerweise versuchten Einbrecher, ihre Beute so schnell wie möglich loszuwerden. In allen Fällen, mit denen er bisher zu tun hatte, waren die Stücke ein oder zwei Tage später schon bei ihm gelandet. Dieser Einbruch war zwei Wochen her. Offenbar hatte der Täter die Ruhe weg.

Das wiederum passte nicht zu dem Kunden. Schüller erinnerte sich sofort an den nervösen, jungen Mann, der ihm den Schmuck vorgelegt hatte. Er wirkte viel jünger als die fünfundzwanzig Jahre, die sein Pass angegeben hatte. Der war vermutlich gefälscht. Er schlug sein Pfandbuch auf und suchte. Da war er: Frieder Hemmesfeld, wohnhaft in Bonn. Sein Verhalten hatte Schüller gleich zu denken gegeben, aber die Stücke waren von solch auserlesener Schönheit, dass er sich hatte hinreißen lassen. Jetzt würde die Begeisterung ihn tausend Euro kosten, von den sechstausend, die er daran hatte verdienen wollen, ganz zu schweigen.

Er ging nach hinten und suchte im Regal nach dem Schmuckkästchen. Sicherheitshalber wollte er den Schmuck mit der Zeichnung vergleichen. Vielleicht handelte es sich ja doch um ein anderes Collier.

Er breitete die Schmuckstücke auf der Glastheke aus und verglich sie Zentimeter für Zentimeter mit der Zeichnung im Internet. Kein Irrtum möglich. Leider.

Wehmütig betrachtete er die fein geschwungenen silbernen Umrahmungen der leuchtend roten Steine, die hochwertig verarbeiteten Verschlüsse, untersuchte ein letztes Mal die eingeprägten Stempel. Dann griff er seufzend zum Telefon und wählte die auf der Internetseite angegebene Telefonnummer.

* * *

Lissi tigerte durch die Wohnung, von der Küche ins Wohnzimmer, ins Bad, wo sie einen Blick in den Spiegel warf und eine blasse Frau mit dunklen Ringen unter den Augen sah, zurück in die Küche, wo der Kaffee in der Maschine allmählich zu Grütze verkochte, und wieder ins Wohnzimmer, wo ein halbfertiges Bild vergeblich der Vollendung harrte.

Sie musste ein paar Entscheidungen treffen und konnte sich kaum ausreichend konzentrieren. Die Firma war weg, das stand fest. Ihre Aussichten, bei einer Anfechtung des Testaments wesentlichen Gewinn zu machen, waren gering, also hatte sie diesen Gedanken bereits verworfen. Das Haus musste versorgt werden. Auf keinen Fall wollte sie dort wohnen, aber bis sie es verkaufen konnte, musste es unterhalten werden, damit es nicht verfiel.

Der BMW ihres Vaters stand jetzt vor ihrer Tür. Ihr eigenes, wesentlich kleineres Auto hatte sie für ein paar hundert Euro verkauft. Auch das Bargeld und die Wertpapiere waren inzwischen auf ihrem Konto eingetrudelt. Der Bankmann hatte ihr versichert, dass sie von den Zinsen und Ausschüttungen gut würde leben können, und ihr zu mancherlei Anlagemöglichkeiten geraten, die sie erst noch überprüfen wollte. Auf jeden Fall konnte sie sich eine größere Wohnung leisten, vielleicht mit einem Atelier zur Nordseite, die das beste Licht zum Malen gab. Und sie könnte sich die Gebühren für eine Ausstellung in einer renommierten Galerie leisten. Es ging aufwärts.

Sie goss den Rest Kaffee aus der Kanne in ihre Tasse, schüttete ihn aber nach dem ersten Schluck sofort in die Spüle. Dann griff sie zum Telefon und erledigte zwei wichtige Anrufe.

* * *

»Mit dieser Zeichnung fangen wir nicht viel an«, stellte Dani fest und schob das Blatt wieder zu Kraut hinüber. »Ganz offensichtlich verkleidet. Man kann weder die Gesichtszüge noch die Haare erkennen.«

»Er hat Frieders Pass vorgelegt«, sagte Kraut. »Würde Frieder das tun?«

»Wenn Frieder tatsächlich seine Eltern ermordet hat, muss ihm klar sein, dass wir ihn verdächtigen. Er wird nicht so blöd sein, anzunehmen, dass wir sein Verschwinden einfach so hinnehmen. Unter diesem Gesichtspunkt könnte es ihm völlig gleichgültig sein, dass er seinen Pass vorlegen musste.«

»Möglicherweise war er sich nicht darüber im Klaren, dass man sich bei einem Pfandleiher ausweisen muss, und war zu perplex, um sich etwas anderes einfallen zu lassen.«

»Auch möglich. Der einzige wirkliche Fehler bei diesem Vorgehen ist, dass wir jetzt wissen: Er hält sich noch in der Gegend auf. Aber das kann sich jede Minute ändern. Er hat jetzt wieder Geld in der Tasche.«

»Angenommen, diese Person ist gar nicht Frieder. Wer hätte ein Interesse daran, so zu tun als ob?«

»Natürlich der wirkliche Mörder. Das setzt allerdings voraus, dass er weiß, dass Frieder verdächtigt wird, dass er Frieders Adresse kennt und sich ein Foto für den falschen Pass beschaffen konnte.«

»Oder dass er Frieder ebenfalls umgebracht und seinen echten Pass vorgelegt hat.«

»Die Zeichnung bringt uns jedenfalls nicht weiter. Noch nicht mal Lissi hat darauf ihren Bruder erkannt.«

»Zumindest haben wir jetzt genug Verdachtsmomente, um Frieders Wohnung gründlich zu durchsuchen. Vielleicht bringt uns das irgendwie weiter.«

Nachdem der Staatsanwalt sein Einverständnis gegeben hatte, forderten sie ein Spurensicherungsteam der Bonner Polizei an und verabredeten sich mit den Kollegen für den frühen Nachmittag in Frieders Wohnung.

* * *

Sie warteten im Wagen vor dem Haus, bis die Bonner Kollegen eintrafen. Einige kannten sie bereits von früheren Malen, wo sie zusammengearbeitet hatten. Bad Neuenahr-Ahrweiler lag unmittelbar an der Landesgrenze zu Nordrhein-Westfalen, und da ergab es sich zwangsläufig, dass man sich den einen oder anderen Fall sozusagen teilte.

Während sie wie ein militärischer Stoßtrupp hintereinander die Treppen zu Frieders Wohnung hochmarschierten, öffneten sich mehrere Türen, und neugierige Nachbarn steckten ihre Nasen durch den Spalt. Dani beschloss, sie später, wenn die Kollegen die Wohnung durchsuchten, zu befragen. Immerhin wäre es interessant, zu erfahren, wann sie Frieder zuletzt gesehen hatten.

Bevor sie zu ihrem Treffpunkt gefahren waren, hatten sie den Schlüssel zu Frieders Wohnung bei Lissi abgeholt. Sie war gerade damit beschäftigt gewesen, ein Portrait ihrer

Freundin Ella zu malen, und hatte deshalb darauf verzichtet, die Polizistinnen zu begleiten.

»Riecht ganz schön komisch hier«, grummelte einer der Kollegen, während Dani die Tür aufschloss.

Der Gestank, der ihnen entgegenschlug, war atemberaubend. Dani konnte ein Würgen nicht unterdrücken. Einem Teil der Bonner Kollegen ging es nicht anders. Einer von ihnen stürzte zum nächstbesten Fenster, riss es auf und streckte den Kopf in die kalte Winterluft. Kraut hielt sich die Nase zu, lief ins Wohnzimmer und öffnete ein weiteres Fenster. Es dauerte ein paar Minuten, bis der Durchzug den Gestank zum größten Teil hinausgeweht hatte.

Einerseits erleichtert, andererseits beunruhigt atmeten die Polizisten durch. Dieser Geruch war ihnen allen nicht unbekannt. Irgendwo in dieser Wohnung verweste eine Leiche.

Systematisch begannen sie die Durchsuchung. Jeder Schrank, jede Tasche, jede Schublade wurden geöffnet, der Boden nach losen Dielen untersucht. Der Fotograf hielt jedes Detail der Wohnung sorgfältig fest, bevor die Kollegen Lebensmittel in Plastiktüten verstauten, Fingerabdruckpulver auftrugen und Teppiche zusammenrollten. Nach vier Stunden glich Frieders Wohnung einem Skelett: Alle Schränke und Kommoden waren leer geräumt, an den Wänden fehlten die Bilder, alle denkbaren Verstecke für eine Leiche waren gefunden und untersucht worden. Die Wohnung war inzwischen eiskalt, und doch stank es immer noch.

In der Zwischenzeit hatten Dani und Kraut an allen Türen im Haus angeklopft und die Nachbarn, die öffneten, befragt. Niemand konnte sich erinnern, Frieder im neuen Jahr gesehen zu haben. Nur einer war in der Lage, einen konkreten Zeitpunkt zu benennen. Frieders Schwester habe ihn Heiligabend gegen achtzehn Uhr abgeholt. Er erinnerte sich deshalb so genau an Tag und Uhrzeit, weil seine Freundin gerade angekommen war, als Frieder und Lissi das Haus verließen.

Als sie wieder in Frieders Wohnung eintrafen, standen die anderen Beamten ratlos im Wohnzimmer.

»Ich verstehe das nicht«, sagte einer von ihnen. Dani glaubte sich zu erinnern, dass sein Vorname Paul war.

»Der Geruch ist eindeutig. Aber wir haben wirklich alles durchsucht. Es gibt keine Möglichkeit mehr …«

»Moment mal«, unterbrach Manfred Kramer, der Leiter der Spurensicherung. »Ist das da eine Schlafcouch?« Er deutete auf das Sofa im Wohnzimmer, ein unauffälliges und nicht sehr attraktives Möbelstück aus Holz und beigefarbenem Polster.

Mit Krauts Hilfe untersuchte er das Sofa und schaffte es schließlich, die Sitzfläche in eine aufrechte Position zu stellen. In einem Holzkasten, der darunter verborgen war und normalerweise das Bettzeug beherbergen sollte, lag der Leichnam eines Mannes.

* * *

»Mein herzliches Beileid.« Katharina ergriff Lissis Hände und drückte sie. »Komm rein, Lissi. Ich hab frischen Kaffee gekocht.«

Lissi folgte Katharina Silbernagel durch den engen Flur in die kleine Küche. Am Tisch saß ein älterer Mann mit Glatze, den Lissi nach einiger Überlegung als den Gärtner Johannes Gäb wiedererkannte. Sie begrüßte ihn mit einem Händedruck und setzte sich.

»Schön, dass Sie auch hier sind, Herr Gäb«, sagte sie und nahm dankend ein Stück selbst gebackenen Marmorkuchen an. »Sie haben ja jetzt beide etwas Geld, aber ich möchte Ihnen dennoch einen Vorschlag machen.«

Katharina legte den Kopf auf die Seite, bereit, mehr zu hören.

»Das Haus steht leer und vergammelt, wenn sich niemand darum kümmert«, sagte Lissi.

Katharina nickte. Daran hatte sie auch schon gedacht und erwogen, einfach einmal pro Woche hinzugehen und das Haus zu versorgen.

»Solange Frieder verschwunden bleibt, kann ich es aber nicht verkaufen, und wohnen will ich dort auch nicht.«

»Das verstehe ich«, sagte Katharina und legte ihre Hand auf Lissis.

Lissi nickte dankbar. »Deshalb möchte ich Ihnen, Frau Silbernagel, einen Vorschlag machen. Sie versorgen auch weiterhin das Haus und können dafür mietfrei darin wohnen. Sollte ich es irgendwann einmal verkaufen, werde ich Ihnen bei der Suche nach einer neuen Wohnung behilflich sein. Was halten Sie davon?«

Katharinas Augen hielten den Kuchenteller fest im Griff. Sie hatte damit gerechnet, weiter als Putzfrau in der Hemmesfeld-Villa zu arbeiten, aber dieses Angebot war … einfach grandios.

»Lissi«, sagte sie atemlos, »das ist … wunderbar. Das werde ich sehr gern machen.«

Lissi drückte ihre Hand. »Danke. Das erleichtert mich sehr. Jetzt bleibt noch die Frage, was mit dem großen Garten passiert. Würden Sie sich wohl weiterhin darum kümmern, Herr Gäb?«

Johannes räusperte sich. »Natürlich, das mache ich. Ist doch selbstverständlich.«

»Ich bezahle Ihnen dasselbe, das auch mein Vater gezahlt hat«, setzte Lissi hinzu.

Johannes nickte nur und warf Katharina einen fragenden Blick zu.

Die lächelte. »Weißt du, Lissi«, sagte sie, »das wird wohl nicht nötig sein. Herr Gäb zieht einfach mit in die Villa, und wir beide versorgen gemeinsam das ganze Haus. Falls du einverstanden bist.«

Lissi sah von Katharina zu Johannes und grinste. »Verstehe. Natürlich. Sehr gerne. Ich bin froh, dass wir uns einig werden konnten.«

Sie verabschiedete sich mit dem Hinweis auf eine weitere Verabredung. Als die Wohnungstür hinter ihr ins Schloss fiel, drehte sich Katharina um und sah Johannes an. »Wenn das kein Zeichen des Himmels ist …«, sagte sie und umarmte ihn fest. »Wenn das kein Zeichen ist …«

* * *

»Sie haben Ihr Ziel erreicht.« Lissi lenkte den BMW an den Straßenrand und sah sich um. Hier wohnte Dieter also. Schmucke Einfamilienhäuser in einer verkehrsberuhigten Straße unterhalb des Kalvarienbergs. Keine schlechte Gegend. Sie stieg aus und suchte nach Hausnummern. Dieters Haus bestand aus weißen Ziegeln mit einem glänzend blauen Dach. Davor lag ein gepflegter Vorgarten, geteilt von einem grau gepflasterten Weg bis zur Haustür. Lissi klingelte, und Dieter öffnete fast in derselben Sekunde die Tür. Offenbar hatte er ihre Ankunft beobachtet.

Ihre Begrüßung war ein wenig gezwungen, was keinen von beiden nach der letzten Begegnung beim Notar wunderte.

Dieter nahm Lissi den Mantel ab und führte sie in ein beeindruckend modern eingerichtetes Wohnzimmer mit einer großen Terrassentür, die den Blick in den verschneiten Garten gewährte.

»Schön hast du es hier«, sagte Lissi und setzte sich auf die hellgraue Ledercouch in der Mitte des Raums.

»Danke. Rotwein?«

Lissi nickte. »Ein Schlückchen. Ich muss ja noch fahren.«

Dieter goss Wein in zwei große, bauchige Gläser und reichte eins Lissi. »Auf dein Wohl.«

»Auf deines.«

Sie tranken, und jeder überlegte, wie das unangenehme Schweigen am besten zu beenden sei.

»Du musst mir mein Benehmen bei der Testamentseröffnung verzeihen«, brachte Lissi schließlich hervor und sah Dieter bittend an. »Ich war geschockt und habe überreagiert.«

Dieter nickte. »Kein Problem. Schon verziehen. Deine Reaktion war nur zu verständlich. Aber ich bin sicher, dein Vater hatte nur das Beste für die Firma im Sinn. Und du bleibst ja auch nicht völlig verarmt zurück.«

»Nein«, Lissi lächelte. »Ich komme über die Runden.« Sie trank einen Schluck Wein. »Jetzt, nachdem ich den ersten Schock überwunden habe, bin ich froh, dass du die Firma bekommst. Weder Frieder noch ich hätten sie weiterführen können oder wollen.«

»Das hat dein Vater gewusst«, bestätigte Dieter. »Und obwohl es wahrscheinlich nicht nötig ist, sage ich dir jetzt schon: Wenn du mal in finanzielle Schwierigkeiten geraten solltest, komm zu mir.«

Lissi nickte nur.

»Ich habe übrigens ein Abendessen vorbereitet, falls du Zeit und Lust hast. Immerhin ist es schon recht spät, und ich dachte …«

Lissi unterbrach ihn. »Sehr gerne. Ich hab Hunger wie ein Wolf.«

Dieter lachte und verabschiedete sich in die Küche.

Bei Rinderfilet in Preiselbeersoße, Kartoffeln und Salat unterhielten sie sich über die Ereignisse der jüngsten Vergangenheit.

»Kannst du dir wirklich vorstellen, dass Frieder deine Eltern ermordet hat?«

Lissi schüttelte den Kopf. »Nein, nicht wirklich. Aber die Möglichkeit muss ich in Betracht ziehen. Immerhin ist er seitdem spurlos verschwunden.«

»Es könnte ihm ja auch etwas zugestoßen sein«, wandte Dieter ein.

»Klar, aber was wäre das für ein Zufall«, sagte Lissi.

»Vielleicht kein Zufall. Der Mörder könnte ihn … beseitigt haben, um den Verdacht auf ihn zu lenken.«

Lissi stützte ihre Wange in die rechte Hand. »Interessante Theorie«, antwortete sie. »Aber wer sollte der Mörder sein? Meine Eltern hatten doch keine Feinde.«

Dieter nickte. »Nein, keine Feinde.«

Am späten Abend verabschiedeten sie sich mit einer Umarmung voneinander. Lissi hatte vermutlich ein Glas Wein zu viel getrunken, doch keine Polizeistreife hielt sie auf ihrer Heimfahrt an.

* * *

Es war schon fast Mitternacht, als Dani und Kraut endlich wieder in Richtung Heimat fahren konnten. Die Straßen leerten sich, je näher sie Bad Neuenahr-Ahrweiler kamen, und dort herrschte schließlich Totenstille. Ihr Dienst war allerdings noch nicht zu Ende. Zumindest in Stichpunkten mussten sie den Verlauf des Tages und ihrer Untersuchung protokollieren.

Die Leiche war inzwischen in der Bonner Gerichtsmedizin gelandet. Morgen würde eine Obduktion durchgeführt werden. Die Kollegen waren bereits unterwegs, um Thomas Schürmann festzunehmen, den jungen Mann, den Dani und Kraut vor zwei Wochen in Frieders Wohnung angetroffen hatten.

»Ich glaube nicht, dass es sich um Frieder handelt«, sagte Kraut und steuerte den Wagen vom Kreisel in die Wilhelmstraße. »Er schien mir älter und dicker.«

»Möglicherweise aber nur aufgebläht. Das Gesicht war ziemlich aufgedunsen. Morgen Abend wissen wir mehr.«

»Langsam gerät die ganze Geschichte aus den Fugen, findest du nicht?«

Dani runzelte die Stirn. »Was meinst du?«

Kraut wartete, bis der wachhabende Polizist sie entdeckte und das Hoftor öffnete, und fuhr langsam auf den Parkplatz der Inspektion.

»Zuerst hatten wir einen, zugegeben, bizarren Doppelmord. Dann einen verschwundenen Sohn; eine Einbruchsserie; einen Unbekannten, der sich als der Sohn ausgibt oder es vielleicht sogar ist. Und jetzt eine weitere Leiche. In einer Wohnung, in der wir schon zweimal gewesen sind.«

Dani nickte. Ja, das war sicher keiner ihrer Routinefälle.

»Glaubst du, die Leiche war schon da, als wir in der Wohnung waren?«

»Gut möglich. Die Bude war eiskalt, erinnerst du dich? Wenn die Leiche noch nicht lange da gelegen hat, dürfte es Tage gedauert haben, bis sie anfing zu stinken. Und es ist fast zwei Wochen her, dass wir da waren.«

»Eine Theorie?« Kraut stellte die Zündung ab und sah Dani an.

»Ich bin zu müde für eine Theorie«, antwortete Dani matt und stieg aus. »Morgen vielleicht. Immerhin wird Lissis

Geschichte vom psychopathischen Bruder dadurch etwas wahrscheinlicher.«

Im Büro skizzierten sie die Ereignisse des Tages und hofften, bis zum nächsten Morgen keine wichtigen Details zu vergessen.

Dann stiegen sie beide in ihre Privatwagen. Kraut fuhr das Ahrtal hoch in Richtung Rech, wo Lukas vermutlich ungeduldig und vielleicht sogar ängstlich auf sie wartete. Bisher war sie im Dienst nicht ernsthaft verletzt worden, doch seit Lukas begriffen hatte, was ihr Job war, machte er sich Sorgen, sobald sie später als gewöhnlich nach Hause kam. Zwar rief sie ihn, wann immer möglich, an und beruhigte ihn, doch sie wusste: Letzten Endes half das alles nichts. Er war erst wieder glücklich und zufrieden, wenn er seine kleine, sieben Jahre ältere Schwester in die Arme schließen konnte.

Dani lenkte ihren Wagen in Richtung Bad Neuenahr, wo sie in einem Apartmenthaus an der Hauptstraße lebte. Kurz, bevor sie zu Hause ankam, wendete sie den Wagen auf der leeren Straße und steuerte den Parkplatz eines Irish Pub an. Ein ordentlicher Whisky würde auf keinen Fall schaden.

14. Kapitel

Das Handy piepte auf seine nervtötende Weise, die fast immer zum Erfolg führte. Dani tastete suchend auf dem Nachttisch herum, öffnete ein Auge halb und drückte auf *Wiederholen*. Das gab ihr einige Minuten Zeit, in die verdammte Realität zurückzufinden.

Draußen war es noch stockfinster. Das war es, was Dani am Winter am meisten hasste. Es war ständig dunkel. Man ging im Dunkeln aus dem Haus und kehrte im Dunkeln zurück. Wo blieb der Tag, verdammt noch mal?

Als das Handy zum zweiten Mal lospiepte, regte sich neben ihr jemand und stöhnte leise. Schlagartig öffnete sie beide Augen und war wach.

Links neben ihr lag ein Körper. Dani konnte ihn im Halbdunkel der durch die Jalousien eindringenden Straßenbeleuchtung nur schemenhaft erkennen. Aber da war eindeutig jemand in ihrem Bett.

Verdammte Scheiße. Wie viele Whiskys hatte sie heute Nacht für gut befunden? Offenbar mindestens einen zu viel.

Schon wieder, verdammt. Schon wieder.

Wütend strich sie die Haare aus ihrer Stirn. Dann fasste sie vorsichtig an die nackte Schulter des Mannes – sie hoffte doch, dass es ein Mann war – und schüttelte ihn leicht. »Hey, aufwachen!«

Träge rollte er sich herum, seine Augen blieben geschlossen. »Hey«, nuschelte er schlaftrunken.

Dani betrachtete ihn. Er sah gut aus. Immerhin. Muskulös, dunkles Haar, nettes Gesicht, sofern im Moment erkennbar. Und mindestens zehn Jahre jünger als sie.

Sie sprang aus dem Bett.

»Okay, Klaus oder Billy oder Paul, wie auch immer du heißt. Die Nacht ist vorbei. Steh auf und leb wohl.«

Am Fußende des Bettes lagen seine Jeans und ein Hemd auf dem Boden. Dani hob die Kleider mit den Fingerspitzen auf und warf sie aufs Bett.

»Anziehen und gehen. Jetzt. Sofort!«, befahl sie und rannte ins Bad.

Unter der Dusche versuchte sie sich zu erinnern, was in der Nacht eigentlich passiert war. Aber da war nichts. Offenbar hatte sie, allen Erfahrungen zum Trotz, zu viel getrunken und das getan, was sie getan hatte. Scheiße. Scheiße. Scheiße. Das heiße Wasser prickelte auf ihrer Haut und verscheuchte endgültig jeden Alkoholnebel, der von der letzten Nacht übrig geblieben war.

Irgendwann würde ihr so was das Genick brechen. Darüber war sie sich völlig im Klaren. Und dennoch: Sie konnte es offenbar nicht lassen.

Wütend schäumte sie ihre Haare mit Shampoo ein und verteilte den Schaum auch unter ihren Armen. Wenigstens den Geruch der Säuferin konnte sie abwaschen. Wenigstens das.

Plötzlich spürte sie eine Hand auf ihrer Schulter und erstarrte. Schnell hielt sie ihr Gesicht unter die Dusche und wischte das Wasser ab, um wieder klar sehen zu können.

»Willst du wirklich, dass ich jetzt schon gehe?«

Kevin, Shawn oder Rudi stand in seiner ganzen Pracht vor ihr und sah atemberaubend gut aus. Dani zögerte nur kurz.

»Eine Dusche könnte dir auch nicht schaden«, sagte sie und zog ihn in die Kabine.

Eine halbe Stunde später arbeitete sie nach allen Regeln der Kunst an ihrem Gesicht, um die Spuren der vergangenen Nacht zu beseitigen. Seit sie die vierzig überschritten hatte, dauerten solche Aktionen immer länger, und die Menge an erforderlichem Make-up wuchs beständig.

Kraut hat mit so was sicherlich kein Problem, dachte Dani und zog eine Grimasse. Drei Gründe waren dafür entscheidend: Sie trank nur selten zu viel, schleppte niemals im Suff wildfremde Männer mit nach Hause, und überdies war ihr ihr Aussehen vollkommen gleichgültig, zumindest, was die weiblichen Attribute betraf. Kraut legte Wert auf eine praktische Frisur, deshalb die zentimeterkurzen blonden Stoppeln, die Danis Ansicht nach die Bezeichnung Frisur eigentlich gar nicht verdienten, und auf einen muskulösen und durchtrainierten Körper, möglicherweise, um ihre geringe Körpergröße von knapp 1,65 auszugleichen.

Dani dagegen war von frühester Jugend an auf die Optimierung ihrer natürlichen Schönheit programmiert. Make-up gehörte so selbstverständlich zu ihrem Leben wie schöne Kleider und Schuhe und Männer, die ihren Reizen verfielen. Mit Letzteren hatte Kraut ebenfalls nichts am Hut. Soweit Dani wusste, hatte Kraut in ihren vierzig Lebensjahren lediglich eine einzige ernsthafte Beziehung gehabt.

Die Badezimmertür wurde aufgeschoben, und Danis neuer bester Freund stellte eine dampfende Kaffeetasse auf dem Waschbeckenrand ab.

»Danke.« Sie musterte kurz sein Spiegelbild und schürzte anerkennend die Lippen. Er war inzwischen in seine Jeans geschlüpft und sah mit nacktem Oberkörper immer noch umwerfend aus.

Er trat hinter sie und küsste ihren Nacken. »Ich heiße übrigens Martin.«

»Daniela.«

»Ich gehe jetzt, dann kannst du dich in Ruhe fertigmachen.«

Dani nickte und vollendete ihr Make-up.

In der Tür blieb er noch einmal stehen und wandte sich um. »Sehen wir uns wieder?«

Dani griff zur Bürste und begann, mit raschen Strichen ihr Haar zu glätten. »Ich weiß es noch nicht«, antwortete sie. »Ich werde darüber nachdenken. Bist du regelmäßig im Pub?«

»Jeden Montag. Ich spiele Darts mit ein paar Freunden. Aber solange du darüber nachdenkst, werde ich jeden Abend im Pub auf dich warten.«

Dani schmunzelte.

Wenig später hörte sie die Wohnungstür ins Schloss fallen.

* * *

Kraut arbeitete bereits am Protokoll des vergangenen Abends, als Dani mit halbstündiger Verspätung den Dienst antrat. Kraut ignorierte ihre Verspätung.

»Sieh dir das mal an«, sagte sie und schob ein Blatt über den Tisch. Es handelte sich um eine Vermisstenanzeige. Gesucht wurde seit dem 1. Januar der sechsundvierzigjährige Filialleiter Hannjo Schmieding aus Bonn-Tannenbusch. Seine Frau hatte ihn als vermisst gemeldet, nachdem er von einem Abendspaziergang nicht zurückgekehrt war. Das Foto zeigte einen langweilig wirkenden Mann mit beginnender Glatze und leichtem Bauchansatz.

»Haben die Bonner Kollegen gemailt«, erklärte Kraut. »Vermutlich ist das der Mann, den wir gestern gefunden haben.«

Dani setzte sich und dachte nach. »Ganz schön weit für einen Abendspaziergang, von Tannenbusch bis Endenich«, stellte sie fest. »Vielleicht hat er ein Taxi genommen. Vorausgesetzt, er ist freiwillig zu Frieders Wohnung gefahren. Und dann stellt sich noch die Frage, was er da wollte.«

Kraut schwang auf ihrem Stuhl herum. »Du erinnerst dich, dass Frieder schwul ist?«

»Ach ja, richtig. Nun ist er hier nicht gerade ein besonders anziehendes Exemplar. Mir schwant, Frieder verdient sich ein paar Euros nebenbei.«

»Und ich bin fast sicher, dass Frau Schmieding keine Ahnung hat, wofür der liebe Hannjo sein Taschengeld ausgegeben hat«, ergänzte Kraut.

»Tja, aber warum liegt er tot in der Couch herum?« Dani stützte ihr Kinn in die rechte Hand und klopfte mit der Linken einen Kugelschreiber rhythmisch auf die Schreibtischplatte.

»Er ist erstochen worden. Vielleicht ein Streit unter Liebenden?«, mutmaßte Kraut und heftete den Blick auf den auf und ab hüpfenden Kuli.

»Könnte auch sein, dass nicht Frieder unseren aufgeblähten Helden umgebracht hat, sondern der kleine Schmierlapp, den wir festgenommen haben.« Danis Kuli klopfte etwas schneller. »Der hatte doch Drogen im Gepäck. Vielleicht war Frieders Wohnung so etwas wie ein Umschlagplatz. Und da er selbst oft für längere Zeit unterwegs war, hatte der Schmierlapp einen Zweitschlüssel und führte seine Geschäfte weiter.«

Kraut erwog Danis Spekulation.

»Wäre möglich. Aber warum sollte er seinen Kunden umbringen? Die Menge Drogen, die er bei sich hatte, war zu gering, um ein großes Geschäft zu machen. Dafür tötet man niemanden.«

»Du vielleicht nicht«, sagte Dani und klopfte wie wild mit dem Kuli auf die Platte, »aber andere Leute sind möglicherweise weniger kühl und beherrscht.«

»Das kann ich mir kaum vorstellen«, antwortete Kraut, nahm Dani den Kugelschreiber aus der Hand, öffnete das

Fenster und warf ihn hinaus auf die Straße. Aus der Zigarettenschachtel in Danis Handtasche fischte sie einen Glimmstängel, zündete ihn an und steckte ihn zwischen Danis staunend geöffnete Lippen. Mit einer Hand klappte sie Danis Mund zu und setzte sich wieder auf ihren Stuhl.

»Da muss schon etwas mehr dahinterstecken als ein paar Gramm Marihuana«, setzte sie das Gespräch ungerührt fort.

Dani zog an der Zigarette und klopfte die noch nicht vorhandene Asche im Aschenbecher ab. »Vielleicht war der Schmierlapp Frieders Liebhaber, und da war Eifersucht im Spiel«, führte sie den Gedanken weiter. Als Kraut nicht, wie gewohnt, auf ihr Stichwort hin den nächsten Gedankenfaden spann, hob Dani den Blick. Kraut starrte wie gebannt auf die Zigarette zwischen Danis Fingern, die unablässig auf dem Rand des Aschenbechers herumtanzte.

Schnell riss sie die Hand zurück und stand auf. »Möchtest du einen Kaffee?«

Während sie sich an der überalterten Kaffeemaschine zu schaffen machte, beobachtete sie aus den Augenwinkeln, wie Kraut tief durchatmete und sich entspannt in ihrem Stuhl zurücksinken ließ. Gott sei Dank! Gefahr erkannt, Gefahr gebannt.

15. Kapitel

24. Januar, St. Nikolaus-Hospital, Eupen

Er wird in den nächsten Minuten aufwachen.« Amersbach beobachtete den Patienten, von dem sie immer noch so gut wie nichts wussten. Die nächsten Minuten würden möglicherweise Klarheit schaffen. Wer war der Mann? Wo kam er her? Und warum hatte jemand versucht, ihn zu töten?

Bevor er begonnen hatte, den Mann langsam aus dem Koma zu holen, hatte Amersbach Kommissar Hager Ludd verständigt, der jetzt neben ihm stand und nicht minder gespannt die ersten Bewegungen des Erwachenden verfolgte.

»Es liegen im weiten Umkreis keine Vermisstmeldungen vor, die auf ihn zutreffen könnten. Es sei denn, er wäre viel älter, als wir angenommen haben. Es wird ein verwirrter alter Mann aus Raeren vermisst. Und ein ziemlich dicker Sechsundvierzigjähriger aus Bonn.«

Amersbach schüttelte den Kopf. »Das kann er beides nicht sein. Sein Körper ist schlank und eher jugendlich. Ich schätze ihn auf irgendwas zwischen fünfundzwanzig und dreißig.«

Kopf und Gesicht des Unbekannten waren dick bandagiert. In den vergangenen Wochen hatte das Chirurgenteam der Klinik die schweren Verletzungen operiert. Die Verbände verdeckten Narben, die das Gesicht völlig entstellten. Da würde die plastische Chirurgie noch allerhand zu tun bekommen.

Amersbach fürchtete schon jetzt den Augenblick, da er dem Mann die Verbände abnehmen und er nach einem Spiegel verlangen würde.

Die Monitore, die die vitalen Funktionen des Patienten widerspiegelten, zeigten einen allmählich steigenden Puls und eine kräftiger werdende Atmung an. Über eine Infusionsleitung wurde ihm unter anderem ein starkes Schmerzmittel injiziert.

Minuten später bewegte sich die rechte Hand des Mannes. Dann flatterten seine Augenlider, und schließlich öffnete er sie. Amersbach wartete, ob der Patient von sich aus weitere Aktionen folgen lassen würde. Als nichts weiter geschah, trat er an das Bett und beugte seinen Kopf über das Gesicht des Mannes. Sein Blick war starr und schien durch Amersbach hindurchzugehen.

»Können Sie mich hören?«

Der Patient reagierte nicht, und Amersbach wiederholte die Frage. Ein leichtes Senken des Kinns deutete er als Zustimmung.

»Das ist gut. Ruhen Sie sich jetzt erst einmal aus. Ich komme später wieder zu Ihnen.«

Ludd folgte Amersbach auf den Flur. »Das war alles?«

»Im Augenblick schon. Er ist vollgestopft mit Schmerzmitteln und hat einige anstrengende Tage hinter sich. Wir müssen Geduld haben. Wer weiß, was passiert, wenn er sich an die Ereignisse erinnert.«

Amersbach trat ins Schwesternzimmer. Eine hübsche, junge Frau beobachtete mehrere Monitore, eine ältere füllte Formulare aus.

»Frau Krüger.« Die ältere Schwester wandte sich um.

»Bitte, ordnen Sie jemanden ab, der den Komapatienten ununterbrochen beobachtet, und zwar an seinem Bett. Wir wollen nichts verpassen.«

»Alles klar, Chef.«

Amersbach und Ludd schlenderten über den Flur zu Amersbachs Büro. »Wollen Sie hier warten? Vielleicht spricht er ja schon bald.«

Ludd nickte. »Gern. Ich habe im Moment keinen interessanteren Fall als ihn.«

Siegbert zog fast unmerklich eine Augenbraue hoch, als Kommissar Ludd schon wieder in seinem Büro auftauchte. Das zweite Mal in diesem Monat.

»Hallo, Siegbert«, grüßte Ludd. Er kannte den Nachnamen von Amersbachs Sekretärin nicht.

»Guten Tag, Herr Kommissar«, antwortete Siegbert steif, und zu Amersbach gewandt: »Kaffee und Kuchen, Chef?«

Amersbach nickte lächelnd und führte Ludd in sein Büro.

»Haben Sie schon eine Theorie entwickelt, was dem armen Mann passiert sein könnte?«

Ludd nahm dankend ein Glas Cognac entgegen und parierte mit einem Zigarilloangebot.

»Nicht wirklich. Es sind mehr Überlegungen als Theorien. Die Brutalität des Angriffs lässt auf eine Beziehungstat schließen. Andererseits: Vielleicht hatte der Täter gerade nichts anderes zur Hand als eine Axt.«

Er nippte an seinem Glas.

»Der Mann wurde im Wald gefunden. Vielleicht hat er versucht, einen Waldarbeiter zu überfallen. Oder ein Waldarbeiter hat ihn überfallen. Er könnte Opfer und Täter zugleich sein.«

Amersbach nickte. »Von seiner Kleidung abgesehen, hatte er nichts bei sich: kein Geld, keine Papiere, keinen Schmuck, keine Schlüssel. Also ist er auf jeden Fall ausgeraubt worden.«

»Seine Kleidung lässt keine Rückschlüsse auf seine Identität oder Herkunft zu. Alles gewöhnliche Sachen, die man überall kaufen kann. Wir haben ein paar Haare daran gefunden, aber die könnten von jedem stammen, mit dem er in den Tagen vor dem Überfall zu tun hatte. Außerdem haben wir niemanden, mit dem wir sie abgleichen können.«

Kaum hatte Siegbert Kaffee und Käse-Sahne-Torte auf dem Tisch verteilt, klopfte es, und eine Frau in Schwesternkleidung trat ein.

»Der Komapatient versucht zu sprechen«, sagte sie leicht atemlos. Alle Ärzte und Pfleger, die mit dem Mann zu tun hatten, warteten gespannt auf die Enthüllung des Rätsels, was mit ihm geschehen war.

Amersbach und Ludd standen sofort auf und eilten aus dem Zimmer. Siegbert seufzte und stemmte die Hände in die Taille. Na prima, jetzt würde der Kaffee kalt werden. Er nahm die Kanne mit ins Büro und stellte sie wieder in die Maschine.

Frau Krüger hielt die Hand des Mannes im Krankenbett und sprach beruhigend auf ihn ein. Amersbach beugte sich wie vorhin über das bandagierte Gesicht.

»Ich bin Ihr Arzt. Mein Name ist Amersbach.« Die Augen des Mannes zuckten hin und her. Seine freie Hand zappelte auf der Bettdecke.

»Sie müssen ruhig bleiben«, mahnte Amersbach. »Wissen Sie, was mit Ihnen geschehen ist?«

Der Patient gab einige vernuschelte Laute von sich. Amersbach konzentrierte sich, doch er konnte nichts verstehen.

»Sie wurden schwer verletzt. Wir haben Sie operiert. Jetzt müssen Sie wieder gesund werden. Haben Sie das verstanden?«

Der unstete Blick des Mannes wurde ruhiger und fixierte schließlich Amersbachs Augen. Dann nickte er langsam. Ein weiterer Versuch, zu sprechen, endete in unverständlichem Gemurmel.

»Machen Sie sich keine Sorgen«, sagte Amersbach. »Sie werden sich wieder erholen. Aber das braucht Zeit.«

Der Patient nickte.

Amersbach richtete sich auf. »Er soll weiterhin permanent beobachtet werden«, sagte er zu Frau Krüger.

Dann ging er mit Ludd hinaus auf den Flur. »Ich fürchte, es wird noch etwas dauern, bis Sie mit ihm sprechen können.«

Ludd nickte enttäuscht. »Na ja, auf ein paar Tage kommt's jetzt auch nicht mehr an.«

»Kaffee?«

»Klar.«

* * *

»Wir müssen ein wenig tiefer in der Vergangenheit graben«, stellte Dani fest. »Wenn Frieder solche aggressiven Ausfälle hatte, ist das sicher auch anderen aufgefallen.«

Sie blätterte in den gesammelten Aussagen.

»Katharina Silbernagel arbeitet erst seit fünfzehn Jahren bei den Hemmesfelds. Aber sicher hatten sie doch vorher auch eine Haushälterin oder so was. Ich rufe mal bei Katharina an.«

Kraut nickte. »Ich frage beim Finanzamt nach. Vielleicht hatten sie die Vorgängerin ordentlich angemeldet. Würde zum alten Hemmesfeld passen.«

Dani erwischte Katharina zwischen Tür und Angel, als sie gerade dabei war, zur Villa Hemmesfeld aufzubrechen, ihrem neuen Zuhause, wie sie Dani begeistert erzählte. Dani fand die Lösung, die Lissi gefunden hatte, mehr als glücklich, vor allem für Katharina und Johannes. Auf ihre Frage hin erinnerte sich Katharina an ein Kindermädchen, von dem Frau Hemmesfeld einige Male erzählt hatte. Offenbar hatte es sich nicht den Erwartungen der Hausfrau gemäß verhalten und war gekündigt worden. Katharina hatte dann die Stelle der Haushälterin übernommen. Die Kinder waren inzwischen alt genug gewesen, um ohne Nanny auszukommen.

An den Namen des Kindermädchens konnte sich Katharina leider nicht erinnern. Da war Kraut ein wenig erfolgreicher. Das Finanzamt, das niemals irgendetwas vergisst, verzeichnete ihren Namen unter »Hausangestellte«: Agnes Biermann. Adresse und Telefonnummer, soweit damals bekannt, wurden gleich mitgeliefert, und Kraut hängte sich sofort ans Telefon. Wie sich herausstellte, hatte Agnes Biermann zwischenzeitlich geheiratet und hieß jetzt Biermann-Zöllner. Eine unglaubliche Verbesserung, fand Kraut und wählte sogleich ihre Nummer. Frau Biermann-Zöllner war jedoch berufstätig und erst nach achtzehn Uhr zu erreichen. Das bedeutete Überstunden. Dani erklärte sich bereit, den Anruf zu übernehmen, damit Kraut zu Lukas nach Hause fahren konnte.

Agnes Biermann-Zöllner ging um achtzehn Uhr zehn brav ans Telefon und erteilte bereitwillig Auskunft. Ja, der Knabe wäre seltsam gewesen, aber das Mädchen nicht minder. Beide waren in psychologischer Behandlung bei einer Frau Doktor ... ja, wie hieß die noch? Reuters, vermutlich. Reuter oder Reuters.

Dani gab sich für den Abend geschlagen und beschloss, einen kleinen Abstecher zum Irish Pub zu unternehmen. Sie hatte schon wieder vergessen, wie der Bursche hieß, aber immerhin hatte er toll ausgesehen und gutes Benehmen bewiesen. Viel mehr, als man von Männern heutzutage erwarten durfte.

16. Kapitel

27. Januar, St. Nikolaus-Hospital, Eupen

Die Jalousien waren halb geschlossen und tauchten das Zimmer in hellgraues Dämmerlicht. Auf dem kleinen Tisch an der Stirnwand stand ein bunter Blumenstrauß in einer Vase, die einzige Dekoration in dem ansonsten ganz in sterilem Weiß gehaltenen Raum. Hager Ludd fragte sich, wer den Strauß wohl mitgebracht haben könnte. Womöglich eine der Krankenschwestern. Oder Siegbert.

Der Patient saß halb aufrecht im Bett, an Kissen gelehnt, und starrte ins Leere. Nachdem feststand, dass er sich an nichts erinnern konnte, noch nicht einmal an seinen Namen, hatten Amersbach und die Schwestern beschlossen, ihn nicht länger als den Unbekannten zu bezeichnen, sondern ihn Waldo zu nennen in Anlehnung an seinen Fundort im Wald. Er hatte über den Vorschlag kurz nachgedacht und dann genickt.

Tatsächlich, erzählte Amersbach Ludd später, sei er nicht sicher, in welchem Maße der Mann tatsächlich nachdenken oder verstehen könne. Man müsse Geduld haben und abwarten.

Ludd betrat den Raum und zog sich einen Stuhl ans Bett. Waldos Augen folgten ihm. Sein Kopf war immer noch rundum bandagiert. Es würde noch einige Zeit dauern, bis die Operationsnarben verheilt waren.

»Hallo, ich bin Hauptkommissar Hager Ludd von der Kripo Eupen.« Waldo sah Ludd nur stumm an.

»Können Sie mich verstehen?«

Waldo starrte ihn reglos an. Erst nach mehreren Sekunden, so, als müssten die Worte in sein Gehirn sickern, antwortete er: »Ja.«

»Können Sie mir Ihren Namen sagen?«

Wieder dauerte es eine Zeit lang, bis Waldo reagierte. Vielleicht, dachte Ludd, müssen die Wörter wegen der Verletzungen eine Umleitung nehmen, bis Waldo sie erkannte.

»Waldo«, antwortete er jetzt.

»Nein, ich meine, Ihren richtigen Namen.«

Waldo schüttelte den Kopf.

»Können Sie sich an irgendetwas anderes erinnern? Verwandte, Freunde? Wo leben Sie? Was sind Sie von Beruf?«

Diesmal ließ Waldo mehr als eine Minute verstreichen. »Ich erinnere mich an nichts. Ich verstehe auch nicht alle Worte.«

»Das kommt schon wieder«, tröstete Ludd. Zumindest hielt Amersbach das für möglich. »Wenn Ihnen irgendetwas einfällt, sagen Sie einer Schwester Bescheid. Ich komme regelmäßig wieder. Haben Sie das verstanden?«

Waldo nickte.

»Falls Sie irgendetwas brauchen, etwas zu lesen oder Süßigkeiten, sagen Sie es einer der Schwestern.«

Amersbach hatte auf dem Flur das Ende der Unterhaltung abgewartet.

Ludd schüttelte nur den Kopf, als er den Arzt sah.

»Die Prognose ist nicht schlecht«, berichtete Amersbach, während er den Polizisten zum Aufzug begleitete. »Immerhin kann er sprechen. Das allein ist schon mehr, als zu erwarten war bei diesen Verletzungen. Denken kann er auch, wenn auch etwas langsam. Sein Körper funktioniert ebenfalls. Er kann laufen und Gegenstände aufheben, Blase und Darm funktionieren tadellos. Dass er sich nicht erinnert, muss nicht unwiderruflich sein. Zumindest ein Teil der Amnesie könnte auf dem Schock durch das Geschehen begründet sein. Falls allerdings der materielle Gehirnschaden die Amnesie verursacht, wird er sich davon wahrscheinlich nicht mehr erholen.«

Ludd blätterte im Geiste in den Fachartikeln, die er in der vergangenen Woche gelesen hatte. »Ich dachte, zerstörte Gehirnpartien könnten durch andere, bisher nicht benutzte, ersetzt werden?«

»Das stimmt zumindest teilweise. Falls das Sprachzentrum beschädigt ist oder der Teil des Gehirns, der für das Laufen zuständig ist, übernehmen manchmal andere Partien die Funktion. Der Patient kann neu sprechen oder laufen lernen. Das funktioniert aber nicht beim Gedächtnis. Sind diese Gehirnzellen zerstört, bringt nichts sie wieder zurück.«

Sie waren am Aufzug angelangt. Ludd drückte den Knopf.

»Stellen Sie sich das Gehirn wie Ihre persönliche Bibliothek vor«, fuhr Amersbach fort. »Die Regale sind gefüllt mit Büchern aller Art. Jetzt zerstört ein Brand den Teil, in dem Ihre klassischen Werke von Shakespeare bis Goethe stehen. Das Regal ist auch verbrannt. Natürlich können Sie sich neue Ausgaben der Bücher kaufen und sie in einem neuen Regal anderswo in der Bibliothek unterbringen. Aber in keinem der Bücher stehen Ihre persönlichen Randnotizen. Die sind alle mit verbrannt.«

Während der Fahrt mit dem Aufzug ins Erdgeschoss versuchte Hager Ludd sich vorzustellen, alle seine Erinnerungen aus über fünfzig Lebensjahren wären mit einem Schlag verschwunden. Übrig wäre nur ein großes schwarzes Loch. Es war unmöglich, stellte er fest. Doch immerhin reichte seine Fantasie, um es sich wahrhaft erschreckend auszumalen.

Den Abend verbrachte er wie immer allein in seinem Haus am Stadtrand von Eupen. Seit Ludmilla vor sieben Jahren nach einem Herzinfarkt gestorben war, hatte er sich völlig zurückgezogen. Kinder hatten sie nie bekommen, und eine neue Frau in diesem Haus, in dem jedes Möbelstück, jede

Vase und jedes Bild an der Wand an Ludmilla erinnerte, konnte er sich einfach nicht vorstellen. Inzwischen hatte er sich an diesen Zustand der Einsamkeit gewöhnt. Bisweilen genoss er ihn sogar. Zumindest immer dann, wenn er nach dem Abendessen mit einem Cognac und einem Zigarillo vor dem Fernseher saß, in Schlafanzug und Bademantel, die Füße in dicken Socken auf dem Tisch. Das hätte Ludmilla ihm niemals durchgehen lassen.

Dieser Gedanke brachte ihn jedes Mal zum Lächeln.
An diesem Abend führte er außerdem zu einer anstrengenden mentalen Exkursion in die Welt der Amnesie. Angenommen, er könnte sich nicht mehr an Ludmilla erinnern? Sein Leben läge wie eine dröge Aneinanderreihung von Tagen und Jahren hinter ihm, in denen nichts passiert wäre als ein oder zwei berufliche Beförderungen und eine kurze und sehr keusche Beziehung zu einer Kollegin vor seiner Ehe.

Andererseits: Der ganze herzzerreißende Schmerz, der ihn in den vergangenen sieben Jahren seit Ludmillas Tod zwischen Leben und Sterben wanken ließ, wäre ebenfalls nicht da. Vielleicht hätte er ohne diese Trauer längst eine andere Frau gesucht und gefunden, vielleicht sogar Kinder bekommen, ein kleines Mädchen mit lockigem Haar und dicken Bäckchen, einen kleinen Jungen, der ehrfürchtig zusah, wenn Papa morgens die Dienstwaffe umschnallte.

Wenn er die Erinnerung an Ludmilla mit ihrem Tod verloren hätte, wäre er jetzt vielleicht ein glücklicher Ehemann und Vater, der jeden Abend mit Freude nach Hause zurückkehrt.

So war es aber nicht. Er war ein einsamer alter Mann, und das würde er vielleicht weitere dreißig Jahre sein.

* * *

»*I would swim over the deepest ocean …*« Dani liebte *Carrickfergus* von den Dubliners und blieb einen Moment lauschend in der offenen Tür stehen, bevor sie eintrat und sich verstohlen umblickte. Ihr neuer bester Freund war nirgends zu sehen, aber es war, wie sie mit einem Blick auf ihre Armbanduhr feststellte, auch noch recht früh.

Sie hängte Schal und Mantel an die Garderobe und setzte sich auf einen Barhocker an der Theke.

Der Barkeeper unterbrach sofort seine Arbeit und trat zu ihr. »Was darf's sein?«

»Einen Johnnie Walker Red Label. Und die Speisekarte, bitte.«

An der hinteren Wand des Pubs hing eine elektronische Dartscheibe. Zwei junge Männer warfen abwechselnd ihre Pfeile und kommentierten ihre Treffer laut. Die Scheibe gab ebenfalls nach jedem Treffer einen blechern klingenden Kommentar von sich. Zum Glück übertönte die Musik die Blechstimme zum größten Teil.

Dani nippte an ihrem Scotch und studierte die bescheidene Speisekarte. Sie entschied sich für ein Steak auf heißer Platte, Pommes, die hier Chips hießen, und einen Salat. Während der Barkeeper ihre Bestellung an die Küche weitergab, suchte sie sich einen kleinen Tisch in der Ecke. Von hier aus konnte sie den Eingang im Auge behalten, wurde aber selbst nicht sofort gesehen. Jetzt fiel ihr wieder ein, wie der Bursche geheißen hatte: Martin. Sie war gespannt, ob er tatsächlich auftauchen würde. Ihr One-Night-Stand war schon einige Zeit her, und gewöhnlich war er nur montags im Lokal. Heute war Mittwoch.

Das Essen war großartig, und Dani beschloss, dass sie heute nicht zum letzten Mal hier gespeist hatte, egal, ob Martin nun auftauchte oder nicht. Zum Essen hatte sie einen halbtrockenen Weißherbst getrunken, doch jetzt stieg sie wieder auf Scotch um und orderte einen Espresso dazu. Zu dumm, dass man nirgendwo mehr rauchen durfte. Der Besitzer des Irish Pub hatte zwar eine äußerst originelle Raucherecke eingerichtet – ein altes irisches Taxi, das draußen im Biergarten stand –, aber sie hatte keine Lust, sich allein in das Auto zu setzen und zu qualmen.

Der Laden füllte sich allmählich mit Menschen jedes Alters, die offenbar zur Stammkundschaft zählten. Martin war nicht dabei. Gegen halb neun beschloss Dani, nicht länger zu warten und winkte dem Kellner. Als sie ihr Portemonnaie öffnete und einen Schein herausnahm, sagte jemand: »Rudi, ich glaube nicht, dass die junge Dame schon gehen möchte.«

Dani hob den Kopf und blickte in Martins lächelndes Gesicht. Rudi sah Dani fragend an. Sie nickte, und er nahm die Rechnung wieder mit.

»Ich hatte die Hoffnung schon fast aufgegeben«, sagte Martin und setzte sich. »Nicht mehr lange, und ich hätte eine Entziehungskur gebraucht. Jeden Abend in der Kneipe – das ist nicht gesund.«

Er grinste sie an, und sie fand ihn unwiderstehlich. Jetzt wusste sie wieder, warum sie ihn damals abgeschleppt hatte. Am liebsten wäre sie sofort aufgesprungen und hätte ihn aus der Kneipe in ihr Bett geschleift.

»Du warst also tatsächlich jeden Abend hier?«

Er nickte. »Sicher. Ich hatte es dir doch versprochen. Rudi fing schon langsam an, sich Sorgen zu machen, und wollte den Seelentröster spielen.« Er wandte sich zur Theke um und hob zwei Finger, als Rudi herübersah. Wenig später hatten sie zwei Scotch vor sich stehen.

Martin hob sein Glas. »Auf unser Wiedersehen. Und auf die immerwährende Hoffnung.«

Dani stieß ihr Glas leicht gegen seines. »Sláinte!«

Sie tranken, und Martin legte seine Hand auf Danis. »Erzähl mir was von dir«, bat er. Sein Daumen streichelte über ihren.

Dani schüttelte den Kopf. »Du zuerst«, sagte sie.

Martin lehnte sich zurück, ohne Danis Hand loszulassen. »Was willst du wissen?«

»Was machst du beruflich? Wo wohnst du? Lebst du allein? Wie alt bist du? Was liest du? Welche Musik hörst du am liebsten? Bist du Herr-der-Ringe-Fan? Wie findest du Kenneth Branagh in Shakespeares Heinrich V.?«

Martin riss die Augen auf. Dann sah er Danis Lächeln und wusste, dass sie ihn veralberte.

Er hob ihre Hand vom Tisch und umschloss sie mit seinen Händen. »Ich schätze, das wird länger dauern. Was hältst du davon, wenn wir zu dir gehen und uns in aller Ruhe unterhalten?«

Dani nickte lächelnd.

* * *

Dr. Marie-Theres Reuter praktizierte seit einigen Jahren nicht mehr. In eine dicke Wolljacke eingepackt stand sie mit überkreuzten Armen im tiefgefrorenen Vorgarten ihres Hauses in Karweiler und erwartete die Polizistinnen. An den Füßen trug sie gefütterte Gummistiefel, auf dem Kopf eine anscheinend selbst gestrickte Mütze aus hässlicher grau gesprenkelter Wolle. Dani fürchtete sich davor, was sie unter dieser Mütze wohl verbergen mochte.

Sie durchschritten das kleine Tor im Jägerzaun und stellten sich vor. Dr. Reuter löste nicht die Arme, um ihnen die Hand zu reichen. Ein vielversprechender Empfang. Sie trat auch nicht zurück, um sie ins Haus zu bitten. Offenbar hatte sie sich deshalb so winterfest gewappnet, damit sie die Polizistinnen draußen abfertigen konnte.

»Sie wollen Auskünfte über ehemalige Patienten von mir. Ihnen muss doch klar sein, dass ich der Schweigepflicht unterliege. Das habe ich Ihnen bereits am Telefon gesagt.«

Kraut verschränkte ob der unfreundlichen Ansprache ihrerseits die Arme und bezog Kampfstellung. Dani ahnte, dass sie damit bei dieser resoluten Dame nicht weit kommen würden.

»Das ist uns selbstverständlich klar, Dr. Reuter. Aber es handelt sich im Grunde um eine einfache Auskunft. Eigentlich nur eine Frage.«

Dr. Reuter runzelte die Augenbrauen, veränderte ihre Haltung ansonsten aber nicht.

»Es geht um die Geschwister Hemmesfeld, Frieder und Elisabeth. Beide waren als Kinder bei Ihnen in Behandlung.«

Dr. Reuter nickte nicht einmal mit dem Kopf, um diese Information zu bestätigen. Mutlos sprach Dani weiter. »Ihre Eltern sind vor ein paar Wochen ermordet worden, und Frieder ist seither verschwunden. Elisabeth macht sich große Sorgen um ihn. Sie erzählte, er sei als Kind recht seltsam gewesen.«

Das Stirnrunzeln verstärkte sich. Dr. Reuter strahlte gesteigerte Aufmerksamkeit aus. Dani schöpfte Hoffnung.

»Halten Sie es für möglich, dass Frieder seine Eltern ermordet hat? Es war ein sehr brutales Verbrechen, muss ich hinzufügen.«

Sekundenlang starrte Dr. Reuter Dani an, dann löste sie ihre Arme aus der Umklammerung und steckte die Hände in die Taschen ihrer weiten Jeans.

»Natürlich halte ich es für möglich«, antwortete sie barsch. »Ich würde es auch für möglich halten, dass Sie Ihre Eltern ermorden oder ...«, ihr Blick wanderte zu Kraut, »... Ihre Kollegin den nächstbesten Menschen umlegt, der ihr begegnet. Möglich ist alles.«

Dani seufzte. Wie wahr, wie wahr. Aber das half ihr leider gar nicht weiter.

»Klar, aber halten Sie es für wahrscheinlich? Zeigte er als Kind Tendenzen, die die Wahrscheinlichkeit einer solchen Tat nahelegen?«

Überraschend setzte sich Dr. Reuter in Bewegung, ging ein paar Schritte zu einer Holzbank neben der Haustür und setzte sich. Aus den Hosentaschen förderte sie ein Päckchen Tabak und eine Pfeife zutage, stopfte sie sorgfältig und zündete sie unter kräftigem Paffen an.

»Das ist mehr als eine einfache Auskunft, und das wissen Sie auch«, sagte sie schließlich. »Sie wollen mehr oder weniger ein psychologisches Gutachten. Mal eben so nebenbei.«

Dani antwortete nicht. Sie wusste, dass die Ärztin recht hatte. Aber einen Versuch war es wert gewesen. »Tja, dann entschuldigen Sie bitte die Störung.« Sie wandte sich um und schob Kraut, die augenscheinlich noch nicht weichen wollte, in Richtung Gartenpforte. Sie würde versuchen, offiziell Akteneinsicht zu erhalten, aber das würde nicht einfach sein angesichts der Tatsache, dass es sich um Akten von Minderjährigen handelte.

»Die Kinder waren bei mir in Behandlung«, sagte Dr. Reuter zu ihrem Rücken, und Dani drehte sich rasch wieder um. »Aber die Eltern nicht. Und die waren wirklich merkwürdig.«

»Was meinen Sie damit?« Dani trat ein paar Schritte näher. Dr. Reuter sah den Qualmwolken ihrer Pfeife nach.

»Sie waren total fixiert auf die Leistung ihrer Kinder. Sie mussten immerzu irgendwas lernen, Klavier oder Ballett oder Sprachen im Nachmittagsunterricht. Das kleine Mädchen bekam Russischunterricht. Das müssen Sie sich vorstellen. Vermutlich nur, weil der Vater zu der Zeit einige Russen in seiner Firma beschäftigt hatte und wollte, dass sie sich später mit ihnen verständigen konnte.«

Dr. Reuter zog kräftig an der Pfeife und schickte dunkelgraue Rauchkringel in die Winterluft. »Wenn die Kinder nicht so wollten wie die Eltern, gab es Schläge. Und Essensentzug.«

Sie starrte zwischen ihren Knien hindurch auf den steinigen Boden vor der Bank, und die Wut über die Behandlung ihrer kleinen Patienten stand ihr heute noch ins Gesicht geschrieben. »Ich hätte die Eltern behandeln sollen, nicht die Kinder.«

»Wie haben die Kinder darauf reagiert?«, fragte Dani und trat noch zwei Schritte näher.

Dr. Reuter hob den Kopf und sah sie an. »Das darf ich Ihnen nicht sagen«, antwortete sie, zog die hässliche Mütze vom Kopf und wischte sich mit der rauen Wolle durch das Gesicht. Der graumelierte Schopf, der hervorquoll, bestätigte Danis schlimmste Befürchtungen. Kein Friseur, seit Jahren nicht.

Dani überlegte. Sie war schon wieder an einem Punkt, an dem es nicht weiterging. Was könnte sie fragen, um die Schweigepflicht zu umgehen? Ihr fiel nichts ein.

Gänzlich unerwartet trat Kraut an ihre Seite, die Arme nach wie vor eisern verschlungen. »Wie reagieren Kinder denn normalerweise in solchen Situationen?«

Dr. Reuter hob den Kopf und sah Kraut an, als sähe sie sie in diesem Moment zum ersten Mal.

»Gute Frage«, lobte sie und setzte sich die hässliche Mütze wieder auf den Kopf. Jetzt verbarg sie ihre graue Wuschelfrisur nur unzureichend und ließ sie grotesk wirken.

»Häufig schließen sich drangsalierte Geschwister sehr eng aneinander an. Sie passen gegenseitig auf sich auf, geben sich die Liebe, die von den Eltern nicht kommt, beschützen sich, wenn es irgendwie möglich ist.« Sie zog an der Pfeife, die aber erloschen war, und zündete sie erneut an.

»Manchmal passiert aber auch etwas anderes: Die Geschwister empfinden sich als Konkurrenz um die Zuneigung der Eltern und versuchen, sich gegenseitig auszubooten. Sie verraten einander.«

Dr. Reuter klopfte die Pfeife am Rand der Banksitzfläche aus, steckte sie zurück in die Hosentasche und stand auf. »Und ganz selten passiert auch beides. Damit ist die Sprechstunde beendet.«

Ohne einen Gruß wandte sie sich zur Haustür.

Dani war bereits im Begriff, zu gehen, als Kraut hinter der Ärztin herrief: »Einer ist immer stärker als der andere, oder?«

Dr. Reuter drehte sich noch einmal um und betrachtete die beiden Frauen in ihrem Vorgarten ausgiebig. Dann nickte sie. »Ja, einer ist immer der Stärkere.«

17. Kapitel

30. Januar, Eupen

Hager Ludd schlug die Augen auf und starrte an die Decke. Sein langsam erwachender Blick folgte einem Staubfaden, der sich von der Deckenlampe zur Wand zog und im leichten Luftzug vom halb offenen Fenster wie ein Spinnennetz zitterte. In den Ecken war die weiße Deckenfarbe nachgedunkelt. Sein Nikotinkonsum dürfte dafür verantwortlich sein, dachte er und drehte sich auf die Seite. Die Digitaluhr auf dem Nachttisch zeigte fünf vor neun. Er griff nach der Fernbedienung und schaltete den Apparat ein.

Ein langer und langweiliger Sonntag lag vor ihm. Wie immer dachte er daran, wie das Leben gewesen war, als Ludmilla noch neben ihm in diesem Bett gelegen hatte. Sie hätte noch geschlafen um diese Zeit. Er hätte den Fernseher ganz leise gestellt, um sie nicht zu stören, gerade so laut, dass er die Nachrichten hören konnte. Dennoch wäre das Geräusch bis in ihr Unterbewusstsein vorgedrungen. Sie hätte geseufzt, sich auf die andere Seite gewälzt und mit flatternden Lidern weiter geschlummert.

Nach den Nachrichten war er aufgestanden, um Frühstück zu machen. Sonntags genossen sie es, im Bett zu frühstücken. Heißer Kaffee, Rührei und knuspriger Speck, Toast, manchmal ein Glas Sekt. Nach dem Frühstück hatten sie sich geliebt oder ferngesehen oder noch ein wenig gedöst. Wenn sie endlich, gegen Mittag, aufgestanden waren, verbrachten sie den Tag im Museum oder gingen ins Kino, wo Ludmilla bei rührseligen Szenen in Tränen ausbrach und er es genoss, ihr verweintes Gesicht an seine Brust zu drücken und sie zu trösten.

Abends besuchten sie ihr Lieblingsrestaurant, jeden Sonntag, einen Spanier am Ende der Stadt, und futterten sich durch zahlreiche Vorspeisen, so lange, dass für Hauptspeisen kein Platz mehr blieb.

In den ersten Monaten, nachdem Ludmilla ihn allein zurückgelassen hatte, war er ein paarmal sonntags dorthingegangen und hatte versucht, in einem Berg von Vorspeisen seine verlorene Frau wiederzufinden. Später blieb er zu Hause und kochte eine Kleinigkeit in der Küche, die ihn in jedem Schrank, in jeder Schublade an Ludmilla erinnerte. Ein Museum hatte er seit Jahren nicht mehr betreten, und Filme sah er jetzt nur noch auf DVD, allein zu Hause, meist in seinem Bett sitzend.

In all den Jahren, die er jetzt allein aufgewacht war, hatte er oft darüber nachgedacht, warum er nicht allein etwas unternahm. Die Gemälde und Skulpturen in einem Museum gewannen ihren Wert doch nicht durch die Anwesenheit einer zweiten Person. Oder die Faszination eines guten Spielfilms: War sie abhängig davon, dass jemand neben einem saß und mitlitt, mitfieberte oder bei komischen Szenen mitlachte, bis einem die Tränen die Wangen hinabliefen?

Hager Ludd wollte das nicht glauben, scheiterte aber immer wieder an der schmerzlichen Erkenntnis, dass es auf ihn eben doch zutraf.

Er setzte sich im Bett auf, dachte kurz über ein Frühstück nach und verwarf den Gedanken gleich wieder. Er hatte einfach keine Lust, zwei Eier statt vier in die Pfanne zu hauen, nur eine halbe Kanne Kaffee zu kochen und anschließend allein in seinem Bett den Spielfilm am Sonntagmorgen anzuschauen. Er hatte einfach keine Lust dazu.

Plötzlich schoss ein Gedanke durch seinen Kopf. Er sprang aus dem Bett, duschte und rasierte sich, zog eine Jeans, ein blau gestreiftes Hemd und eine uralte Lederjacke über und schloss kurz vor zehn die Haustür hinter sich.

* * *

Auf dem Bildschirm liefen Menschen in eleganter Kleidung über einen roten Teppich und lächelten und winkten in die Kameras der vielen Fotografen, die hinter einem Absperrband auf sie lauerten. Reporter streckten ihre Mikrofone aus und wurden gelegentlich mit einer Antwort auf ihre nicht endenden Fragen belohnt. Eine Moderatorin kommentierte aus dem Off eine Veranstaltung, die mit Film zu tun hatte.

Ich müsste den einen oder anderen erkennen, dachte Waldo. Das sind alles berühmte Menschen, die als Schauspieler oder Regisseure oder Komponisten Karriere gemacht hatten. Doch für ihn waren sie alle Fremde. Kein einziges der gut geschminkten und meist schönen Gesichter ließ eine Saite in ihm klingen. Kein Name ließ sein verrottetes Gedächtnis zucken. In seinem Kopf war nichts als Leere, zumindest, was die Vergangenheit betraf. Er wusste noch, dass Dr. Amersbach sich über ihn gebeugt hatte, als er aufgewacht war. Er konnte sich an den Besuch des älteren Polizisten mit dem seltsamen Namen erinnern: Hager Ludd. Die hübsche Krankenschwester hieß Mareike, und die ältere, mütterliche nannte er Frau Bouvet.

Immerhin war er nicht völlig verblödet. Nur sein Gedächtnis war weg. Dr. Amersbach behauptete zwar, dass es möglicherweise wiederkommen könnte, doch sein Tonfall war zu vage, als dass Waldo ihm geglaubt hätte.

Laut Amersbach war er um die dreißig.

Als er wieder aufstehen konnte, hatte sein erster Weg ihn zum Spiegel im Bad geführt. Sein Gesicht war mit Bandagen umwickelt gewesen, doch er hatte versucht, in seinen Augen zu lesen. Er war ganz nahe an den Spiegel herangerückt, hatte in seine Augen gestarrt und versucht, eine Erinnerung zu erzwingen. So lange hatte er da gestanden, dass ihm schließlich schwindlig wurde. Doch da war nichts. Gar nichts.

Die Verzweiflung der ersten wachen Tage war inzwischen einer Resignation gewichen, die ihn etwas ruhiger werden ließ. Vielleicht hatte er die Erinnerung an dreißig Lebensjahre verloren. Aber er konnte neue Erinnerungen schaffen. Es lagen noch Jahrzehnte eines unbekannten, neuen Lebens vor ihm. Er konnte sie füllen mit Bildern und Geräuschen, mit Erlebnissen und mit Worten.

Wenn er abends nicht einschlafen konnte, überlegte er, was für ein Mann er wohl gewesen war in seinem früheren Leben. War er derselbe Mensch wie vor seinem Unfall? Oder war alles, was ihn zu diesem Menschen gemacht hatte, ebenfalls vernichtet worden, und er würde wie ein Neugeborener ganz von vorne anfangen? Die Gene waren natürlich dieselben, aber die gesamten Einflüsse, die die Familie, die Freunde, die Mitschüler und später die Arbeitskollegen ausübten: Waren die verschwunden? Oder prägten sie ihn immer noch, und er müsste mit Verhaltensweisen leben, die er sich nicht erklären konnte?

Die Umstände seines Unfalls gaben ihm weitere Rätsel auf. So schwer verletzt war er gewesen, dass die Ärzte und Pfleger tagelang um sein Leben gefürchtet hatten. Amersbach hatte sich bislang geweigert, ihn über die genauen Umstände zu informieren, doch die Verbände in seinem Gesicht ließen darauf schließen, dass es großen Schaden davongetragen hatte. Vielleicht sah er aus wie ein Ungeheuer, wenn sie ihm die Bandagen abnehmen würden. Vielleicht könnte er sich niemals mehr unter normalen Menschen bewegen, ohne erschrockene Blicke und entsetztes Getuschel befürchten zu müssen.

Sein Verstand füllte die Lücken seines Gedächtnisses mit ununterbrochen fließenden Gedanken über seine Herkunft, seine Gegenwart, seine Zukunft, füllte sie mit Spekulationen und mit neuem Wissen, das er aus Gesprächen oder aus der Fernsehunterhaltung mitnahm. Zumindest hatte er inzwischen nicht mehr das Gefühl, sein Kopf sei ein leerer Ballon. Es gab viele leere Zimmer in dieser Bibliothek, wie Dr. Amersbach ihm das Gedächtnis veranschaulicht hatte, doch er hatte bereits ein oder zwei neue Regale aufgestellt und begann sie allmählich zu füllen.

Im Fernseher über seinem Bett wechselte das Programm. Nach den Reichen und Schönen folgte eine Dokumentation über Tiere in der Serengeti. Waldo drehte den Ton eine Nuance lauter und sammelte Wissen.

Als es wenig später an der Tür klopfte, wandte er sich nur unwillig vom Bildschirm ab. Die ungezähmte Wildheit der Tiere und ihr instinktives Handeln faszinierten ihn.

Der Polizist steckte den Kopf durch den Türspalt. »Darf ich?«

Waldo nickte und schaltete den Fernseher aus.

Ludd zog einen Stuhl neben sein Bett. »Was haben Sie sich angesehen?«

Waldo erzählte es ihm.

»Verstehen Sie alles, was Sie im Fernseher sehen?«

»Nein, aber doch einiges. Die Worte begreife ich meistens. Hin und wieder ist mir ein Ausdruck unbekannt, aber das könnte ja auch vorher der Fall gewesen sein, was meinen Sie?«

Ludd nickte. »Amersbach sagt, dass niemand genau sagen kann, was eine Verletzung wie die Ihre bewirkt. Offenbar gibt es tausend Möglichkeiten, wie ein Gehirn beschädigt wird und sich selbst wieder repariert. Er hat noch Hoffnung, dass Sie Ihr Gedächtnis wiederfinden.«

Waldo lächelte nachsichtig, zumindest sah der Mund zwischen den Verbänden so aus. »Nicht wirklich. Ich spüre, dass er mich nur hinhalten will. Aber bei der Gelegenheit: Von welchen Verletzungen sprechen wir eigentlich? Erzählen Sie mir doch endlich, was passiert ist.«

Ludd presste die Lippen zusammen. »Das kann ich nicht ohne Amersbachs Einverständnis. Nur er kann beurteilen, welche Folgen das hätte.«

Waldo blickte auf die Bettdecke und zerknüllte sie mit seinen Händen.

»Ich mache Ihnen einen Vorschlag«, lenkte Ludd ein. »Morgen, wenn Amersbach wieder im Dienst ist, werde ich mit ihm sprechen. Vielleicht hält er Sie ja für bereit.«

»Einverstanden.«

Waldo ließ seinen Blick fragend auf Ludd ruhen. »Was führt Sie eigentlich heute her?«

Ludd verschränkte die Hände und klopfte unschlüssig mit den Daumen gegeneinander. »Spielen Sie Schach?«, fragte er schließlich etwas zaghaft.

Waldo dachte nach. »Keine Ahnung«, gestand er.

»Wollen Sie es ausprobieren?«

»Sicher.«

Ludd lächelte und stand auf. »Warten Sie einen Moment.«

Schwester Bouvet zeigte ihm den Weg in das Besucherzimmer, wo sich in zwei Regalen Bücher und Spiele stapelten. Schon wenige Minuten später baute er das Brett auf dem kleinen Tisch auf, den er ans Bett gezogen hatte.

»Erkennen Sie es wieder?«

Waldo schüttelte den Kopf.

»Also, passen Sie auf. Das Brett hat vierundsechzig Felder, je zur Hälfte schwarz und weiß.«

»Braun und weiß«, korrigierte Waldo. Ludd lachte. »Stimmt. Eigentlich geht es nur um hell und dunkel, und beim Schach sagt man dazu eben schwarz und weiß.«

Er nahm zwei Figuren aus einer Schachtel.

»Das hier sind Bauern. Schwarz und weiß, wie Sie diesmal bestätigen werden.« Waldo nickte grinsend.

»Stellen Sie sich das Spielfeld wie ein Schlachtfeld vor. Können Sie das?«

Waldos Augen blickten unentschlossen. Das wird spannend, dachte Ludd.

Er stellte die Bauern einander gegenüber auf dem Spielfeld ab. »Die Bauern sind sozusagen die Kämpfer in der vordersten Linie. Kanonenfutter. Jeder Spieler hat acht davon.«

Er reihte die anderen Bauern ein. Dann nahm er Figur nach Figur heraus, stellte sie auf ihren Platz und erklärte ihre Funktion. Dabei dachte er Waldo die weißen Figuren, sich selbst die schwarzen zu.

»Jetzt fangen wir an«, sagte er schließlich und sah erstaunt zu, wie Waldo den weißen Königsbauern nahm und zwei Felder nach vorn rückte.

»Italienische Eröffnung«, sagte Ludd und nickte anerkennend.

Sie spielten drei Partien, von denen Waldo zwar keine gewann, die aber deutlich erkennen ließen, dass er das Spiel früher einmal recht gut beherrscht haben musste.

Schwester Bouvet, die das Mittagessen für den Patienten hereintrug, schaffte es, eine zweite Portion für den Kommissar aufzutreiben. So hatte er nicht das Gefühl, sich verabschieden zu müssen. Schwester Bouvet freute sich über den Besuch des Polizisten, der den armen Mann auf andere

Gedanken bringen würde. Sie mochte den Patienten, der ruhig und stets zufrieden mit allem war, was ihm widerfuhr. Nur grübelte er zu viel vor sich hin, verständlich, aber nicht gut für ihn. Manchmal stellte er Fragen, für deren Beantwortung die Schwestern einfach keine Zeit hatten, z. B. ob sie sich vorstellen könnten, ohne eine Vergangenheit auszukommen. Das war nicht einfach mit Ja oder Nein zu beantworten. Das hätte eines philosophischen Exkurses bedurft, der den geringen Rahmen an freier Zeiteinteilung in der Schwesternarbeit bei Weitem überstieg. Der Polizist allerdings schien die Zeit zu haben und ebenso das Interesse an dem ungewöhnlichen Patienten. Also versorgte Schwester Bouvet ihn, so gut es ging, damit er Waldo Gesellschaft leistete.

Nach dem Mittagessen brachte die Schwester zwei Tassen Kaffee. Ludd beobachtete, wie Waldo zwei Löffel Zucker und etwas Milch hineingab und langsam umrührte.

»Wussten Sie sofort, wie Sie den Kaffee trinken, oder mussten Sie das erst ausprobieren?«, fragte er.

Waldo überlegte kurz. »Ich wusste es«, antwortete er und schien im Nachhinein selbst erstaunt.

»Dann scheint zumindest Ihr Körpergedächtnis noch zu funktionieren. Deshalb können Sie sich vermutlich auch einigermaßen bewegen.«

Waldo nickte. »Ich muss über solche Dinge mehr nachdenken als bisher«, stellte er fest. »Vielleicht hilft das meinem Gedächtnis wieder auf die Sprünge.« Er zögerte. »Allerdings scheine ich sogar vergessen zu haben, wie man richtig nachdenkt. Meine Gedanken entgleiten mir immer wieder. Ich kann mich nicht lange konzentrieren.«

»Das kommt schon wieder«, tröstete Ludd und kam sich im selben Moment unglaublich dämlich vor, weil dieser hohle Satz schon zu häufig in den letzten Wochen über seine

Lippen geschlüpft war. Waldos schiefes Grinsen bestätigte seine Gedanken.

»Tut mir leid«, schob Ludd nach und fand das nicht weniger dämlich.

Eine Weile saßen sie schweigend vor ihren Tassen. Schließlich lehnte Waldo sich zurück und sah den Kommissar an. »Da ich Ihnen nun schon nichts über mich erzählen kann, warum erzählen Sie mir nicht etwas von sich?«

Überrascht zog Ludd die Augenbrauen hoch. »Über mich? Da gibt es nicht viel zu erzählen. Ich bin ein alter Polizist, der auf die Rente wartet. Sie sind mein interessantester Fall. Das war's auch schon.«

»Ich glaube, da ist noch mehr. Warum, zum Beispiel, verbringen Sie Ihren freien Sonntag im Krankenhaus, obwohl das Ihre Arbeit um keinen Schritt weiterbringt?«

Ludd schaute ertappt auf seine auf dem Tisch verschränkten Hände. Diese Frage stieß tief in die offene Wunde seines Lebens. Einen Moment lang erwog er, sich höflich zu verabschieden. Dann dachte er: Was soll's? Wenn Waldo schon keine Geschichte hat, kann ich zumindest meine mit ihm teilen.

* * *

Es war schon dunkel, als der Kommissar Waldo die Hand zum Abschied drückte. Sie hatten gemeinsam zu Abend gegessen, und jetzt schien Waldo erschöpft zu sein. Auch Hager Ludd war müde genug, nach Hause zu gehen und sofort ins Bett zu fallen.

Als sich die Tür hinter dem Kommissar schloss, schaltete Waldo die Nachttischlampe aus und drehte sich vorsichtig auf die Seite. Die Wunden in seinem Gesicht waren noch nicht ganz verheilt, und an den Druck des Kopfkissens musste er sie langsam gewöhnen. Er versuchte zu schlafen, aber die Lebensgeschichte des Kommissars spukte in seinem Kopf herum. Nach anfänglichem Zögern hatte Hager Ludd ausführlich über seine Kindheit, sein Berufsleben und die Ehe mit Ludmilla gesprochen. Auch die Einsamkeit seit ihrem Tod hatte er nicht verschwiegen und dabei gehofft, Waldo würde sich nicht als Lückenbüßer fühlen.

Waldo hatte die Informationen schweigend in sich aufgesogen und immer wieder in sich hineingehorcht, ob irgendetwas Derartiges oder Ähnliches auch ihm in der Vergangenheit widerfahren sein könnte. Dass er Eltern hatte oder zumindest gehabt hatte, stand außer Frage, aber war er auch bei ihnen aufgewachsen? Hatte er Geschwister, vielleicht wie Ludd, einen älteren Bruder, zu dem er aufgesehen hatte? Oder einen jüngeren Bruder, dessen Vorbild er gewesen war? Eine Schwester vielleicht? Keine Vorstellung rührte sein verlorenes Gedächtnis. Er war um die dreißig, also hatte er wohl einen Beruf erlernt. Vielleicht studiert. Noch hatte Waldo keine Gelegenheit gehabt, seine handwerklichen Talente auszuloten, beschloss aber, das baldmöglichst nachzuholen. Vielleicht erwies er sich als begabter Tischler oder Klempner. Allzu schwere körperliche Arbeit hatte er wohl nicht geleistet, dazu waren seine Muskeln nicht durchtrainiert genug. Er war eher schlank, und seine Oberarme wiesen keinen ausgeprägten Bizeps auf.

Abrupt setzte Waldo sich im Bett auf und schaltete die Lampe wieder ein. Das war es. So musste er vorgehen, um Informationen über sich zu sammeln. Wenn sein Geist schon nichts hergab, dann vielleicht sein Körper.

Rund vier Wochen lag er jetzt schon hier im Krankenhaus. In dieser Zeit dürfte sein Körper etwas schwächer geworden sein, aber all zu groß konnten die Veränderungen nicht sein.

Waldo streckte beide Hände in den Schein der Lampe und betrachtete sie eingehend. Sie waren schmal, die Finger lang, keine Schwielen in den Innenflächen. Keine Arbeiterhände. Eher die Hände eines Kopfarbeiters.

Na super, dachte Waldo, die Hände sind noch da, nur der Kopf fehlt.

Die Finger wiesen keine Anzeichen dafür auf, dass er einen Ring getragen hätte. Also vermutlich keine Ehefrau, dachte er ein wenig enttäuscht. Andererseits: Eine Ehefrau hätte wohl Himmel und Hölle in Bewegung gesetzt, um ihren verschwundenen Mann zu finden. Das brachte ihn wieder einmal zu dem Gedanken, dass er irgendwelche Verwandten haben müsste, die nach ihm suchten. Doch laut Hager Ludd lagen keine zu ihm passenden Vermisstmeldungen vor, weder in Belgien noch im nur wenige Kilometer entfernten Deutschland. Was bedeutete das? War er ein Einsiedler, dessen Verschwinden bisher unbemerkt geblieben war? Oder wollten die Menschen, die ihn kannten, ihn lieber nicht wiederfinden? Ein schrecklicher Gedanke. Was für ein Monster musste er sein – gewesen sein, korrigierte er sich, wenn seine Familie oder Freunde nicht nach ihm suchten? Oder vielleicht sogar dafür verantwortlich waren, dass er dieses Schicksal, das er noch immer nicht genau kannte, erlitten hatte?

Wieder einmal drehten sich seine Gedanken im Kreis, und er versuchte, sie wieder auf seinen Körper zu fokussieren. Er schlüpfte aus dem Bett, zog die Schlafanzugjacke aus und stellte sich vor den Spiegel im Bad, um seinen Oberkörper zu inspizieren.

* * *

»Ich hab eine E-Mail von Frieder bekommen.«

»Was?«

»Ja, *FriederH@aol.com* ist der Absender.«

»Was?«

»Und der Inhalt lautet: Schauen Sie mal bei Dieter vorbei. Er hat meine Eltern getötet, um die Firma zu erben.«

Dani klickte auf das Icon mit dem Druckersymbol. Der Drucker fing augenblicklich an zu rattern.

Sie reichte das ausgedruckte Blatt zu Kraut hinüber. »Was sagst du dazu?«

Kraut betrachtete das Blatt und drehte es in einer automatischen Geste sogar um, obwohl auf der Rückseite definitiv nichts sein konnte.

»Wer hat das wohl geschrieben?«

»Na, Frieder natürlich«, antwortete Dani. »H steht für Hemmesfeld. Ist doch klar. Jetzt müssen wir nur noch den Computer finden, an dem er sie geschrieben hat, und dann haben wir ihn. Alles ganz einfach.«

Kraut grinste sie an. »Ja, und mein Vater hat einen Kiosk.«

»Genau.«

Beide versanken in nachdenkliches Schweigen.

»Meinst du, da ist was dran?«

»Keine Ahnung. Das Motiv stimmt jedenfalls.«

»Wir könnten versuchen, einen Durchsuchungsbefehl zu kriegen. Dürfte angesichts der aussichtslosen Lage in diesem Fall nicht allzu schwer sein.«

»Versuchen wir's.«

Tatsächlich erwog Staatsanwalt Obermann kurz, ihrem Wunsch nachzugeben, entschied sich dann aber doch dagegen. Obwohl der Fall nun schon seit Wochen Polizei und Presse auf Trab hielt und Obermann gern etwas in Gang gebracht hätte, gab es kein ernstzunehmendes Indiz dafür, dass Dieter Odenkirchen der Täter sein könnte. Und einfach mal so auf Verdacht sein Haus auf den Kopf stellen, kam nicht infrage. Aber irgendwas musste passieren. Sie konnten die anonyme E-Mail auch nicht einfach ignorieren.

»Konfrontieren Sie den Mann doch damit«, schlug Obermann vor. »Vielleicht bringt seine Reaktion uns weiter.«

Kraut war nicht sonderlich begeistert von dieser Idee, doch weder sie noch Dani sahen eine andere Möglichkeit, mit der E-Mail umzugehen.

»Wir sollten ihn diesmal zu Hause besuchen«, schlug Dani vor. »Ich weiß zwar nicht, was ich mir davon erhoffe, aber schaden kann es auch nichts.«

Sie beschlossen, am nächsten Morgen um sieben unangemeldet bei Odenkirchen anzuklopfen.

Den Nachmittag verbrachten sie damit, sämtliche Informationen, die sie im Fall Hemmesfeld gesammelt hatten, noch einmal durchzugehen.

»Mich wundert, dass der restliche Schmuck noch nicht wieder aufgetaucht ist. Warum sitzt der Täter plötzlich auf seiner Beute, nachdem er bereits einige Stücke verkauft hat? Ergibt das für dich irgendeinen Sinn?«

Kraut legte die Füße auf eine Schreibtischecke und wippte leicht mit dem Stuhl. »Vermutlich hat er kalte Füße bekommen. Vielleicht sind wir ihm bei unseren Ermittlungen zu nahegekommen, und er hat sich vorsichtshalber zurückgezogen.«

»Aber wem sind wir denn nahegekommen? Kevin Silbernagel und seinen Kumpels und Dieter Odenkirchen. Falls Odenkirchen tatsächlich der Täter wäre, käme er für die Einbrüche in der Nachbarschaft sicher nicht infrage. Aber außer etwas Schmuck und einem Laptop ist auch von diesem Diebesgut nichts weiter aufgetaucht.«

»Und warum sollte Odenkirchen das Risiko eingehen, den

Schmuck zu versetzen, den er doch nur mitgenommen hat, um einen Einbruch vorzutäuschen? Zumal er ja wusste, dass ihm eine große Erbschaft bevorstand? Das Phantombild hatte ohnehin keine Ähnlichkeit mit ihm.«

»Dafür hätte er ja jemanden engagieren können. Aber dennoch: Das ergibt alles keinen Sinn.«

Mit dem unerquicklichen Gefühl, keinen Schritt weitergekommen zu sein, entschlossen sie sich, Feierabend zu machen.

»Hast du Lust, mit zu mir zu kommen? Luki macht Pfannkuchen mit Käse und Schinken.«

Dani lief sofort das Wasser im Mund zusammen. »Leider nicht. Ich hab schon was vor.«

Kraut sah überrascht auf. »Und was?«

Dani grinste sie an. »Ich gehe Darts spielen. Weißt du, Pfeile werfen. Macht echt Spaß.«

Kraut stand auf und packte ihre Habseligkeiten ein. »Na, dann.«

»Willst du nicht mitkommen? Das macht wirklich Spaß.«

Kraut schüttelte den Kopf. »Luki macht Pfannkuchen, und da kann ich ihn nicht einfach sitzen lassen.«

Sie wandte sich zur Tür. Dani schaute auf ihre Armbanduhr. »Hör mal, es ist noch früh. Was hältst du davon: Wir fahren jetzt zu Luki, essen Pfannkuchen und gehen anschließend alle zusammen Darts spielen?«

Nach einem Blick auf die Uhr nickte Kraut. »Okay. Warum nicht?«

Lukis Pfannkuchen schmeckten wunderbar, und als er von den weiteren Plänen für diesen Abend hörte, ließ er bereitwillig das schmutzige Geschirr in der Spüle zurück und machte sich fein.

Der Irish Pub war schon gut gefüllt, als sie gegen acht eintrudelten. Luki betrachtete staunend die Dekoration, die aus alten Reklamespiegeln, Holzstatuen und etlichen Kupfertöpfen auf einem Regal unterhalb der Decke bestand.

Martin und seine Darts-Kumpels warteten schon auf sie. Dani hatte sie per SMS angekündigt, deshalb zeigte sich niemand sonderlich überrascht über Lukis und Krauts Anwesenheit. Martin drückte Luki drei Pfeile in die Hand und erklärte ihm, worauf es ankam.

»Also, die Mitte ist gut?«, fragte Luki nach.

»Ja, die ist sehr gut. Aber der innere Ring bringt mehr Punkte.« Martin deutete mit dem Finger auf den Triple Ring. »Hier kriegst du dreifach Punkte, also bei der Zwanzig sechzig Punkte, in der Mitte nur fünfzig.«

Luki nickte. »Okay.«

Martin nahm seine eigenen Pfeile und warf sie schnell hintereinander auf die Scheibe. Er traf einen Triple-Zwanzig, einen Bull und eine Elf.

»Und jetzt du«, sagte er und schob Luki vor die Scheibe.

Luki warf seine Pfeile in der gleichen Geschwindigkeit wie Martin und traf eine Vier und zweimal ins Nichts. Sein Mund verzog sich.

»Kein Problem, Kumpel«, sagte Martin. »Du kannst dir Zeit lassen: Ziele sorgfältig, atme ruhig, und dann wirfst du den Pfeil.«

Luki nickte und versuchte es noch einmal. Er stellte sich mit der Fußspitze an die Grenzlinie, visierte die Scheibe an, hob den Pfeil und bewegte ihn einige Male vor und zurück. Dann warf er ihn. Er traf eine Zwanzig. Luki jubelte und warf den zweiten Pfeil gleich hinterher. Der traf eine Triple-Neun. Sein letzter Pfeil landete in der Eins, aber seine Begeisterung war inzwischen geweckt, und er konnte es kaum erwarten, wieder dran zu sein.

Kraut lehnte an der Theke, trank ein Guinness und beobachtete ihn lächelnd.

18. Kapitel

31. Januar, St. Nikolaus-Hospital, Eupen

Hager Ludd stand mit dem Rücken zum Fenster und beobachtete Waldo. Der saß in seinem Bett, umrahmt von weißen, frisch aufgeschüttelten Kissen, und starrte auf die ebenso blütenweiße Decke hinab, die seinen Körper zur Hälfte verbarg. Hin und wieder hob er eine Hand und strich vorsichtig über die Verbände, die sein Gesicht noch immer bedeckten.

Ludd glaubte, nachvollziehen zu können, was in dem jungen Mann vorging. Wie sehe ich aus? Was hat man mir angetan? Was habe ich getan, um das zu verdienen? Wer bin ich?

Amersbach saß auf dem Fußende des Betts und hatte eine Hand locker auf die Decke gelegt, da, wo er einen Knöchel Waldos vermutete.

Ludd und Amersbach verharrten in einer Warteposition. Gerade eben hatte Amersbach Waldo erklärt, was mit ihm passiert war, wie schwer sein Gesicht verletzt und wie unklar die Prognose bezüglich seines Gedächtnisses war. Ganz zu schweigen davon, dass es keine Krankenkasse gab, die die notwendigen kosmetischen Operationen bezahlen würde. Waldo war ein Niemand, und er war nicht versichert.

Sobald er rein körperlich stabil wäre, würde man ihn aus der Klinik entlassen. Das würde in spätestens zwei Wochen der Fall sein.

»Ihre Kleidung hat leider nichts …«, setzte Ludd an, doch Waldo hob eine Hand und brachte ihn damit zum Schweigen. Allmählich türmten sich die Minuten der lähmenden Stille zu einer Mauer auf, die kaum noch überwunden werden konnte. Selbst Amersbach, der selten um ein Wort verlegen war, schwieg angesichts der ausweglosen Situation, die er gerade vor seinem Patienten ausgebreitet hatte.

Plötzlich hob Waldo den Kopf und sah erst Amersbach, dann Ludd mit festem Blick an. Dann hoben sich seine beiden Hände tastend zu seinem Gesicht und begannen, die Verbände zu lösen.

»Tun Sie das nicht«, bat Amersbach. »Es ist noch zu früh.«

Waldo schüttelte nur schweigend den Kopf und trug Schicht um Schicht der Bandagen ab. Als die letzte weiße Baumwollfahne aufs Bett wehte, holte Ludd tief Atem und bemühte sich, keine Reaktion erkennen zu lassen. Amersbach betrachtete traurig das Gesicht seines Patienten. Waldos Blick irrte von einem zum anderen und versuchte, aus ihren Mienen zu lesen, was sie sahen. Keiner von beiden lächelte. Keiner versuchte es.

Mühsam wie ein alter Mann stieg er aus dem Bett und schleppte sich ins Bad. Mit gesenktem Kopf trat er vor den Spiegel, stützte die Arme auf den Rand des Waschbeckens und versuchte, sich für den Anblick zu wappnen, der ihm bevorstand.

Endlich schaffte er es, den Kopf zu heben und sich mit seinem Gesicht zu konfrontieren. Was er sah, war eine Fratze aus blutroten Narben und violetten Dellen, aus verschobenen und fehlenden Knochen, das Gesicht eines Monsters. Er begann zu schwanken. Amersbach sprang auf und konnte ihn gerade noch auffangen, als er bewusstlos zusammenbrach.

* * *

Es war noch dunkel, als Dani und Kraut vor Odenkirchens Haus aus dem Wagen stiegen, doch aus einem seiner Fenster fiel ein warmer Lichtschein in den Vorgarten.

»Immerhin müssen wir ihn nicht wecken«, sagte Dani, die den Gedanken, Odenkirchen könnte der Mörder sein, heute Morgen noch alberner fand als gestern.

Sie klingelten. Es dauerte zwei Minuten, bis Odenkirchen die Tür öffnete. Er war barfuß, trug nur eine Jeans und schlüpfte gerade in ein dunkelgrünes Hemd.

»Nanu, welch hoher Besuch zu solch dunkler Stunde«, scherzte er und trat beiseite, um die Frauen ins Haus zu lassen. »Kommen Sie rein, hier draußen ist es zu kalt.«

Er führte sie in die Küche. »Nehmen Sie Platz. Kaffee?«

Noch bevor Dani oder Kraut den Anlass ihres Besuches erklären konnten, saßen sie am Tisch, jede eine dampfende Tasse vor sich.

Odenkirchen setzte sich ebenfalls. »Was führt Sie zu mir?«

Dani zog die Kopie der E-Mail aus der Tasche und legte sie vor Odenkirchen auf den Tisch. »Das haben wir gestern per E-Mail bekommen.«

Odenkirchen zog das Blatt zu sich heran und überflog es. Dann hob er den Kopf und sah sie mit leicht emporgezogenen Augenbrauen an.

»Und jetzt wollen Sie mich verhaften, weil dieses Schriftstück der untrügliche Beweis für meine Täterschaft ist?« Er schien eher belustigt als verärgert.

»Nein«, erwiderte Dani, »wir wollen uns nur mit Ihnen darüber unterhalten. Wir können eine solche Anschuldigung schließlich nicht einfach ignorieren. Das verstehen Sie sicher.«

»Klar.« Odenkirchen nickte. »Aber was soll ich dazu sagen? Dass ich es nicht war, habe ich, glaube ich, schon erwähnt. Daran hat sich inzwischen nichts geändert.«

»Der Schreiber unterstellt, dass Sie von dem Testament zu Ihren Gunsten wussten. Ist das so?«

Odenkirchens belustigte Miene schwand allmählich. »Nein, das ist nicht so. Sie wissen doch, dass wir dabei waren, einen Kaufvertrag zu unterschreiben. Was soll das jetzt? Bloß, weil irgendein Idiot eine anonyme Beschuldigung loslässt, gerate ich ernsthaft in Verdacht?«

Jetzt wird er doch ärgerlich, dachte Dani.

»Er schreibt, wir sollten uns mal bei Ihnen umsehen. Was meint er wohl, was wir hier finden könnten?«

Heftig schob Odenkirchen seinen Stuhl zurück und sprang auf. »Also, jetzt reicht's. Wenn Sie glauben, ich hätte die Mordwaffe unter meinen Socken versteckt, schauen Sie bitte nach. Bitte«, er wies mit der Hand zur Küchentür, »tun Sie sich keinen Zwang an und durchsuchen Sie von mir aus das ganze Haus.«

Dani und Kraut erhoben sich ebenfalls.

»Darf ich das als Einverständnis für eine Hausdurchsuchung werten?«

Odenkirchen biss die Zähne zusammen und starrte sie wütend an. »Sind Sie völlig verrückt geworden?«, knirschte er. »Natürlich nicht.«

Er stampfte durch den Flur und riss die Haustür auf. »Es wäre mir sehr recht, wenn Sie jetzt gehen würden. Wenn Sie einen Durchsuchungsbefehl haben, können Sie gerne wiederkommen.«

»Na, das war ja ein voller Erfolg«, stellte Dani fest, als sie wieder im Auto saßen und zur Inspektion fuhren. »Und dafür sind wir eine Stunde früher aufgestanden.«

»Eins haben wir immerhin erreicht«, erwiderte Kraut. »Falls er was zu verbergen hat, kann er es jetzt noch schnell verschwinden lassen.«

* * *

Die Wohnung lag im obersten Stock eines modernen Apartmenthauses. Große Fenster ließen von zwei Seiten viel Licht ein, und mit hundertzwanzig Quadratmetern, die sich über drei Zimmer, eine moderne Küche und ein geräumiges Bad erstreckten, bot sie reichlich Platz. Das Sahnehäubchen aber war eine große Dachterrasse, die nach Süden hinausging.

Lissi stand in der offenen Terrassentür und genoss den Blick über den Botanischen Garten im Bonner Stadtteil Poppelsdorf. Im Sommer würde die Aussicht auf die alten Bäume und die unzähligen Beete mit Blumen und Kräutern sicher grandios sein. Lissi beschloss, auf der Terrasse einen Whirlpool zu installieren.

Erst als die kalte Winterluft sie frösteln ließ, schloss sie die Tür und wandte sich zu der hoffnungsvoll wartenden Maklerin um.

»Ich nehme die Wohnung.«

»Wunderbar.« Die Maklerin, eine viel zu stark geschminkte Mittvierzigerin, breitete ihre Unterlagen auf einer Fensterbank aus und reichte Lissi einen Kugelschreiber.

»Wenn Sie sicher sind, können wir den Mietvertrag gleich unter Dach und Fach bringen. Sobald Sie die Kaution und die erste Miete überwiesen haben, bekommen Sie die Schlüssel. Sie haben hier übrigens auch einen Kellerraum und einen Stellplatz für Ihr Auto direkt hinter dem Haus.«

Lissi blätterte durch den mehrseitigen Vertrag, ohne ihn wirklich zu lesen, und setzte ihre Unterschrift auf die letzte Seite.

»Ich möchte sofort einziehen, deshalb habe ich das Geld in bar mitgebracht.« Unter den überraschten Blicken der Maklerin zog sie ein Bündel Geldscheine aus der Tasche und zählte die notwendige Summe auf die Fensterbank. Dann schrieb sie auf die letzte Seite des Mietvertrages: *Monatsmiete Februar und drei Monatsmieten Kaution bar erhalten* und ließ die Maklerin unterschreiben.

»Reich sein ist toll«, sagte sie so leise, dass die Maklerin nicht sicher war, sie richtig verstanden zu haben.

»Wie bitte?«

»Nichts. Die Schlüssel, bitte.«

Noch am selben Tag startete sie eine ausgedehnte Einkaufstour. Neue Wohnzimmermöbel mussten her, ein neues Bett ebenfalls, außerdem eine Esszimmergarnitur für die Küche und Teakmöbel für die Terrasse. Sie vereinbarte mit allen Verkäufern Liefertermine, denn sie wollte die Möbel weder schleppen noch sie aufbauen. Dafür gab es Leute, die man bezahlen konnte.

Andere Aufgaben konnte sie allerdings nicht an Domestiken delegieren: ihre eigene und Frieders Wohnung auszuräumen.

In einem Baumarkt kaufte sie dreißig Umzugskartons. Frieders Wohnung hatte sie bereits gekündigt. Der Vermieter hatte sich zunächst quergestellt, da sie nicht die Mieterin war und daher den Vertrag auch nicht beenden konnte. Doch als sie ihm die Situation geschildert hatte und er einsah, dass er bei mangelnder Kooperation schlichtweg keine Miete mehr bekommen würde, war er einverstanden, sich mit weiteren drei Monatsmieten zufriedenzugeben. Über seine Forderung, die Wohnung vor Auszug zu renovieren, hatte Lissi nur gelacht.

Auch ihr eigener Mietvertrag war bereits gekündigt. Sie konnte es kaum erwarten, ihr altes Leben hinter sich zu lassen und in dem luxuriösen Apartment neu anzufangen. Sobald das Atelier eingerichtet war, würde sie wieder malen. Erste Kontakte zu Galerien waren bereits geknüpft, und bald würden ihre Bilder überall in Bonn und Köln zu sehen sein.

19. Kapitel

4. Februar, St. Nikolaus-Hospital, Eupen

Die Sonne schien hell, und doch zeigte der Blick aus dem Fenster, dass es bitterkalt sein musste. Obwohl es schon später Vormittag war, lagen die Wiesen mit Reif bedeckt, und der am Ende des Parks eben noch sichtbare Weiher war halb zugefroren.

Waldo griff nach seiner Jacke. Sie schien warm zu sein. Außen kariertes Flanell. Innen weißes, flauschiges Futter. Kapuze. Er hatte keine Ahnung, wo Amersbach die Jacke hergezaubert hatte. Das Gleiche galt für die Schuhe, die Hose, den Pullover. Seine eigenen Sachen, hatte Hager Ludd ihm erzählt, waren als Beweismaterialien beschlagnahmt worden. Irgendwann, wenn neue Beweise oder zumindest Hinweise auftauchten, würde man eventuell Spuren an seiner Kleidung mit neuen Spuren vergleichen können. Deswegen blieben sie in der Asservatenkammer der Eupener Polizei. Amersbach hatte ihm neue, oder besser andere Sachen besorgt. Denn neu war das alles hier nicht.

»Herr Ludd wird Sie zur Sozialstation begleiten, und dort wird man Ihnen helfen, eine Bleibe und eine Arbeit zu finden«, sagte Amersbach in seinem Rücken. Waldo grinste seinem schattenhaften Spiegelbild im Fenster zu. Mit dieser Fratze wird dich sicherlich jeder gerne einstellen, dachte er. Auf Anhieb konnte er sich einige vielversprechende Jobs vorstellen, etwa Kartenabreißer in der Geisterbahn, Modell für ein Grusel-Wachsfigurenkabinett oder Versuchskaninchen für angehende Chirurgen. Immerhin: Drei aussichtsreiche Karrieren standen ihm zur Auswahl.

Tatsächlich hatte er nicht die geringste Vorstellung davon, was er konnte oder tun wollte. War er in irgendetwas begabt? Mochte er irgendetwas überhaupt nicht? Er würde alles ausprobieren müssen, wie ein Zehnjähriger, der zum ersten Mal versucht, ein Buch zu lesen oder ein Modellauto zu bauen. Gott, das würde so mühsam sein.

Und eine Wohnung zu finden – ha, das war geradezu lächerlich. Selbst wenn er eine Arbeit fände und die Wohnung bezahlen könnte: Wer würde schon mit einem Monster wie ihm unter einem Dach leben wollen?

Amersbach hatte ihm detailliert erläutert, warum er nicht länger im Krankenhaus bleiben, warum man seine grässlichen Narben nicht beseitigen, warum man sich nicht länger um ihn kümmern konnte: Geld. Das war das Problem. Er war ein Niemand, hatte keine Versicherung, keine Verwandten, die für ihn aufkamen. Die Kosten konnten natürlich nicht der Allgemeinheit aufgebürdet werden. Das war klar. Die Allgemeinheit hatte ihm nicht das Gesicht zertrümmert und verabsäumt, sich davon zu überzeugen, dass er wirklich und wahrhaftig tot war.

Nun, leider war er das nicht, und jetzt stand er da mit seinem zertrümmerten Gesicht und einer Tasche in der Hand, die nicht seine war und nicht mehr als einen Krankenhausschlafanzug und eine Zahnbürste beherbergte.

Er war froh, dass der Polizist ihn auf seinen ersten Schritten in die unbekannte Welt begleiten würde. Sicher war das nicht seine Pflicht, das war Waldo klar. Doch zwischen ihm und dem älteren, traurigen Mann war in den letzten Wochen eine Art Freundschaft entstanden. Sie spielten Schach, weiß der Teufel, woher er das konnte – und sprachen miteinander. Hager hörte zu, wenn Waldo, meist vergeblich, in seinem zerstörten Gedächtnis herumkramte auf der Suche nach

Bruchstücken. Manchmal fand er sogar eine Kleinigkeit. Einen Hund hatte er gefunden, zum Beispiel. Der Hund war klein und weiß und hatte langes Haar, kleine schwarze Knopfaugen und eine kurze Schnauze. Waldo hütete den Hund wie einen Schatz in einem ganz speziellen Regal in seiner neuen Gedächtnisbibliothek. Der Hund saß ganz oben auf dem Regal und schaute stolz in die Runde wie der Herrscher über ein großes Reich. Waldo staubte das Regal jeden Tag ab und fütterte den Hund. Das Regal trug die Aufschrift: *Was mir eingefallen ist*, und es war noch sehr viel freier Raum darin. Waldo hoffte inbrünstig, dass bald andere Erinnerungen dem kleinen Hund Gesellschaft leisten würden.

Weiter unten im Regal lag ein Heft. Es war schwarz-gelb von außen. Was drinnen war, wusste Waldo noch nicht. Hin und wieder versuchte er, es zu öffnen, aber die Seiten widersetzten sich hartnäckig und blieben, wie zugeklebt, fest beieinander. Eines Tages, das wusste Waldo, würde es sich aufblättern und eine Geschichte aus seiner Vergangenheit erzählen. Auch das Heft staubte er jeden Tag ab.

»Wenn Sie unter Kopfschmerzen oder irgendwelchen anderen Beschwerden leiden, kommen Sie jederzeit zu mir«, sagte Amersbach, der keine Ahnung hatte, was in seinem Patienten gerade vorging. Er sah nur den schmalen Rücken in dem zu weiten Hemd und ahnte, dass sein zukünftiges Leben nicht wesentlich einfacher als sein vergangenes sein würde.

»Falls ich nicht da sein sollte, wenden Sie sich an Siegbert oder an eine der Schwestern.«

Waldo nickte zum Fenster hin. Er hatte Amersbachs Worte nicht verstanden, doch er fühlte, dass sie gut gemeint waren. Niemand hier wollte ihn hinausschicken in eine unbekannte Welt, aber das System verlangte es offenbar.

Als Hager Ludd die Tür öffnete und das Zimmer betrat, sprang Amersbach erleichtert auf.

»Herr Ludd, schön, dass Sie da sind.« Er steckte die Hände in die Taschen seines weißen Kittels. »Ich hoffe, Sie können Waldo über die ersten Klippen in der wirklichen Welt hinweghelfen.«

Hagers Blick war auf Waldos Rücken am Fenster geheftet. Er nickte traurig. »Das hoffe ich auch.«

»Sie beide sind mir jederzeit willkommen«, fuhr Amersbach fort, »sei es bei ernsthaften Problemen oder einfach nur zum Kaffee.«

Er streckte eine Hand aus, und Hager ergriff sie. »Danke, Professor«, sagte er leise. Amersbach nickte ihm noch einmal zu und verließ das Krankenzimmer.

Hager trat zum Fenster und stellte sich neben Waldo.

»Ist kalt draußen«, sagte er. Waldo nickte nur. Nicht die Kälte machte ihm unsägliche Angst. Es war vielmehr all das Unbekannte, das ihn außerhalb dieses Zimmers treffen würde. Er hatte einiges gelernt in den letzten Wochen, aus dem Fernsehen, aus Gesprächen mit Hager Ludd, Amersbach und den Schwestern. Aber diese Welt da draußen – er hatte schreckliche Angst, ihr entgegenzutreten.

Ludd öffnete die lederne Umhängetasche, die er stets bei sich trug. »Ich hab dir einen Schal mitgebracht«, sagte er und fummelte blau-grün karierten Wollstoff aus der Tasche. »Und ein Paar Handschuhe.«

»Danke.« Waldo nahm die Sachen entgegen und legte sie an.

»Dann woll'n wir mal«, sagte Hager und ging voraus.

Durch die automatisch öffnende Eingangstür traten sie ins Freie. Die eiskalte Luft nahm Waldo den Atem. Hager schob seinen Schal über Lippen und Nase, und Waldo machte es ihm nach. Das Atmen wurde gleich erträglicher.

»Mein Wagen steht da unten«, sagte Hager und deutete die abfallende Auffahrt hinab. Langsam trotteten sie durch den Schnee, stets bemüht, nicht auszurutschen.

Das Wageninnere war noch ein wenig warm von der Hinfahrt, und Waldo zog erleichtert den Schal hinunter und atmete durch.

»Ist das hier immer so kalt?«

Hager lächelte. »Nur etwa fünf Monate. Danach ist es angenehm, gelegentlich sogar recht warm. Ich habe tatsächlich schon einen oder zwei heiße Tage erlebt. Aber verlass dich nicht drauf.«

An Hagers Lächeln erkannte Waldo, dass er einen Scherz machte. Hager lächelte so gut wie nie.

Er startete und fuhr los. Aus dem Radio ertönte leichte Musik.

»Wo fahren wir jetzt hin?«

Waldo fürchtete sich vor dem Sozialamt, vor dem Alleinsein, vor der Konfrontation mit Menschen, die nicht so hässlich waren wie er.

»Wir fahren erst einmal zu mir nach Hause«, sagte Hager, und Waldo lehnte sich erleichtert in den Sitz zurück. Eine kleine Schonfrist.

Sie fuhren eine breite Straße entlang, die von Schnee geräumt und kaum von anderen Autos befahren war. Irgendwann bog Hager links ab, und der Wagen erklomm eine steile Anhöhe, an deren Ende Hager ihn auf einen Platz vor einem gelben Haus lenkte. Das Haus schien groß für einen einzelnen Menschen, und Waldo betrachtete es neugierig. In der ersten Etage überragte ein Balkon den Vorplatz. Darunter standen ein Tisch und zwei Stühle aus verblichenem Holz. Über dem Balkon ragte eine weitere Fensterreihe auf. Viele Zimmer für einen Mann, dachte Waldo.

Im Flur hinter der Haustür klopfte Hager seine Stiefel auf einem kleinen Läufer ab, zog sie aus und stellte sie in ein Regal an der linken Wand. Waldo tat es ihm nach.

»Ich habe Kakao und Kuchen vorbereitet«, sagte Hager und bat Waldo mit einer Handbewegung in die Küche.

Waldo blieb in der Tür stehen und nahm die Küche in sich auf. Rechts stand ein großer Herd, von dem ein dickes Ofenrohr in die Decke führte. Er strahlte eine angenehme Wärme aus. Auf einer Stange, die rundum führte, hatte Hager Handtücher zum Trocknen aufgehängt. Auf dem rechten Rand des Herdes stand ein Topf, den Hager jetzt in die Mitte auf eine kreisrunde Platte rückte. Dann öffnete er ein Klappfach unter der Platte und warf Holzscheite hinein. Sofort loderte das Feuer im Herd auf.

Geradeaus sah Waldo einen Schrank und eine Spüle. Links an der Wand standen ein Tisch und mehrere Stühle, alles aus festem Fichtenholz. Auch der Boden bestand aus festen Holzdielen, die schon sehr alt aussahen.

»Es ist sehr gemütlich«, sagte Waldo.

»Setz dich«, entgegnete Hager und nahm eine Platte mit Kuchen aus dem Backofen.

»Was willst du jetzt tun?«, fragte Hager und schaufelte Waldo das dritte Stück Kuchen auf den Teller.

Waldo schob sich eine Gabel voll in den Mund und spülte mit heißem Kakao nach.

»Ich muss mir einen vorläufigen Pass besorgen und dann eine Wohnung und eine Arbeit finden«, wiederholte er Amersbachs Worte.

»Ja, ist klar«, sagte Hager, »aber: Was willst du tun?«

Waldo ließ die Gabel sinken und starrte Hager an. »Ich hab keine Ahnung«, sagte er, und sein Blick drückte seine ganze

Furcht vor dem, was kommen mochte, aus. »Ich hab nicht die geringste Ahnung, was ich tun soll.«

Hager stand auf und nahm mit gemächlichen Bewegungen zwei kleine Gläser und eine Flasche aus dem Schrank. Am Tisch füllte er die beiden Gläschen mit einer klaren Flüssigkeit.

»Ostbelgischer Kräuter«, erklärte er kurz und stieß mit Waldo an. Beide tranken. Waldo verzog das Gesicht, als der scharfe Schnaps seine Kehle hinabrann.

»Ich mache dir einen Vorschlag«, sagte Hager und setzte sich wieder. »Ich hab hier ein ganzes Haus. Du kannst dir aussuchen, in welchem Zimmer du wohnen möchtest. Und dann versuchen wir herauszufinden, wer du eigentlich bist.«

Waldo zögerte, doch nur, um sich nicht gierig wie ein Piranha auf dieses Angebot zu stürzen.

»Das wäre wirklich sehr nett«, sagte er ruhig, während die Erleichterung in heißen Wellen durch seinen Körper floss.

In den nächsten zwei Stunden entschied er sich für ein Zimmer im oberen Geschoss mit Blick auf die Einfahrt, räumte seine drei Besitztümer ein und saß während der restlichen Zeit auf seinem neuen, frisch bezogenen Bett und genoss das Fehlen von Angst.

Zum ersten Mal, seit ihm klar geworden war, dass er nicht ewig im Krankenhaus bleiben konnte, fühlte er sich nicht allein und verlassen wie ein mutterloses Kind. Hager bot ihm ein Zuhause, in dem er in Ruhe versuchen konnte, sich selbst wiederzufinden. Oder zumindest das, was von ihm übrig geblieben war. Waldo war fest davon überzeugt, dass nicht sein gesamtes Gedächtnis gelöscht worden war. Der kleine Hund in seinem Was-mir-eingefallen-ist-Regal war der beste Beweis dafür. Und wo der Hund herkam, war noch mehr. Waldo würde graben. Denken und graben.

Was aber hatte er als Gegenleistung zu bieten? Irgendetwas würde sein Gastgeber von ihm erwarten. Mit einem Mal wurde es Waldo ein wenig unbehaglich. Er hatte seiner Angst nachgegeben und sie als Intuition interpretiert. Aber hatte jemand ohne Gedächtnis überhaupt Intuition? Gehörte das nicht in den Bereich »langjährige Lebenserfahrung«, die ihm ganz offensichtlich fehlte? Bilder von älteren Männern schwebten an seinem geistigen Auge vorüber. Sie hinterließen ambivalente Gefühle. Nicht ganz angenehm. Nicht ganz unangenehm.

Waldo ließ den Kopf auf die Brust sinken und versuchte, den Bildern nachzuspüren. Ältere Männer, ambivalente Gefühle. Dann verknüpften seine intakten Gehirnzellen diese Bilder und Gefühle mit Fernsehberichten, die er während seines Krankenhausaufenthaltes gesehen hatte, und er zuckte zusammen.

Er wollte sofort hinuntergehen und diese Frage mit Hager Ludd klären. Doch er hatte diese winzige Erinnerung noch nicht eingeordnet. Sie musste einen Platz in seinem speziellen Gedächtnisregal finden. Er betrachtete das Regal und stellte fest, dass er es in verschiedene Bereiche einteilen musste. Angenehme Erinnerungen, unangenehme, zwiespältige. Ehrlicherweise räumte er die Erinnerung an die älteren Männer in das Fach »zwiespältige« ein. Dann erst konnte er aufstehen, sein wundervolles neues Zimmer verlassen und dem Ungewissen entgegengehen.

Hager hatte für das Abendessen zwei Steaks und Salat gekauft. Während Waldo sich in seinem neuen Zuhause einrichtete, hatte er Kartoffeln geschält und briet gerade Bratkartoffeln daraus. Die Steaks brutzelten in einer weiteren Pfanne, ebenso wie köstlich duftende Zwiebelringe mit ein wenig Knoblauch.

Hager hoffte, dass Waldo seine Kennenlernphase bald hinter sich bringen würde, denn die Steaks waren nur noch etwa eine Viertelstunde wirklich perfekt.

Da hörte er Waldos Schritte auf der Treppe und trug schnell die Töpfe und Pfannen auf den Tisch.

»Du kommst gerade richtig«, sagte er und bot dem neuen Mitbewohner einen Platz am Tisch. Waldo setzte sich, zögerlich, wie es Hager schien.

»Ist irgendwas in deinem Zimmer nicht in Ordnung?«, erkundigte er sich, während er Bratkartoffeln, Zwiebeln und Fleisch auf Waldos Teller häufte.

»Nein, alles ist wunderbar.«

Waldos Stimme klang matt und müde. Hager betrachtete ihn, wie er lustlos am Fleisch herumschnitt und sich eine Zwiebel in den Mund schob. Schließlich legte er sein Besteck auf den Tisch.

»Also, was ist los?«

Waldo schaute ihn mit einem seltsam gequälten Blick an, versuchte etwas zu sagen, brachte aber keinen Ton hervor.

»Hör zu, Waldo«, sagte Hager und lehnte sich vom Tisch zurück. »Ich habe über eine Stunde lang gehackt, geschnitten, gebraten und gekocht, damit wir das hier vor uns stehen haben. Wenn du jetzt beschlossen hast, dieses herrliche Essen kalt werden zu lassen, will ich wissen, warum.«

»Es tut mir leid!« Waldo verschränkte die Hände in seinem Schoß und wagte kaum, den Blick zu heben. »Aber vorhin, da kamen Bilder … Und ich habe mich gefragt … Warum tust du das für mich?«

Hager runzelte die Stirn. Er verstand nicht, was in Waldo vorging. »Weil ich dich mag. Weil du mir leidtust.«

Waldo krümmte sich sichtlich unter dem nächsten Satz. »Was willst du dafür von mir?«

Hager erstarrte. Das war mehr, deutlich mehr, als er von einem ersten Abend erwartet hatte. Im Grunde sogar schon zu viel. Sicherheitshalber fragte er nach. »Was für Bilder hast du gesehen?«

In Waldos zerfurchter Miene spiegelten sich Abscheu und Angst. »Bilder von älteren Männern. Nicht angenehm.«

Einschlägige Fotos aus der Kriminaldatei zogen durch Hagers Kopf. Nicht angenehm. Ja, das konnte er nachvollziehen.

Aus der Weinflasche, die er zuvor bereits entkorkt hatte, goss er die beiden Gläser voll. »Ich weiß, wovon du sprichst«, sagte er so ruhig wie möglich, »und du hast von mir nichts zu befürchten.«

Er schob ein Weinglas zu Waldo hinüber, hob sein eigenes und trank. Waldo tat es ihm nach, nippte aber nur.

Mit Bedauern betrachtete Hager sein Steak, das nun unweigerlich kalt und zäh werden würde, aber es gab wichtigere Dinge.

»Pass auf, mein Freund«, sagte er. »Du hast vielleicht in deinem früheren Leben unangenehme Erfahrungen gemacht, vielleicht als Liebhaber für ältere, schwule Männer. Und jetzt hat diese Erinnerung dir suggeriert, dass auch ich ein älterer Mann bin, was zweifellos stimmt. Aber ich habe kein sexuelles Interesse an dir.«

Diese Worte auszusprechen, kostete Hager einige Kraft, und er trank einen Schluck Wein.

»Mein Interesse an dir ist anders gelagert. Ich mag dich als den Mann, den ich im Krankenhaus kennengelernt habe. Ich schätze dich als Menschen, der meine Einsamkeit durchbricht. Du bist seit sieben Jahren der erste Mensch, der außer mir in diesem Haus schläft. Vorausgesetzt, du willst die Nacht noch immer hier verbringen. Du bist für mich so etwas wie der Sohn, den ich nie hatte.«

Er holte tief Luft und trank noch einen Schluck Wein. »Du gibst mir Hoffnung für mein eigenes Leben. Bevor ich dich kennenlernte, war ich so gut wie tot.« Hager senkte den Blick auf den Tisch und knetete seine Finger. »Und sei versichert: Ich habe keinerlei sexuelles Interesse an dir.«

Hagers braune Augen blickten forschend in Waldos blaue. Und warteten.

Waldo fixierte seine Hände, dann hob er den Kopf und erwiderte Hagers Blick.

»Dann wollen wir essen«, sagte er und griff zu seinem Besteck. Erleichtert legte auch Hager das Messer an sein inzwischen kalt gewordenes Steak. Mit jedem zähen Bissen wurde ihm klarer, dass ihr Zusammenleben mehr Schwierigkeiten mit sich bringen würde, als er erwartet hatte. Wer weiß, welche Erinnerungen wieder auftauchen würden in Waldos Kopf. Zum ersten Mal dachte Hager darüber nach, dass Waldo eine kriminelle Vergangenheit haben könnte, und überlegte, was das für ihre Freundschaft bedeuten würde.

* * *

Schwer atmend kletterte Louis die letzten Meter bis zu ihrer Höhle im Wald und lehnte sich erst einmal zum Ausruhen gegen einen Baumstamm. Durch die Bäume hatte er eine gute Sicht auf den Hang und die Straße, die den Berg hinaufführte. Er seinerseits blieb vor etwaigen Blicken verborgen.

Weit und breit war niemand zu sehen. Zu dieser Jahreszeit waren selbst die Winzer nur selten in den Weinbergen unterwegs.

Er kniete sich hin und begann, den Höhleneingang freizulegen. Sie hatten das einen Meter hohe und ebenso tiefe Loch im Felsen vor Jahren entdeckt, als sie noch heimlich zum Rauchen und Trinken in den Wald gingen. In der ersten Zeit versteckten sie hier ihre Zigaretten und Schnapsvorräte, später kam immer öfter Diebesgut hinzu, das sie bei Einbrüchen erbeutet hatten. Vor ein paar Jahren hatte Günther sogar mal ein geklautes Mofa mitgebracht, aber es passte nicht ganz in die Höhle, und so warfen sie es schließlich den Berg hinunter bis auf die Straße, wo es spektakulär unter dem Gejohle der Jungen zerschellte.

Louis räumte Stein für Stein neben den Höhleneingang und blickte sich immer wieder um, ob ihn auch niemand beobachtete. Schließlich griff er in die lockere Erde im Innern und grub eine Plastiktüte aus. Darin verwahrten sie die restlichen Schmuckstücke aus den Brüchen an Heiligabend. Kevin hatte zwar darauf bestanden, erst einmal Gras über die Sache wachsen zu lassen, aber Louis war völlig pleite. Nicht mal mehr Geld für Zigaretten hatte er auftreiben können. Er konnte nicht länger warten.

Kritisch betrachtete er die Schmuckstücke, schätzte ihren Wert ab und entschied sich für eine Platinkette mit farblosen Diamanten und ein dazu passendes Armband. Das dürfte einige Zeit reichen, und wenn Kevin nachschauen würde, wäre noch genug übrig. Vermutlich würde er das Fehlen der beiden Teile nicht mal bemerken.

Louis vergrub die Tüte wieder, platzierte die Steine sorgfältig vor dem Höhleneingang und streute noch ein paar Hände voll trockener Blätter darüber.

Er warf einen Blick auf die Uhr und rannte den Berg hinunter. Wenn er den nächsten Zug nach Bonn noch erreichte, wäre er heute Abend um einiges reicher als jetzt.

* * *

Ein einziger Kunde befand sich im Juwelierladen am Bonner Münsterplatz, als Louis eine Stunde später das Geschäft betrat. Ein Angestellter, der Ringe auf einem Tablett arrangierte, unterbrach seine Arbeit und trat auf ihn zu. Dank langjähriger Erfahrung ordnete er Louis sofort in die Kategorie »zwielichtige Kundschaft« ein.

»Was kann ich für Sie tun?«

Louis griff in seine Tasche und zog die Kette und das Armband heraus. »Ich will das hier verkaufen.« Er hielt dem Verkäufer die Schmuckstücke auf der offenen Handfläche entgegen.

Der Mann zog leicht die Augenbrauen hoch, breitete ein Velourstuch auf der Glastheke aus, nahm den Schmuck und legte ihn darauf.

»Dann schau ich mir das mal an«, sagte er. Mit einer Lupe untersuchte er die Stücke sorgfältig und betrachtete jeden einzelnen der zahlreichen Diamanten. Louis beobachtete ihn und knetete nervös seine Hände.

»Wenn Sie sich kurz setzen möchten«, sagte der Verkäufer und zeigte auf einen Stuhl an der Wand. »Ich möchte den Schmuck gern meinem Chef zeigen. Nur einen Moment Geduld, bitte.«

Ohne Louis' Einverständnis abzuwarten, eilte er mit den beiden Schmuckstücken durch den Laden in ein Hinterzimmer, das durch einen dunkelblauen Samtvorhang vom Geschäftsraum getrennt war. Der andere Kunde hatte das Geschäft inzwischen verlassen, und mit einem Kopfnicken forderte er seinen Kollegen auf, Louis im Auge zu behalten.

Hinter dem Vorhang legte er den Schmuck auf einen Arbeitstisch und fotografierte ihn mehrmals mit einer Digitalkamera. Dann trug er ihn wieder zu Louis zurück, der sofort aufstand und zum Tresen eilte.

»Das sind sehr schöne Stücke, und ich würde Ihnen gern ein Angebot machen.«

Louis grinste.

»Allerdings müssen Sie mir zuerst nachweisen, dass Sie der rechtmäßige Eigentümer sind«, setzte der Verkäufer hinzu und beobachtete, wie Louis' Grinsen erwartungsgemäß erlosch.

»Das … das kann ich nicht«, stammelte Louis. »Sie gehören mir, das ist doch klar. Sonst hätte ich sie ja nicht …« Er verstummte, als er einsah, dass sein Gebrabbel den Verkäufer nicht überzeugen würde.

Im Gegenteil, die Miene des Mannes wurde immer abweisender: »Tja, dann tut es mir leid.«

Wütend riss Louis die Schmuckstücke von der Theke, stopfte sie in seine Jackentasche und stürmte aus dem Geschäft. Er hatte keine Ahnung, was er jetzt damit machen sollte. An Stevie, der normalerweise für sie den Hehler mimte, konnte er sich in diesem Fall nicht wenden, weil Kevin sofort davon Wind bekommen hätte.

Auf der Suche nach einer Zigarette klopfte er seine sämtlichen Taschen ab. Vergebens. Verdammter Mist. Da lief er mit schweineteurem Schmuck in der Tasche herum und hatte nicht mal eine Kippe.

Der Juwelier beobachtete kopfschüttelnd den stürmischen Abgang des jungen Mannes.

Dann wechselte er die Videokassette der Überwachungskamera, lud die Fotos der Schmuckstücke auf einen USB-Stick und rief die Polizei an.

20. Kapitel

20. Februar, Eupen

Was hältst du davon, wenn wir heute mal das Haus verlassen und etwas unternehmen?«

Hager Ludd versuchte, seiner Stimme einen munteren Klang zu geben, doch ihm selbst war leicht mulmig zumute angesichts seines Vorschlags.

Waldo reagierte entsprechend. Er ließ die Gabel in das Rührei sinken und starrte vor sich auf den Tisch.

»Es ist der erste freundliche Tag in diesem Jahr«, fuhr Hager fort. »Wer weiß, ob der Winter nicht noch einmal wiederkommt. Wir sollten uns den Sonnenschein nicht entgehen lassen.«

Seit Waldo bei Hager wohnte, hatte er das Haus bis auf ein einziges Mal nicht über den Umkreis von zehn Metern hinaus verlassen. Während Hager seine Tage in der Inspektion verbrachte, räumte Waldo das Haus auf, wusch Wäsche, las und sah fern oder stöberte an Hagers Rechner im Internet. Nach der Arbeit ging Hager einkaufen und versorgte sie mit allem Notwendigen. Abends saßen sie einträchtig beieinander, schauten Filme an, die Hager für wichtig für die soziale Bildung hielt und in der Videothek auslieh, oder diskutierten die Erinnerungen, die sich bei Waldo immer häufiger einstellten. Der kleine Hund hatte inzwischen einen Namen. Er hieß Susi und war demnach eine Hündin. Auch das schwarzgelbe Heft in seinem Gedächtnisregal hatte Waldo inzwischen geöffnet. Es enthielt viele bedruckte Seiten. Lesen konnte er es noch nicht, aber er war sehr zuversichtlich, dass das nicht mehr lange dauern würde. Zweimal war eine Erinnerung an den Überfall über Waldo hereingebrochen, doch jedes Mal hatte sie ihn so in Panik versetzt, dass sein Gehirn sie wieder abgeblockt hatte. Aber auch das würde werden.

Seine Herkunft war nach wie vor ungeklärt. Weder in Belgien, den Niederlanden noch in Deutschland wurde jemand vermisst, dessen Beschreibung auf Waldo zutraf. Die Vermissten waren entweder zu alt, zu jung oder zu fett.

Der einzige Mensch, den Waldo seit seiner Entlassung aus dem Hospital kennen gelernt hatte, war Babette Walters, Hagers Nachbarin. Sie war eine rundliche, mütterliche Frau um die sechzig, die es sich seit Ludmillas Tod zur Aufgabe gemacht hatte, Hagers Leben hin und wieder mit ein wenig Wärme und Fraulichkeit zu erfüllen. Als Hager ihr nach Waldos Ankunft zum ersten Mal die Tür geöffnet hatte, war Waldo mit großen Schritten die Treppe hinaufgeflüchtet und hatte sich in seinem Zimmer versteckt. Selbst Hagers Bitten konnten ihn nicht dazu bewegen, sich der Nachbarin zu stellen.

Erst nach Tagen, nachdem Hager Babette in den glühendsten und erfreulichsten Farben geschildert hatte, war Waldo bereit gewesen, ihrer Einladung zum Essen zu folgen. Dieser Abend war der aufregendste in seinem bekannten Leben gewesen. Hager lieh ihm eine Krawatte, was absolut unnötig war, aber zu Waldos Selbstsicherheit beitrug, und dann standen sie wie zwei Schuljungen vor Babettes Tür.

»Kommt rein, ihr zwei«, begrüßte sie sie und ging nach einem kurzen Blick auf Waldo voraus in die Küche. Der Tisch war schon gedeckt, Babette versorgte sie mit einem herben Rotwein und trug köstlichen Sauerbraten mit Knödeln auf. Den ganzen Abend lang plauderte sie mit Hager und Waldo völlig unbefangen, sah Waldo offen an, erzählte ihm lustige Geschichten aus der Nachbarschaft, die Hager wohl alle schon kannte, und zögerte nicht ein einziges Mal im Umgang mit dem Monster von nebenan. Offenbar hatte Hager sie ausgezeichnet auf den Besuch vorbereitet, aber das spielte keine Rolle. Waldo schloss die kleine, pummelige Frau sofort in sein Herz.

Der zweite Gang in die wirkliche Welt hatte Waldo und Hager zur Stadtverwaltung geführt, wo ihm unter tausenderlei bürokratischer Sperenzchen ein vorläufiger Pass auf den Namen Waldo Ludd ausgestellt wurde. Damit das überhaupt möglich war, hatte Hager versichert, dass er die Absicht habe, Waldo zu adoptieren. Beide wussten, dass das nicht stimmte, aber es half, den Pass zu organisieren. Jetzt konnte sich Waldo theoretisch in der Welt frei bewegen, doch die Erinnerung an die Blicke der Frauen bei der Verwaltung, an die vor den Mund geschlagenen Hände, an das Flüstern in seinem Rücken bestätigten ihn darin, gerade das nicht zu wollen. Und jedes Spiegelbild stimmte ihm darin zu.

Jetzt hob er den Blick vom eben noch so verlockenden Frühstücksspeck und sah Hager gequält an.

Hager brach fast das Herz angesichts der Angst und Verzweiflung in Waldos Augen, aber er gab seinen munteren Tonfall nicht auf.

»Ich dachte, ich zeige dir mein Büro. Da ist heute niemand außer uns.«

Ein Hauch von Erleichterung zeichnete sich auf Waldos zerstörtem Gesicht ab.

»Außerdem«, Hager sprang auf und öffnete eine Schublade des altmodischen Küchenschranks, »habe ich das hier besorgt.«

Er hielt eine kleine Tragetasche einer Drogerie in die Höhe. »Schminkzeug. Damit machen wir aus dir einen hübschen jungen Mann.«

Waldo grinste schief, schien aber nicht mehr am Rande der Verzweiflung zu stehen. Hager atmete erleichtert auf. »Jetzt frühstücken wir zu Ende, und dann legen wir los.«

Es dauerte fast eine Stunde, bis Hager sich mit den verschiedenen Cremes und Pudern vertraut gemacht hatte. Zwar hatte ihm die Verkäuferin in der Drogerie detailliert erklärt, welche Paste wo eingesetzt wurde, aber die Praxis erwies sich als sehr viel schwieriger als die Theorie. Nach dem deckenden Makeup, das Waldos Narben recht gut verbarg, aber eine blasse Maske aus dem Gesicht machte, hatte Hager Rouge auf die Wangen aufgetragen, doch damit sah Waldo aus wie eine Transe. Alles wurde wieder abgewischt, und sie begannen von vorn.

Schließlich brachte Hager ein ganz annehmbares Ergebnis zustande. Die Narben verschwanden fast völlig unter dem hautfarbenen Make-up, die durch einen Schlag halb zerstörte Augenbraue wurde mit einem braunen Stift nachgezeichnet, und eine Mütze mit einem großen Schirm lenkte von Waldos Gesicht zusätzlich ab.

Hager war zufrieden, und selbst Waldo konnte ein kleines Lächeln nicht verbergen, als er sein Antlitz im Spiegel betrachtete. »Ob ich so ähnlich wohl mal ausgesehen habe?«

»Keine Ahnung«, antwortete Hager. »Die zerstörten Knochen haben dein Gesicht wahrscheinlich ziemlich verändert.«

Vor dem Haus genossen sie ein paar Minuten den ersten Frühlingssonnenschein. Hager ging umher, zeigte auf verschiedene erfrorene Pflanzenstümpfe und erklärte Waldo, welche Blumen oder Sträucher daraus in einigen Wochen wachsen würden.

Schließlich stiegen sie in Hagers Auto und fuhren in Richtung Stadtmitte.

Die Gendarmerie in Eupen war ein ewig langes dreistöckiges Backsteingebäude, das eher einem Gefängnis als einer Polizeiinspektion glich. An der Pforte saß ein junger Polizist, der Hager sofort erkannte und ihn und seinen Begleiter durchwinkte. Waldo war erleichtert.

Hagers Büro lag im ersten Stockwerk mit Blick auf den tristen Innenhof. Die Einrichtung war spärlich: ein großer, beigefarbener Schreibtisch, überhäuft mit Papieren, ein gleichfarbiger Aktenschrank aus Metall, eine Anrichte mit Schubladen. Auf der Fensterbank reihten sich immerhin mehrere bunte Blumentöpfe aneinander, in denen es den grünen Blattpflanzen offenbar recht gut erging. Am Ende der Fensterbank stand eine leuchtend gelbe Gießkanne. So viel Farbe verblüffte Waldo, denn in Hagers Haus ging es, farblich betrachtet, recht traditionell zu.

Hager führte Waldo über den Flur zum Besprechungsraum, der an Tristesse kaum zu überbieten war. »Hier setzen wir uns zusammen und besprechen die aktuellen Fälle«, erläuterte er. »Du warst einige Male Gegenstand unserer Diskussionen.«

Waldo betrachtete die blanken Tische und das Flip-Chart und stellte sich vor, wie Männer und Frauen mit und ohne Uniform sich über ihn unterhielten, Mutmaßungen anstellten und wieder verwarfen, bis er schließlich nach Wochen aus dem aktuellen Fokus wieder herausgefallen war.

»Hier sind die Toiletten«, Hager deutete auf eine Tür im Flur, »und hier ist die Küche für diese Etage. Jeder Stock hat seine eigene Küche.«

Die Flurwände zierten Gemälde. Neben jedem wies ein kleines Schild auf den Maler hin. Waldo vermutete, dass es sich um heimische Künstler handelte, die ihre Werke hier ausstellen durften. Vor einem der Bilder blieb er stehen und betrachtete es stirnrunzelnd.

»Gefällt es dir? Es stammt von Amersbachs Frau. Sie ist Malerin.«

»Woher weißt du das?«

»Amersbach hat ein noch viel Schöneres in seinem Büro. Er liebt es abgöttisch.«

Waldo sah ihn fragend an. Meinte er das ernst? Oder war das mal wieder ein Witz, den er nicht verstand? Egal. Irgendwann würde er das wieder unterscheiden können.

Er wiegte unschlüssig den Kopf. »Es erinnert mich an irgendwas. Ich hatte irgendwie damit zu tun, glaube ich. Mit Malerei.«

Hager ging zurück in Richtung seines Büros. »Dann kaufen wir morgen Papier und Stifte, und du kannst loslegen«, sagte er.

Zurück in seinem Büro bot er Waldo einen unbequemen Besucherstuhl ohne Polster an. Er selbst setzte sich wie gewohnt hinter seinen Schreibtisch.

»Hier verbringst du also deine Tage?«

Hager nickte. »Wenn ich nicht gerade zu einer Vernehmung oder zu einem Tatort unterwegs bin, ja. Dann sitze ich hier, gehe die Akten durch, telefoniere, recherchiere im Internet und so weiter.«

»Dass du dich bei all den Sachen noch zurechtfindest! Was ist das da alles auf deinem Schreibtisch?«

Hager betrachtete die Papiere, die kunterbunt durcheinander seinen Tisch bedeckten, und griff nach einem Bogen.

»Tja, lass mal sehen: Einbruch im Restaurant *Arti choc* in der vergangenen Woche.« Er nahm ein anderes Blatt. »Ein alter Mann wurde vermisst. Man hat ihn gestern erfroren im Wald bei Raeren gefunden.«

»Traurig.«

»Ja. Und hier«, er hielt ein Blatt hoch, »jugendlicher Vandalismus an einem Kindergarten in der Stadt. Schmierereien, umgestürzte und angezündete Mülltonnen und so weiter.« Er legte das Blatt lächelnd wieder auf den Wust zurück.

»Du siehst, mein Leben ist wahnsinnig aufregend. Ich hetze von einer unaussprechlichen Tat zur anderen. Möchtest du einen Kaffee?«

Waldo nickte lächelnd. Hager stand auf und verschwand im Flur.

Waldo erhob sich und wanderte durch den Raum. Durch das Fenster beobachtete er einen Streifenwagen, der mit eingeschaltetem Blaulicht, aber ohne Martinshorn, den Hof verließ. Vielleicht ein Autounfall.

Auf Hagers Schreibtisch stand eine Fotografie in einem silbernen Rahmen. Waldo umrundete ihn und setzte sich in Hagers Stuhl. Das Foto zeigte Hager und eine dunkelhaarige Frau, eher sympathisch als hübsch, mit einer sehr lebendigen Ausstrahlung. Ludmilla. Seit sieben Jahren tot und begraben.

Neugierig nahm er einige Papiere hoch und las, worum es jeweils ging. Meist waren es Einbrüche. Häufig in Kindergärten oder Schulen. Was, um Himmels willen, hofften die Einbrecher dort zu finden? Vergessene Pausenbrote?

Ein Blatt trug ein schlecht kopiertes Foto mit der Überschrift: Vermisst. Seit Anfang Januar wurde ein sechsundvierzigjähriger Verkäufer namens Hannjo Schmieding aus Bonn in Deutschland vermisst. Jemand, vermutlich Hager, hatte mit grünem Filzstift *Erledigt* daruntergeschrieben.

Er sollte die Sachen mal abheften, dachte Waldo und nahm das nächste Blatt. Es zeigte ebenfalls ein blassgraues Foto. Diesmal stand als Überschrift jedoch *Fahndung* darüber. Gesucht wurde nach dem fünfundzwanzigjährigen Frieder Hemmesfeld aus Bonn/Nordrhein-Westfalen/Deutschland. Er wurde dringend verdächtigt, seine Eltern an Heiligabend des vergangenen Jahres getötet zu haben. Zum letzten Mal gesehen wurde Frieder Hemmesfeld am Abend des 1. Januar 2011 von seiner Schwester gegen einundzwanzig Uhr vor seiner Wohnung in Bonn.

Waldo betrachtete das Foto des jungen Mannes. Es war nicht von guter Qualität, doch man konnte sehen, dass er recht hübsch war. 1. Januar. Ihn selbst hatte man am 2. Januar gefunden. Weit weg von Bonn/Nordrhein-Westfalen/Deutschland. Vielleicht war Frieder Hemmesfeld ein ähnliches Schicksal widerfahren wie ihm selbst, nur dass man ihn nicht gefunden hatte. Vielleicht lag Frieder Hemmesfeld irgendwo tot und begraben unter Erde und Schnee.

Das Schicksal von Frieder Hemmesfeld berührte Waldo auf eigentümliche Weise. Er konnte es sich nicht erklären.

Er faltete das Blatt zweimal zusammen und steckte es in eine Gesäßtasche. Hager würde sein Fehlen bei all diesem Wust kaum bemerken. Irgendwie fühlte er sich diesem Mann verbunden. Heute Abend im Bett würde er darüber nachdenken.

Hager kehrte mit zwei Tassen Kaffee zurück. Milch und Zucker hatte er bereits hinzugefügt.

»Was machen wir jetzt?«, fragte Hager und sah aus dem Fenster. »Das Wetter ist immer noch herrlich.«

Waldo trank einen Schluck aus seiner Kaffeetasse.

»Ich hab schon ewig kein Eis mehr gegessen«, stellte er fest. »Und ich habe im Internet gelesen, dass es hier einen Stausee gibt. Den würde ich gerne sehen.«

Hager zögerte.

»Das mit dem Eis könnte schwierig werden. Wir haben erst Februar, und die Eisdielen machen gewöhnlich erst Ende April auf.«

Waldo winkte ab.

»Aber den Stausee können wir besichtigen. Auf geht's.«

Sie fuhren einige Minuten aus dem Ort heraus und landeten schließlich auf einem Brückengebäude, das über den Rand des Stausees hinwegführte. In der Mitte der Brücke hielt Hager den Wagen an, und sie stiegen aus. Auf der einen Seite lag der Stausee, der ungewöhnlich wenig Wasser führte. Die bevorstehende Schneeschmelze würde das ändern. Auf der anderen Seite fiel der Blick auf die fast senkrecht abfallende Staumauer, die den Häusern dahinter fast das gesamte Licht nahm. Die gestaute Weser war auf dieser Seite nur noch ein Bächlein.

Am Ende der Brücke fand Hager einen freien Parkplatz. Nur ein weiteres Auto parkte am See. So früh im Jahr zog es noch nicht viele Spaziergänger hierhin.

»Da oben ist ein Café«, sagte Hager und deutete auf eine vom Frost zerstörte Treppe, die um eine Anhöhe nach oben mäanderte.

Auf der Terrasse des Cafés standen Stühle und Tische bereit, die ersten Ausflügler aufzunehmen. Ein junger Mann eilte zu ihrem Tisch und brachte kurz darauf zwei Cappuccinos und, zu Waldos Begeisterung, zwei gemischte Eis mit Sahne.

»Zwar nicht vom Italiener, aber immerhin«, sagte Hager und war glücklich, Waldo diesen einfachen Wunsch erfüllen zu können.

Der Kellner streifte Waldo mit einem neugierigen Blick, den er aber sogleich wieder abwendete, als Waldo ihn erwiderte.

»Hast du Lust, ein wenig spazieren zu gehen? Hier oben beginnt ein unterhaltsamer Wanderweg, der sogenannte Foxy Trail.«

»Was ist das?«

»Ein Waldlehrpfad für Kinder. Lauter lustige Sachen.«

Hinter dem Café lag ein Kletterturm, der mit Seilen und Trittstufen bestückt war. Darauf folgte ein großer Parkplatz, auf dem selbst zu dieser Jahreszeit einige Wohnmobile standen. In einem der großen Wagen saßen zwei Windhunde auf den Fahrer- und Beifahrersitzen, einer schwarz, der andere weiß. Sie wirkten wie ein älteres Ehepaar, das nur kurz eine Rast eingelegt hat und dann mit seinem Wohnmobil weiter durch das wunderschöne Belgien gondelte.

Am Ende des Parkplatzes begann der Foxy Trail, der seinen Namen einem kleinen Fuchs verdankte, der die Kinder auf ihrem Weg begleitete und interessante Dinge zu erzählen wusste.

Nach wenigen Minuten erreichten sie einen auf dem Boden liegenden Baumstamm, getragen von sieben quer darunter liegenden kurzen Stämmen. Die Foxy-Trail-Infotafel bezeichnete das Gebilde als Baumtelefon. Den Anweisungen gemäß legte Waldo ein Ohr auf eine Seite des etwa acht Meter langen Stammes, während Hager am anderen Ende mit den Fingernägeln über das Holz kratzte. Tatsächlich hörte Waldo das Kratzgeräusch so deutlich, als sei es direkt neben seinem Ohr entstanden.

»Das ist ja toll«, freute er sich.

Hager nickte nur.

»Was ist los?«

»Ludmilla hat sich darüber immer gefreut wie ein Kind«, sagte Hager leise.

Die nächste Station war ein langer Sandkasten, in dem hintereinander Holzschilder mit Zeichnungen verschiedener Tiere standen. *So weit springt der Fuchs* hieß es da etwa oder *So weit springt das Reh.*

Hier erfuhr Waldo, dass ein Hirsch unglaubliche neun Meter weit springen kann. Nicht zu fassen.

Der Weg führte jetzt leicht abschüssig weiter.

»Was kommt als Nächstes?« Waldo schien echte Freude an dem Foxy Trail zu entwickeln, und Hager hasste das, was er jetzt tun musste.

Er blieb vor einem Waldstück mit dichtem Unterholz stehen.

»Was ist hier?«, fragte Waldo neugierig. »Ich sehe gar nichts.«

»Hier hat man dich gefunden.«

Waldo erstarrte. Zu keiner Zeit während seines Krankenhausaufenthaltes oder danach hatte er sich Gedanken über die Stelle gemacht, an der er begraben worden war. In diesem Moment konnte er das nicht mehr begreifen. Wieso hatte er nicht darüber nachgedacht?

Er starrte in das Dickicht, dessen Dunkel letzte Schneereste schützte, und versuchte sich vorzustellen, wie er unter Schnee, Erde und Blättern begraben lag.

Es war unmöglich. Das Bild war zu abstrakt, um es mit sich und seinem Leben übereinzubringen. Er schwankte ein wenig, und Hager griff nach seinem Arm.

»Alles in Ordnung?«

Waldo schluckte und rang um Fassung. »Das kam unerwartet.«

Hager hakte sich bei ihm unter. »Komm, wir gehen.«

Aber Waldo befreite sich aus Hagers Griff. Seine Stimme klang rau. »Nein. Jetzt sind wir schon mal hier. Wo genau?«

Hager rief sich seinen ersten Besuch an diesem Tatort in Erinnerung. Die Spurensicherer hatten das Gelände mehrere Meter im Umkreis abgesperrt. Er trat ein paar Schritte in das Dickicht.

»Hier ungefähr«, sagte er und führte mit seinen Armen einen Kreis über dem Boden aus. »Ungefähr hier.«

Waldos Gesicht zeigte keinerlei Ausdruck, als er Hager folgte. Er kniete sich auf den feuchten Boden und strich den Kreis, den Hager in die Luft gezeichnet hatte, mit den Händen ab.

»Das ist also mein Grab«, sagte er tonlos. »Hier hätte ich sterben sollen.«

Seine Finger in den grauen Wollhandschuhen, die Hager ihm gekauft hatte, begannen erst langsam, dann immer schneller zu graben. Zuerst wollte Hager ihn davon abbringen, aber dann begriff er, dass Waldo sich selbst ausgrub, und ließ ihn gewähren.

Als eine beachtliche Grube entstanden war, sank Waldo in sich zusammen.

»Jemand wollte mich töten«, flüsterte er. »Jemand wollte, dass ich hier sterbe. Warum nur? Was habe ich nur getan?«

21. Kapitel

Jetzt haben wir sie.« Kraut wandte sich vom Bildschirm ab und griff zum Telefon.

»Was ist los?«, fragte Dani, aber Kraut wies nur mit dem Zeigefinger auf ihren Bildschirm und wartete auf die Verbindung.

»Kraut hier, Chef. Könnten Sie mal in unser Büro kommen? Danke.«

Sie legte auf und drehte den Monitor so, dass Dani das Bild darauf sehen konnte. Es handelte sich um die Schwarz-Weiß-Aufnahme einer Videokamera. Dani erkannte ein Geschäft mit mehreren Verkaufstresen. Die Aufnahme war zu grobkörnig, um die Ware unter den Glasplatten zu erkennen, aber es sah wie ein Juweliergeschäft aus. Vor einer der Theken, das Gesicht in Richtung Kamera, stand ein junger Mann.

»Verdammt noch mal. Das ist doch Louis.«

Kraut nickte. »Genau. Und jetzt pass auf.«

Louis zog etwas aus der Tasche und gab es dem Mann hinter dem Tresen. Der legte es auf ein Tuch, und Dani erkannte, dass es sich um Schmuckstücke handelte.

»Ich werd' verrückt«, flüsterte Dani.

In diesem Augenblick öffnete Lothar Werner, der Leiter der Polizeiinspektion, die Tür und trat ein.

»Was gibt's denn so Wichtiges?«

Offenbar liebte er es nicht, von seinen Untergebenen in deren Büro zitiert zu werden, aber Kraut hatte ihm am Telefon keine Chance gelassen, ihre Order zu hinterfragen.

»Schauen Sie sich das an, Chef«, sagte Kraut und räumte bereitwillig ihren Stuhl, damit Werner darauf Platz nehmen konnte. Das versöhnte ihn einigermaßen. Er schob seine Brille von der Stirn auf die Nase und setzte sich.

Kraut startete die Aufnahme erneut. »Das ist Louis Bertram, einer der drei jungen Männer, die wir wegen des Hemmesfeld-Falles und der Einbrüche in der Nachbarschaft verhört haben. Und jetzt schauen Sie mal, was er da anbietet.«

Kraut öffnete einen weiteren E-Mail-Anhang, der detaillierte Fotos der beiden Schmuckstücke zeigte, die in dem Video über den Tresen wanderten.

»Eine Platinkette mit Diamanten und ein dazu passendes Armband, gestohlen in der Nacht zum 1. Weihnachtstag vergangenen Jahres im Haus der Familie Kohlbecher am Johannisberg in Neuenahr. Direkte Nachbarschaft von Hemmesfelds.«

Lothar Werner schob die Brille wieder auf die Stirn und lehnte sich zurück. »Wir haben sie«, sagte er, sichtlich erleichtert. »Endlich.«

Er drehte sich in Krauts Stuhl zu ihr um. »Stellen Sie ein Team zusammen und nehmen Sie die Schweine fest.« Er sah auf seine Armbanduhr. »Fast halb fünf. Arbeiten werden die Kerle wohl nicht, nehme ich an?«

»Nein«, antwortete Dani. »Um diese Zeit sitzen sie vermutlich bei Günther Wagner in Heimersheim vor dem Computer und spielen Autorennen.«

»Dann los.«

Lothar Werner sprang auf und eilte aus dem Büro. Vermutlich bereitete er im Kopf bereits die Pressekonferenz vor, auf der er am nächsten Tag die herausragenden Ermittlungsergebnisse seiner Truppe präsentieren würde.

Kaum war die Bürotür ins Schloss gefallen, sprang sie wieder auf, und Werner steckte seinen Kopf durch den Spalt. »Gute Arbeit, Kollegen!« Dann war er wieder weg.

Dani und Kraut grinsten sich an. Dann schnallten sie ihre

Pistolen um, das heißt, eigentlich schnallte nur Kraut ihr Schulterholster um. Dani zog es vor, die Waffe im rückwärtigen Rockbund zu tragen, wo sie nicht allzu sehr auftrug und den Gesamteindruck ihrer Erscheinung nicht beeinträchtigte.

Innerhalb von zwanzig Minuten stellten sie ein Team aus acht Kripo- und Streifenbeamten zusammen und fuhren mit mehreren Wagen in Richtung Heimersheim. Günther Wagner wohnte im zweiten Stock eines Mehrfamilienhauses in der Nähe des Dorfplatzes. Sie stellten ihre Wagen so ab, dass sie aus den Fenstern dieses Hauses nicht gesehen werden konnten. Dani drückte mehrere Klingelknöpfe, bis eine blecherne Stimme nach ihrem Begehr fragte.

»Daniela Flegel, Kriminalpolizei Bad Neuenahr-Ahrweiler«, stellte sie sich vor. »Bitte öffnen Sie die Haustür.«

Augenblicklich ertönte der Summer, und Dani drückte die Glastür auf. In einer Wohnungstür im Parterre stand eine alte Frau und sah ihr ängstlich entgegen. Dani zeigte ihre Dienstmarke, legte einen Finger auf ihre Lippen und flüsterte: »Gehen Sie bitte in Ihre Wohnung zurück und bleiben Sie dort.«

Die Frau wollte sich aber den spannenden Teil dieses Geschehens nicht entgehen lassen und schob die Tür nur so weit wieder zu, dass ein breiter Spalt offen blieb, der es ihr erlaubte, alles zu beobachten. Mit aufgerissenen Augen verfolgte sie, wie immer mehr Polizeibeamte das Haus betraten und die Treppe zum zweiten Stock hinaufschlichen.

Oben zogen die Polizisten ihre Waffen und stellten sich rechts und links der Wohnungstür auf, sodass sie durch den Spion nicht zu sehen waren.

Dani klingelte.

Nach wenigen Sekunden öffnete sich die Tür einen Spalt, und Dani sah, dass sie durch eine Kette gesichert war. Günther lugte durch den schmalen Spalt hinaus.

»Was wollen Sie denn schon wieder?«

»Bitte öffnen Sie die Tür«, sagte Dani freundlich. »Ich habe noch ein paar Fragen an Sie.«

Günther erweiterte den Türspalt und versuchte zu erspähen, ob sie allein gekommen war.

»Einen Moment«, sagte er dann und schloss die Tür. Dani erwartete, jetzt die Entriegelung der Kette zu hören, doch es blieb still.

»Er hat uns gesehen«, konstatierte Kraut, schob Dani mit der linken Hand beiseite und trat kräftig gegen die Tür. Ihr Stiefel hinterließ eine faustgroße Delle im Holz, aber die Tür sprang sofort auf, und die Polizisten stürmten die Wohnung.

Günther, Louis und Kevin versuchten gerade, über die Balkonbrüstung zu klettern und in den mehrere Meter tiefer gelegenen Garten zu springen, als behandschuhte Hände sie am Kragen packten und wieder in die Wirklichkeit zurückzogen.

»Sie sind alle drei vorläufig festgenommen«, informierte Kraut sie ruhig. In Handschellen wurden sie die Treppe hinuntergeschoben und in die Streifenwagen verfrachtet. Die alte Frau im Erdgeschoss hatte ihren Beobachtungsposten die ganze Zeit nicht verlassen und genoss dieses unglaubliche Erlebnis, über das sie noch jahrelang in ihrem Bekanntenkreis berichten würde. Na ja, vielleicht monatelang.

22. Kapitel

Eupen

Der sonnige Vorfrühlingstag war in einen kühlen, windigen Abend übergegangen. Waldo lag mit hinter dem Kopf verschränkten Armen im Bett und lauschte den Geräuschen des Windes, der Sträucher und Bäume vor dem Haus zerzauste, die letzten vertrockneten Blätter abriss und die Auffahrt hinuntertrieb. Das Bild seines Grabes im Wald schob sich vor jeden anderen Gedanken, den Waldo denken wollte. Er stellte sich vor, wie sein Leichnam aussehen würde, hätte der Jäger ihn nicht zufällig gefunden. Den Untersuchungen Amersbachs zufolge hatte jemand mit einer Axt auf sein Gesicht und seinen Kopf eingeschlagen. Wie grausam musste jemand sein, um das fertigzubringen? Und wie schlecht musste jemand sein, um das zu verdienen?

Waldo stellte sich mehrere Szenarien vor, die zu dieser schrecklichen Tat geführt haben könnten: Er hatte eine Frau, die er verprügelt und vergewaltigt hatte und die sich schließlich nicht mehr anders zu helfen wusste, als ihn auf grauenhafte Weise umzubringen.

Er war als Stricher den perversesten Männern ausgeliefert, und einer von ihnen hatte seine Grenze überschritten.

Er hatte ein Kind entführt und missbraucht, und der Vater hatte schreckliche Rache an ihm genommen.

Bei all diesen Szenen fühlte Waldo sich an nichts erinnert, was Realität sein konnte. Das waren alles erfundene Filmszenen, die mit seinem Leben und seinem Tod nichts zu tun hatten. Jedenfalls fühlte es sich nicht so an.

An Schlaf war nicht zu denken. Er richtete sich auf, schaltete die Nachttischlampe ein und nahm das Fahndungsplakat vom Nachttisch. Der junge Mann darauf sollte seine Eltern ermordet haben. Warum hätte er das tun sollen? Wie schrecklich mussten Eltern sein, damit ihr Kind sie tötet? Oder gab es finanzielle Gründe? Aber der junge Mann war verschwunden. Vielleicht war er Opfer desselben Täters geworden, der den Tod der Eltern verschuldet hatte?

Waldo betrachtete das Gesicht von Frieder Hemmesfeld. Gut sah er aus, sanft und hübsch. Nicht wie jemand, der Eltern umbrachte. Nicht wie jemand, der auf der Flucht war.

Konnte es sein, dass er Frieder Hemmesfeld war? Zwar vermisste niemand Waldo, aber Frieder wurde ja auch nicht vermisst. Nach ihm wurde gefahndet. Waldo ahnte, dass die unterschiedlichen Umstände zu unterschiedlichen polizeilichen Verfahrensweisen führen würden, bei denen es möglicherweise keine Überschneidungen gab.

Frieder war am Abend des Neujahrstages zum letzten Mal gesehen worden, von seiner Schwester, als sie ihn vor seiner Wohnung abgesetzt hatte. Waldo wurde am Mittag des 2. Januar gefunden. Er wusste nicht, wie weit Eupen von Bonn entfernt war, aber das würde er herausfinden. Vielleicht wäre es zeitlich möglich gewesen, seine Leiche, oder besser seinen Körper, in dieser Zeit von Bonn nach Eupen zu bringen.

Waldo konnte sich nicht vorstellen, was ihn dazu treiben könnte, seine Eltern zu ermorden. Allerdings erinnerte er sich weder an die Eltern noch daran, was für ein Mensch er vor seiner Ermordung gewesen war. Es war also alles möglich.

Vielleicht wurde Frieder aber auch zu Unrecht verdächtigt.

Waldos Gedanken drehten sich im Kreis. Er stand auf und ging ins Bad. Vor dem Spiegel betrachtete er intensiv sein verstümmeltes Gesicht. Die gebrochene und nur unzureichend wieder verheilte Nase, die eingedellten Wangenknochen, die anderthalb Augenbrauen, die zweifelnd blickenden blauen Augen – nichts davon schien ihm vertraut. Nichts davon rührte eine Erinnerung auf. Nichts davon sah aus wie Frieder Hemmesfeld.

* * *

Nach der schnellen Festnahme der drei Tatverdächtigen stellte Staatsanwalt Obermann zügig drei Haftbefehle und Durchsuchungsbefehle für deren Wohnungen aus. Katharina Silbernagel brach in Tränen aus, als sie von der Verhaftung ihres Sohnes erfuhr, öffnete aber, ohne zu zögern, die Tür zu ihrer alten Wohnung. Die Durchsuchungen brachten weniger Ergebnisse, als Dani und Kraut erhofft hatten. Einige fragwürdige Gegenstände wie ein Laptop und mehrere Handys konnten früheren Einbrüchen zugeordnet werden. Vom Schmuck der Hemmesfelds oder der anderen Beraubten am Johannisberg fanden sie keine Spur.

Kevin Silbernagel und Günther Wagner erwiesen sich als erstaunlich standhaft während der Vernehmungen. Kraut schrieb das ihren mehrmaligen Erfahrungen mit solchen Situationen zu. Louis Bertram aber war das Weichei, das ein Kripobeamter in solchen Situationen zu sehen wünschte. Schon wenige Minuten nach Krauts und Danis Böser-Bulleguter-Bulle-Spiel knickte er ein und verriet die geheime Höhle im Ahrweiler Silberberg. Den Mord an Hemmesfelds gestand er allerdings nicht, sondern behauptete, in deren Haus nicht gewesen zu sein.

Die Schmuckstücke, die in der Höhle und in Louis' Hosentaschen gefunden wurden, waren schnell den beraubten Eigentümern zugeordnet. Was fehlte, waren die Smaragdhalskette, die Perlenohrringe und die Löwen-Manschettenknöpfe. Nichts von Hemmesfelds Schmuckstücken wurde gefunden.

»Das hat nichts zu bedeuten«, sagte Dani. »Sie haben das Rubin-Ensemble ja auch schon verkauft. Hemmesfelds Schmuck war sicher mit das Wertvollste aus den Brüchen. Wahrscheinlich haben sie diese Stücke zuerst verscherbelt, und sie sind bisher einfach noch nicht aufgetaucht. Vielleicht finden wir sie nie.«

»Dann wird es schwierig, ihnen den Mord an den Hemmesfelds nachzuweisen«, sagte Kraut. »Keine Fingerabdrücke, keine DNA-Spuren, keine Beute.«

»Aber kein Richter wird ernsthaft annehmen, dass sie zufällig an dem Abend, als Hemmesfelds ermordet wurden, in drei Häuser in der Nachbarschaft eingebrochen sind, nur ausgerechnet nicht in Hemmesfelds.«

»Vielleicht nicht, aber möglich wär's.«

* * *

Lothar Werner hatte die Presse für elf Uhr eingeladen, eine bekanntermaßen gute Zeit für lang schlafende und lang arbeitende Journalisten. Ebenso bekannt war, dass Pressevertreter sich über ein paar Schnittchen freuten, denn oft kamen sie den ganzen Tag nicht dazu, etwas zu essen, und verfielen deshalb mehr und mehr dem Trinken, was wesentlich einfacher und mit jedweder Arbeit zu vereinbaren und der Kreativität oftmals förderlich war.

Deshalb hatte Werner beim gegenüberliegenden Imbiss belegte Brötchen und Kaffee geordert.

Im Besprechungsraum kauten bereits einige Journalisten auf den Schinken- und Käsebrötchen herum, als Werner, Dani und Kraut pünktlich auf die Minute eintrafen. Werner verfolgte den Minutenzeiger der Uhr über der Tür und das tröpfchenweise Eintreffen weiterer Pressevertreter und eröffnete um fünf nach elf die Pressekonferenz mit einer Begrüßung.

»In der Nacht zum 25. Dezember des vergangenen Jahres wurde am Johannisberg in Bad Neuenahr ein Ehepaar getötet. Sie haben in Ihren Medien ausführlich darüber berichtet. In derselben Nacht wurde in mehrere Häuser am Johannisberg eingebrochen.«

Oh, Gott, dachte Dani. Am Anfang schuf ich Himmel und Erde.

»Im Zuge der Ermittlungen konnten wir am gestrigen Nachmittag gegen siebzehn Uhr dreißig drei Tatverdächtige festnehmen.«

Hups, das ging dann doch schneller als erwartet.

»Es handelt sich um drei junge Männer aus dem Kreis Ahrweiler, sämtlich deutsche Staatsangehörige, die bereits früher mit dem Gesetz in Konflikt geraten sind, allerdings nicht einschlägig.«

»Was bedeutet nicht einschlägig?«, meldete sich ein junger Mann zu Wort, der die zwanzig mit Sicherheit noch nicht überschritten hatte. Ein Anfänger, der von seinen Kollegen ein nachsichtiges Grinsen erntete.

»Sie haben noch keinen mit 'nem Hammer erschlagen«, antwortete ein älterer Journalist feixend, bevor Werner zu Wort kam.

Dani wunderte sich einmal mehr, wie die Presse an ihre Informationen kam. Die Tatwaffe war in keinem Polizeibericht erwähnt, sondern als Täterwissen geheim gehalten worden.

Werner wollte mit seinem Vortrag fortfahren, doch eine junge, bildhübsche Frau fiel ihm ins Wort. »Welche Straftaten haben sie denn bisher begangen?«

Sichtlich irritiert starrte Lothar Werner auf sein Blatt. Er war immer wieder überrascht, dass ihm die Pressekonferenzen einfach aus der Hand genommen wurden. Bevor er in seiner lange vorbereiteten Rede die entsprechende Stelle gefunden hatte, antwortete Kraut: »Einbrüche, Diebstähle, Schlägereien.«

»Und jetzt plötzlich ein Doppelmord?«, warf eine andere Journalistin in die Runde.

Lothar Werner hatte sich inzwischen gefasst. »Wir vermuten, dass die drei Tatverdächtigen die Tötung der Opfer nicht geplant hatten. Vielmehr nehmen wir an, dass sie in deren Haus ebenso einbrechen wollten wie in die der Nachbarn. Wahrscheinlich glaubten sie das Haus ebenfalls unbewohnt. Als sie dann auf die späteren Opfer trafen, verloren sie die Nerven und töteten das Ehepaar. Die drei Beschuldigten sind in Haft und werden noch heute dem Untersuchungsrichter vorgeführt.« Effektvoll klopfte Werner seine Blätter auf dem Tisch zurecht. »Meine Damen und Herren von der Presse, das war's für heute. Wir werden Sie über weitere Erkenntnisse zeitnah informieren.«

Kraut blieb äußerlich gelassen, rollte aber innerlich die Augen. An den zähflüssigen Polizeijargon konnte sie sich selbst nach all den Jahren nicht gewöhnen. Sie wusste, dass das mit ein Grund war, warum sie selbst vermutlich niemals da oben sitzen und eine Pressekonferenz abhalten würde. Ihre Sprache war einfach zu leicht zu verstehen.

23. Kapitel

Eupen

Kaum fiel die Haustür hinter Hager ins Schloss, setzte sich Waldo an Hagers Computer. Dank Google und einer kurzen Einführung durch Hager hatte er sich schnell im Internet zurechtgefunden und schon manche interessante und unterhaltsame Stunde darin verbracht.

Heute war ihm weniger an Unterhaltung als an Information gelegen. Er gab den Namen Hemmesfeld in die Suchmaske ein und traf ein paar Einträge. Ein Bauunternehmen in Bad Neuenahr-Ahrweiler. Das waren vielleicht die ermordeten Eltern. Einen »… hat das Are-Gymnasium besucht«-Eintrag über einen Lorenz Hemmesfeld. Eine Facebook-Seite von Elisabeth Hemmesfeld, die keine weiterführenden Informationen enthielt. Die Einladung einer Galerie in Köln zu einer Vernissage der Künstlerin Lissi Hemmesfeld. Das war's. Nicht sehr ergiebig, aber immerhin. Offenbar hielten sich alle Hemmesfelds Deutschlands in der Nähe von Bad Neuenahr und Bonn auf.

Waldo öffnete die Google-Maps-Seite und suchte die beiden Orte. Überrascht stellte er fest, dass sie kaum hundert Kilometer von Eupen entfernt lagen. Hundert Kilometer. Wie lange brauchte man, um diese Entfernung zu überwinden? Ein Routenplaner schaffte rasche Aufklärung: knapp über eine Stunde mit dem Auto.

Eine Gänsehaut bildete sich in Waldos Nacken und breitete sich über seinen Rücken aus.

Nur eine Stunde.

Es wäre also kein Problem gewesen, Frieder Hemmesfeld

am Abend des 1. Januar nach Eupen zu fahren und dort zu begraben.

Im Wald am Ufer des Stausees.

Und am 2. Januar den Unbekannten, *later known as* Waldo, zu finden.

Er sprang auf und sah sich hektisch um. Er würde nach Deutschland fahren und herausfinden, ob er Frieder Hemmesfeld war. Er rannte hinauf in sein Zimmer, riss seine Tasche aus dem Schrank und stopfte die wenigen Kleidungsstücke hinein, die Hager ihm inzwischen besorgt hatte. Mit der Tasche in der Hand sprang er die Treppe hinunter und setzte sich wieder an Hagers Schreibtisch. Mit zitternder Hand verfasste er eine Nachricht für Hager.

Er faltete das Blatt zusammen und legte es auf den Küchentisch.

Dann blieb er wie eingefroren stehen.

Wie sollte er nach Deutschland kommen? Er hatte keinen einzigen Euro in der Tasche. Per Anhalter waren seine Chancen denkbar schlecht. Wer ließ schon freiwillig Frankensteins Monster in sein Auto?

Er brauchte Geld, um ein Zugticket zu kaufen.

Einen Moment erwog er, Hagers Schränke nach Geld zu durchsuchen. Er war ziemlich sicher, dass Hager irgendwo Bargeld für Notfälle aufbewahrte. Aber das hätte ihre Freundschaft Lügen gestraft.

Babette.

Er nahm seine Tasche, schloss die Haustür hinter sich ab und klopfte am Nachbarhaus an. Babette öffnete wenige Sekunden später.

»Hallo, Waldo. Komm doch rein.« Sie registrierte die Tasche in seiner Hand. »Willst du verreisen?«

»Ich brauche deine Hilfe.«

Babette runzelte die Stirn und trat beiseite, damit Waldo eintreten konnte.

»Was kann ich für dich tun?«, fragte sie, während sie in der Küche Wasser aufsetzte und Kaffee vorbereitete. »Du siehst aus, als wärst du auf der Flucht.«

Waldo setzte sich an den Tisch. »Gewissermaßen bin ich das auch.«

Weil er wusste, dass er keine Wahl hatte, schüttete er Babette sein Herz aus. »Ich glaube, ich weiß, wer ich bin. Zumindest habe ich eine Vermutung. Um die Wahrheit zu finden, muss ich weg. Aber ich habe überhaupt kein Geld.«

»Warum fragst du nicht Hager danach?«

Waldo zögerte. »Möglicherweise bin ich kein guter Mensch. Wenn Hager davon erfährt, bringt ihn das in unheimliche Schwierigkeiten«, schloss er. »Es muss unter uns bleiben. Er hat so viel für mich getan …«

Babette schenkte ihm einen Kaffee ein. »Schon gut. Ich verstehe dich. Aber Hager hat immerhin eine Erklärung verdient, meinst du nicht?«

Waldo nickte. »Ich hab ihm eine Nachricht hinterlassen. Und wenn alles geklärt ist, komme ich zurück. Falls ich kann. Versprochen.«

Babette rührte nachdenklich in ihrem Kaffee. »Also gut, ich helfe dir. Aber wenn Hager heute Abend nach Hause kommt, werde ich ihm keine Lügen erzählen.«

»Bis dahin bin ich längst über alle Berge.«

Babette trat an den Küchenschrank und nahm eine Blechdose aus dem obersten Fach. Darin befand sich ein mit Gummiband zusammengerolltes Bündel Geldscheine, von dem sie einige abzählte.

Das klassische Versteck, dachte Waldo und fragte sich im selben Moment, woher er das wusste.

»Fünfhundert müssten einstweilen reichen«, sagte Babette und blätterte zehn Scheine vor ihn auf den Tisch. »Wenn du mehr brauchst, ruf an.« Sie kritzelte ihre Telefonnummer auf einen Zettel und legte ihn auf die Scheine. »Wir finden dann schon eine Lösung.«

Waldo nahm die Scheine und den Zettel und steckte sie in seine Hosentasche. »Ich weiß gar nicht, wie ich dir danken soll«, murmelte er und nahm sie in den Arm.

»Ich schon«, erwiderte sie. »Komm einfach wieder zurück, wenn alles vorbei ist.«

Tränen traten ihm in die Augen. In diesem Moment wurde ihm bewusst, dass er im Begriff war, die einzigen Freunde zu verlassen, die er auf der Welt hatte. Und wer weiß, ob sie noch seine Freunde sein würden, wenn er die Wahrheit über sich ans Licht brachte? Vielleicht wäre es besser, die Vergangenheit ruhen zu lassen. Nicht immer war die Wahrheit die beste aller möglichen Lösungen.

Doch seine Entscheidung war längst gefallen. Er umarmte Babette noch einmal und trat hinaus in die Dämmerung.

* * *

Eine Tasse Kaffee dampfte zwischen dem Papierwust auf Hagers Schreibtisch.

»Heute räume ich auf«, versprach er Ludmilla, die ihn nachsichtig lächelnd aus dem Foto heraus ansah. Das war nicht das erste Mal, dass sie diese Worte hörte.

Als Waldo gestern auf der anderen Seite des Tisches gesessen und neugierig die Unordnung betrachtet hatte, musste Hager sich verschämt eingestehen, dass sein Schreibtisch ein einziges Chaos war. Dabei war er eigentlich ein gut organisierter, zuverlässiger Mensch. Sein Schreibtisch hätte aufgeräumt und mit ordentlichen Stapeln verschiedener Priorität bedeckt sein müssen. Eigentlich.

Nun, jetzt war es so weit.

Er holte tief Luft, stemmte die Hände zu beiden Seiten gegen die Schreibtischkante und richtete einen konzentrierten Blick auf die vielen Blätter auf dem Tisch. Dann griff er zum Telefon.

»Frau Meermann, ich brauche einige leere Aktenordner. Haben wir so was da? So etwa fünf, denke ich.«

Während er auf die Ordner wartete, sortierte er die Papiere in Stapel um: Einbrüche, Diebstähle, Raub, Betrug, Vermisst, Fahndung, Mord.

Die Kindergarteneinbrüche und Taschendiebstähle wanderten auf ihre Posten, zu »Mord« hatte er im Moment nichts beizutragen, aber bei »Vermisst« und »Fahndung«, daran erinnerte er sich, würde er fündig werden.

Frau Meermann trug einen Stapel staubiger Aktenordner ins Zimmer und ließ ihn schwer auf Hagers Tisch fallen. Einige bereits zugeordnete Blätter wehten wieder in den Wust zurück.

Mit einem Papiertaschentuch wischte er den Staub von den Aktendeckeln, beschriftete mit einem dicken Filzstift die Rücken entsprechend ihrer Bestimmung und stellte sie an den Rand des Schreibtisches. Das sah schon ziemlich ordentlich aus, fand er.

Dann widmete er sich wieder den begonnenen Stapeln. Plötzlich stutzte er und ließ seine Augen noch einmal über sämtliche Papiere wandern.

Er sprang auf und rannte in den Flur. »War jemand an meinem Schreibtisch?«, brüllte er. Sofort verstummten sämtliche Geräusche aus den umliegenden Büros. Es schien, als hielten alle Kollegen kurz den Atem an. Nach wenigen Sekunden setzten das Klappern von Tastaturen und leise Gespräche wieder ein. Niemand meldete sich.

Hager ging zurück in sein Büro und heftete den Blick wieder auf den Tisch. Da fehlte was. Er war sicher, dass da zwei Blätter mit Personenfotos gewesen waren. Jetzt lag nur noch eines auf dem Tisch, das von dem Verkäufer, der in Bonn vermisst und inzwischen gefunden worden war. Das zweite war ein Fahndungsfoto gewesen, aber er konnte sich nicht mehr genau erinnern.

Er loggte sich in seinen Computer ein und öffnete die E-Mails. Aha, da war es. Ein Klick ließ das Plakat in voller Größe auf seinem Bildschirm erscheinen. Frieder Hemmesfeld aus Bonn.

Hager runzelte die Stirn. Wieso war das Foto verschwunden? Und vor allem, wer hatte es weggenommen?

Plötzlich wurde ihm klar, dass nur Waldo Gelegenheit dazu gehabt hatte. Er war gestern einige Minuten allein in Hagers Büro gewesen, als er Kaffee gekocht hatte. Aber warum sollte Waldo das Blatt an sich nehmen?

Dann dämmerte es ihm. Der Junge glaubte womöglich, er sei der Gesuchte. Ein Elternmörder. Wie kam er denn bloß auf den Gedanken? Hager selbst hatte nicht ein einziges Mal eine Verbindung zwischen Waldo und dem Gesuchten gezogen. Zumal er Waldo gar nicht ähnlich sah.

Natürlich nicht.

Waldo sah nicht einmal sich selbst ähnlich.

»Mein Gott«, murmelte Hager und sprang auf.

Er schleuste seinen Wagen durch den Feierabendverkehr. In der Oberstadt fand ein Flohmarkt statt, der aufwändige Umleitungen mit sich brachte. Ausgerechnet heute.

Nach endlosen zwanzig Minuten schlitterte sein Wagen auf den Platz vor seinem Haus. Er sprang hinaus, den Schlüssel zur Haustür bereits in der Hand. Dann hielt er inne.

Babette saß, dick eingemummelt in Jacke und Schal, auf einem der Stühle unterhalb des Balkons, eine Tasse in der Hand.

Hager schloss den Wagen ab, trat ruhig zu ihr und setzte sich. »Er ist weg, oder?«

Babette nickte. »Er hat dir eine Nachricht hinterlassen. Irgendwo da drinnen.«

»Wo ist er hin?«

»Keine Ahnung. Ich hab nicht gefragt.«

Hager nickte und stand auf. Mit den kraftlosen Bewegungen eines alten Mannes schob er sich zur Tür und schloss sie auf. Babette folgte ihm.

Im Flur ließ Hager seine Aktenmappe auf den Boden fallen und schlurfte in die Küche. Sofort fiel sein Blick auf den Zettel, der weiß und gnadenlos vom warmen Braun des Tisches hervorstach. Er nahm ihn und faltete ihn auseinander.

Hager, es tut mir leid. Ich habe möglicherweise eine Spur zu meiner Vergangenheit gefunden. Ich fürchte, nichts Gutes. Deshalb suche mich bitte nicht. Ich danke dir für alles. Wenn ich kann, komme ich zurück. Ich werde immer dein Freund sein. Waldo.

Hager ließ den Zettel fallen, setzte sich auf einen Stuhl und stützte die Stirn in beide Hände.

Babette trat hinter ihn und massierte seine Schultern.

»Er kommt zurück«, flüsterte sie und versuchte, Zuversicht in ihre Stimme zu legen. »Er ist ein guter Junge.«

Hager nickte ein paarmal. Dann begannen seine Schultern zu zucken, und Babette merkte, dass er weinte.

* * *

»Ich weiß, wo er hin ist«, sagte Hager zwei Stunden später.

Babette drehte sich schläfrig um und ließ einen fleischigen Arm auf seine Brust fallen.

»Was?«

»Er fährt nach Deutschland, weil er glaubt, dass er der Elternmörder ist, den sie suchen.«

Babette setzte sich auf und strich die wirren Haare zurück. »Und was glaubst du?«

Hager legte sich auf die Seite und sah sie an. »Keine Ahnung. Er passt schon ins Profil. Aber kannst du dir vorstellen, dass Waldo seine Eltern umgebracht hat?«

Babette schwieg eine Zeit lang. »Wie umgebracht?«, fragte sie dann.

»Mit einem Hammer erschlagen. In ihrem Bett.«

»Nein«, antwortete Babette. »Das kann er nicht getan haben.«

Eine Weile lagen sie schweigend nebeneinander. Babette streichelte Hagers leicht behaarte Brust.

»Ich muss ihm folgen«, sagte Hager schließlich, und Babette nickte.

Am nächsten Morgen packte er eine Reisetasche, steckte Waldos Abschiedsbrief und seine Haarbürste in einen Plastikbeutel und fuhr ins Büro. Nachdem er seinem Chef die Situation geschildert hatte, füllte er einen Antrag auf eine Auslandsdienstreise aus, stieg in seinen Wagen und verließ Eupen auf der E40 Richtung Aachen. Nach wenigen Kilometern überquerte er die Grenze nach Deutschland.

24. Kapitel

Waldo war Hager nur unwesentlich voraus. Zwar hatte er am Abend noch einen Bus nach Aachen erwischt, dort aber bis zum frühen Morgen auf eine Weiterverbindung warten müssen. Die Wartezeit hatte er zum Teil auf einer Bank im Bahnhof verschlafen, zum Teil vor dem Spiegel in der Bahnhofstoilette damit verbracht, mithilfe der Schminke seine Narben so weit wie möglich verschwinden zu lassen. Das Ergebnis war zwar nicht berückend, aber immerhin sah er nicht auf den ersten Blick wie ein Monster aus, sondern erst auf den zweiten.

Während der Weiterfahrt nach Köln durchdachte er nochmals den eher vagen Plan, wie er vorgehen wollte. Sein erstes Ziel war Bad Neuenahr-Ahrweiler, wo die Eltern von Frieder Hemmesfeld gestorben waren. Er wollte sich als Freund von Frieder ausgeben und hoffte, im Umfeld der Familie nähere Einzelheiten zu erfahren.

Danach würde er versuchen, sämtliche Hemmesfelds zu finden, auf die er im Internet gestoßen war. Und dann würde er weitersehen.

Die Frage, was er tun sollte, wenn er sich tatsächlich als Frieder Hemmesfeld enttarnte, war noch nicht beantwortet. Sollte er sich der Polizei stellen und für einen Mord büßen, an den er sich nicht einmal erinnerte? Zu Hager könnte er in diesem Fall nicht zurückkehren, denn der würde ihn sofort verhaften. Das hatte er zumindest behauptet, als Waldo ihn einmal gefragt hatte, was er tun würde, sollte Waldo sich als Verbrecher entpuppen. Und Waldo hatte ihm geglaubt.

Er könnte sich unter seinem neuen Namen Waldo Ludd irgendwo niederlassen und einen Neuanfang versuchen. Dieser Gedanke erfüllte ihn allerdings derartig mit Angst, dass er ihn nicht weiterdenken konnte.

In Köln musste er umsteigen in einen Zug Richtung Bonn. Der riesige Bahnhof überforderte ihn, und er brauchte lange, bis er das richtige Gleis gefunden hatte. Die irritierten, teils sogar ängstlichen Blicke der anderen Fahrgäste machten ihm überdies zu schaffen. Er würde sich bald nachschminken müssen. Er zog die Kappe tiefer ins Gesicht.

Der Zug stand schon zur Abfahrt bereit, und Waldo bestieg den nächstbesten Waggon. In Bonn musste er noch einmal den Zug wechseln. Die Ahrtalbahn würde ihn ohne weiteren Halt bis nach Bad Neuenahr bringen. Auf diesem letzten Abschnitt seiner langen Reise betrachtete Waldo die Landschaft und die Orte, durch die er fuhr. Die Bahn führte in weiten Teilen direkt am Rhein entlang und bot im ersten Tageslicht wundervolle Aussichten auf ein gegenüberliegendes Gebirge mit Burgen und Schlössern. Waldo fand die Landschaft sehr schön, konnte sich jedoch nicht erinnern, je hier gewesen zu sein.

Kurz vor halb acht hielt der Zug in Bad Neuenahr, und Waldo stieg aus. Der Bahnhof war klein und mit seinen zwei Gleisen weit weniger beängstigend als Bonn oder Köln.

Es war noch zu früh am Tag, um mit seinen Nachforschungen zu beginnen, also sah sich Waldo nach einem Restaurant um, in dem er frühstücken konnte. Die Bahnhofsgaststätte war noch geschlossen, deshalb ging er bis zur Straße und sah sich um. Zu seiner Linken säumten bis auf zwei Geschäfte nur Wohnhäuser die Straße, rechts sah er allerdings in ein paar hundert Metern große Geschäftshäuser und beleuchtete Ladenlokale. Darauf marschierte er zu und fand schon im ersten Geschäftshaus ein Café im Erdgeschoss. Er setzte sich in die hinterste Ecke, die nicht sonderlich gut beleuchtet war.

Eine junge Frau notierte seine Wünsche. Waldo beobachtete, wie sie hinter der Theke mit ihrer Kollegin tuschelte und dann beide zu ihm herüberstarrten.

Nachschminken, erinnerte er sich, sah sich um und entdeckte die Tür zur Toilette.

Als er frisch aufgehübscht zurückkam, stand sein Frühstück bereits auf dem Tisch. Er ließ sich Zeit und bestellte Kaffee nach.

Als er das Café nach fast einer Stunde wieder verließ, glaubte er, die Blicke der Kellnerinnen in seinem Rücken zu spüren, doch er sah sich nicht um.

Am Bahnhof hatte er eine Telefonzelle gesehen und ging dorthin zurück. Das Telefonbuch war nur halb zerfleddert und zerrissen, und er fand den Namen Hemmesfeld mit einer Adresse am Johannisberg. Richtig, er erinnerte sich, diesen Straßennamen in einem der Zeitungsartikel im Internet gelesen zu haben, die über den Mord berichtet hatten.

Direkt neben der Telefonzelle war eine Tourist-Information in einem Pavillon untergebracht, und im Schaufenster hing ein Stadtplan.

Waldo suchte darauf zuerst den Bahnhof, dann den Johannisberg und fuhr mit dem Finger die Straßen zwischen diesen beiden Punkten ab. Er schätzte die Entfernung auf etwa fünfhundert Meter Luftlinie, die Straßenentfernung war vermutlich das Doppelte.

Also, los!

* * *

Nachdem Louis die Einbrüche gestanden und die Polizisten zu dem Versteck der Beute geführt hatte, unternahmen Kevin und Günther unabhängig voneinander den Versuch, ihm die alleinige Täterschaft in die Schuhe zu schieben, doch das misslang gründlich. Auf den Schmuckstücken und auf der Tüte, in der sie untergebracht waren, wurden Fingerabdrücke von allen dreien gefunden. Schließlich räumten sie ihre Beteiligung ein, bestritten aber ebenso wie Louis, das Ehepaar Hemmesfeld ermordet zu haben.

Niemand glaubte ihnen, zumal Kevin durch seine Mutter, die bei den Hemmesfelds gearbeitet hatte, über Insiderwissen verfügt haben könnte. Sehr unwahrscheinlich, dass er das nicht für einen Einbruch genutzt hätte.

Nach einer ausführlichen Besprechung mit den beteiligten Kriminalbeamten entschloss sich Staatsanwalt Obermann, Anklage wegen Mordes zu erheben. Kevin, Günther und Louis wurden in die JVA Rheinbach überstellt, in der Untersuchungshäftlinge auf ihre Gerichtstermine warteten.

Kraut und Flegel vervollständigten die Akten zur Weitergabe an die Staatsanwaltschaft.

»Das war's also«, stellte Kraut zufrieden fest, als sie den Aktendeckel schloss.

Dani nickte und zündete sich eine Zigarette an.

»Du jubilierst ja gar nicht wie gewöhnlich.« Kraut betrachtete fragend Danis Gesicht. »Irgendwas gefällt dir nicht. Sag's schon.«

Dani zog an der Zigarette und blies den Rauch in Richtung Fenster. »Mir gefällt nicht, dass Frieder Hemmesfeld nach wie vor verschwunden ist. Das kann doch einfach kein Zufall sein.«

»Es sieht aber ganz danach aus«, entgegnete Kraut. »Wer weiß, was wirklich dahintersteckt. Falls er an Heiligabend tatsächlich erfahren hat, dass sein Vater verkauft und er künftig nicht mehr auf Unterstützung hoffen kann, hat er sich womöglich mit einem reichen Liebhaber davongemacht.«

Dani schüttelte nachdenklich den Kopf. »Aber er hätte doch etwas von der Ermordung seiner Eltern mitbekommen müssen. Das hat die finanzielle Lage ja wieder völlig verändert. Meinst du nicht, er wäre schleunigst angetrabt, um sein Erbteil zu übernehmen?«

Kraut fand den Einwand zwar folgerichtig, hielt aber dennoch dagegen. »Vielleicht ist ihm ja tatsächlich etwas zugestoßen, und er konnte sich nicht mehr melden. Stell dir folgendes Szenario vor: Frieder haut mit einem reichen, älteren Sack ab, erfährt dann vom Tod seiner Eltern, packt seine Sachen und wird von dem Sack aus Wut erschlagen. Jetzt liegt er im Keller irgendeiner Protzvilla und verrottet.«

Dani nickte widerstrebend. »Wir werden es wahrscheinlich nie erfahren.«

»Klappe zu, Affe tot«, entschied Kraut und brachte den Aktenordner zur Poststelle.

»Weißt du was?«, sagte sie, als sie wieder ins Büro trat, »wir haben einen wichtigen Fall abgeschlossen und im Moment nichts Dringendes auf dem Tisch. Wir sollten heute mal früh Feierabend machen und das feiern. Zum Beispiel mit einem Besuch in den Ahrthermen. Schwimmen, Sauna, Massage, Fitness – klingt das gut oder klingt das gut?«

»Das klingt sogar hervorragend.« Dani sprang auf und warf Handy und Zigaretten in ihre Handtasche. »Wenn wir sofort loslegen, haben wir noch fast den ganzen Tag.«

In diesem Moment öffnete sich die Tür, und ein älterer Mann in einem abgetragenen Trenchcoat trat ein.

»Was können wir für Sie tun?«, fragte Dani und stellte ihre Handtasche wieder ab.

»Mein Name ist Hager Ludd«, stellte sich der Mann vor. »Ich bin Kriminalhauptkommissar bei der Kripo Eupen in Belgien.«

Dani bot Hager einen Stuhl und einen Kaffee an. Er nahm beides dankbar an.

»Was führt Sie zu uns, Kollege?«

Ludd öffnete seine Aktenmappe, zog das Fahndungsplakat und eine Haarbürste heraus und legte beides auf den Tisch.

»Sie suchen Frieder Hemmesfeld«, sagte er. »Das ist möglicherweise seine Haarbürste.«

* * *

Zur gleichen Zeit stand Waldo im Schatten hoher Bäume und betrachtete das Haus, in dem vor einigen Wochen zwei Menschen ermordet worden waren. Es handelte sich um eine prachtvolle Villa aus der Gründerzeit, mit hohen Fenstern und vermutlich ebenso hohen Räumen dahinter und einem beeindruckenden Treppenaufgang, der in einer halbrunden Terrasse mündete. Die Haustür war zweiflügelig, weiß mit grauen Verzierungen und mehrteilig in floralen Ornamenten angeordneten Fensterscheiben. Um das Haus herum führte ein mit Schieferplatten gepflasterter Weg in einen Garten, wie Waldo vermutete.

Er beobachtete das Haus zehn Minuten lang, ohne eine Spur von Leben darin zu entdecken. Jetzt fragte er sich allmählich, was er sich von diesem Besuch erhofft hatte. Die Hausbewohner waren tot. Wen hatte er eigentlich hier erwartet?

Seine Überlegungen hatten zu kurz gegriffen. Er musste einen anderen Ansatzpunkt für seine Ermittlungen finden.

Er wandte sich ab und schlug den Rückweg ein, da sah er aus dem Augenwinkel in einem der Räume im Erdgeschoss ein Licht aufflammen.

Da war doch jemand in diesem Haus.

Schnell zog er sich wieder zwischen die Bäume zurück und

beobachtete eine ältere, grauhaarige Frau, die hinter den erleuchteten Fenstern hin und her ging. Offenbar handelte es sich um die Küche, und sie deckte gerade den Tisch.

Minuten später gesellte sich ein etwas älterer Mann zu ihr und umarmte sie kurz, bevor er sich setzte und damit aus Waldos Blickfeld verschwand.

Als auch die Frau nicht mehr zu sehen war, fasste Waldo sich ein Herz, stieg die Stufen hinauf und klingelte.

Kurz darauf öffnete sich der linke Türflügel, und die Frau blickte ihn fragend an, während sie mit einer Serviette ihre Mundwinkel abtupfte. »Ja, bitte?«

»Ich möchte zu Frieder Hemmesfeld«, sagte Waldo. Seine Stimme klang belegt, und er räusperte sich. »Ich bin ein alter Freund von Frieder.«

»So, ja, das tut mir leid.« Die Frau steckte die Serviette in ihre Schürzentasche. »Frieder ist nicht hier. Er lebt in Bonn, aber da …«, sie stockte kurz, »… aber da ist er auch nicht.«

Waldo machte eine Grimasse, die, wie er hoffte, fragend wirkte. »Was soll das bedeuten? Wo ist Frieder denn?«

»Tja, vielleicht kommen Sie erst einmal herein. Wir frühstücken gerade.« Katharina Silbernagel trat zwei Schritte zurück, um Waldo hereinzulassen.

»Entschuldigung. Ich wollte nicht stören.«

»Kein Problem. Kommen Sie nur.«

Waldo stellte seine Tasche in der Eingangshalle ab und hängte seine Jacke an die Garderobe.

»Wollen Sie nicht auch die Kappe absetzen?«

»Nein, lieber nicht. Danke.«

Er folgte Katharina in die Küche. Der Mann sah ihnen neugierig entgegen.

»Johannes, wir haben Besuch«, sagte Katharina. »Das ist mein Mann Johannes«, erklärte sie zu Waldo gewandt und wurde ein bisschen rot, weil Johannes nicht offiziell ihr Mann war. Aber das musste der Besucher ja nicht wissen.

»Mein Name ist Katharina. Und wer sind Sie? Bitte, setzen Sie sich doch.«

Sie nahm Tasse, Teller und Besteck aus dem Küchenschrank und versorgte Waldo, ohne zu fragen, mit Kaffee und Rührei mit Schinken.

Waldo setzte sich. »Mein Name ist Waldo Ludd. Ich hab früher mit Frieder zusammen die Schule besucht.«

»Ach, das Are? Ich kann mich gar nicht an Ihren Namen erinnern. Na ja, war vielleicht vor meiner Zeit.«

»Vor Ihrer Zeit? Was meinen Sie damit?«

Katharina hob den Blick und betrachtete ihren Besucher zum ersten Mal richtig. »Mein Gott, was ist denn mit Ihnen passiert?« Kurzerhand stand sie auf und zog Waldo die Kappe vom Kopf. »Das sieht ja schrecklich aus.«

Johannes räusperte sich und klopfte auf Katharinas Stuhl. Schnell setzte sie sich wieder. »Bitte, entschuldigen Sie. So war das nicht gemeint.«

Waldo strich verlegen über sein Haar und wagte kaum, den Blick zu heben. Als er es dann doch tat, sah er nur Neugier und Mitleid in Katharinas Augen, keinen Ekel und keine Angst. Das gab ihm ein wenig Selbstvertrauen zurück.

»Ich hatte einen Unfall«, erklärte er, »und es braucht noch einige Zeit, bis alles wieder in Ordnung kommt.«

»Es tut mir so leid.« Katharina sprang auf und steckte zwei Scheiben Weißbrot in den Toaster. Dann brachte sie Marmelade und Honig auf den Tisch. »Essen Sie ordentlich. Das wird helfen.«

Waldo musste ein Lächeln unterdrücken. Ja. Das würde sicher helfen. Vorausgesetzt, er würde sich den Honig aufs Gesicht schmieren und dann Federn darüberstreuen.

Dennoch griff er zu und aß alles, was Katharina ihm auftischte. Die mütterliche Frau und der schweigsame Mann gefielen ihm.

* * *

»Natürlich hatte ich die Fahndungsmeldung gesehen, aber ich habe nicht eine Sekunde gedacht, Waldo könnte der Gesuchte sein.« Hager griff sich an die Stirn und glättete sein struppiges Haar. »Jetzt frage ich mich, warum nicht?«

»Nun ja«, Dani betrachtete das Fahndungsfoto. »So wie Sie sagen, hat er mit diesem Bild nicht die geringste Ähnlichkeit. Und Sie mögen ihn offensichtlich. Das kann den Blick schon mal trüben.«

Kraut fuhr dazwischen. »Mag ja alles sein. Jetzt geht es aber doch nur um die Frage: Wo ist Waldo?«

Hager schluckte schwer. »Ich gehe davon aus, dass er auf eigene Faust herausfinden will, ob er Frieder ist oder nicht. Je nachdem, was er entdeckt, werde ich ihn wiedersehen oder nicht.«

Kraut lehnte sich zurück. »Glauben Sie, er würde sich stellen, wenn er herausfände, dass er tatsächlich Frieder Hemmesfeld ist?«

Hager dachte nach. »Nein«, sagte er dann. »Ich glaube nicht. Er erinnert sich nicht an die Tat und fühlt sich dementsprechend nicht schuldig. Er kennt auch nicht das Motiv. Nein, ich denke, er würde untertauchen.«

»Was mit so einem Gesicht nicht gerade einfach sein dürfte«, bemerkte Dani.

Hager nickte nur traurig.

»Er kann sich nicht an die Tat erinnern, weil er sie nicht begangen hat«, warf Kraut ein. »Wir haben inzwischen drei

Tatverdächtige verhaftet und die Ermittlungen soeben abgeschlossen.«

»Na, Gott sei Dank!« Hager atmete erleichtert auf. »Ich konnte mir nicht vorstellen, dass Waldo zu so etwas Schrecklichem imstande sein könnte.« Er dachte kurz nach. »Vor allem bedeutet das, er kann sich frei bewegen, selbst wenn er Frieder sein sollte.«

Dani nickte. »Stimmt. Aber solange nur wir das wissen und er nicht, bleibt er quasi auf der Flucht.«

»In drei, vier Stunden werden wir wissen, ob die Haare in der Bürste von Frieder stammen«, sagte Kraut. »Bis dahin sollten wir überlegen, wo er wohl mit seiner Recherche anfangen würde. Sie sagen, er könnte jetzt schon hier sein?«

»Ja. Gestern Abend ist er höchstens bis Aachen gekommen, aber heute Morgen hat er sicher eine Verbindung gefunden.« Hager blickte auf seine Armbanduhr. »Er könnte hier sein oder auch in Bonn.«

Dani tippte nachdenklich mit ihrem Kugelschreiber auf den Tisch, legte ihn aber sofort beiseite, als sie Krauts Blick gewahr wurde. Dann wandte sie sich ihrem Rechner zu und gab, wie Waldo am Tag zuvor, den Namen Hemmesfeld in die Suchmaske ein.

»Das sind vermutlich seine ersten Anlaufstellen«, sagte sie und deutete auf die wenigen Treffer.

* * *

Während des Frühstücks erfuhr Waldo von Katharina alles, was sie über den Mord und Frieders Verbleib wusste. Besonders zu genießen schien sie die Schilderung des Tages, an dem sie die Leichen gefunden hatte. Nur, dass ihr Sohn und seine Kumpane wegen Mordverdachts hinter Gittern saßen, erwähnte sie nicht. Warum auch? Waldo kannte keinen der dreien.

Obwohl Katharina Frieder recht gut gekannt haben musste, schien nichts an Waldo sie an den jungen Hemmesfeld zu erinnern. Waldo schöpfte wieder Hoffnung, dass er vielleicht doch nicht der brutale Elternmörder war. Andererseits stünde er dann wieder vor dem Nichts.

Er verbot es sich, vorschnelle Schlüsse zu ziehen. Noch hatte er nicht alle Möglichkeiten ausgeschöpft. Sein nächstes Ziel war Frieders Schwester Elisabeth. Katharina hatte sie in ihrem Bericht immer nur Lissi genannt, deswegen tat Waldo das auch.

»Können Sie mir sagen, wo Lissi wohnt? Vielleicht hat sie inzwischen von Frieder gehört und kann mir weiterhelfen.«

»Ich weiß nur, dass sie auch in Bonn lebt, aber die Adresse habe ich nicht.« Sie stand auf und zog eine Schublade des Küchenschranks auf. »Aber sie hat ihre Telefonnummer hiergelassen, für den Fall, dass es irgendetwas zu klären gibt. Das hier ist immer noch ihr Haus, wissen Sie?«

Katharina schrieb die Telefonnummer für Waldo ab und reichte ihm den Zettel.

Waldo verabschiedete sich von Katharina und Johannes. »Herzlichen Dank für die freundliche Aufnahme.«

Zu Waldos Überraschung konnte Johannes tatsächlich sprechen. »Sie sind uns jederzeit willkommen.«

»Vielen Dank.«

Katharina umarmte ihn sogar zum Abschied, eine Geste, die Waldo erstaunte und rührte.

Bevor er den Rückweg zum Bahnhof antrat, wandte er sich noch einmal zu dem schönen alten Haus um. Er hatte nicht das Gefühl, schon jemals vorher hier gewesen zu sein.

Eine halbe Stunde später saß er in einem Zug nach Bonn.

Im Bonner Hauptbahnhof kaufte er in einem Kiosk einen

Notizblock und einen Kugelschreiber und steuerte die nächstbeste Telefonzelle an. In der ersten Zelle hatte er diesmal kein Glück. Die Telefonbücher waren sämtlich völlig zerfetzt, doch in der zweiten Zelle fand er ein fast intaktes, suchte die Adressen von Frieder und Lissi heraus und notierte sie.

Auf den Stufen vor dem Bahnhof blieb er erschrocken stehen und starrte auf die gegenüberliegende Seite. Auf der breiten Straße wimmelte es von Menschen, ein Geschäft reihte sich ans andere. Niemals würde er sich in diesem Gedränge zurechtfinden.

Enttäuscht ging er in die Bahnhofshalle zurück und steuerte nochmals den Kiosk an.

Die Verkäuferin sah ihn fragend an.

Er zeigte ihr seinen Notizzettel. »Ich möchte zu dieser Adresse hier, aber ich habe keine Ahnung, wie ich sie finden soll.«

Die junge Frau las die Adresse. »Das ist viel zu weit zu Fuß. Nehmen Sie doch ein Taxi.«

»Ein Taxi?«

»Ja, draußen stehen jede Menge rum.«

»Danke.«

Unsicher trat er wieder hinaus und sah sich um. Tatsächlich, da standen in einer langen Reihe helle Autos mit Taxischildern darauf. Er trat an das erste heran, dessen Fahrer in der offenen Tür stand und rauchte.

»Entschuldigen Sie, bitte. Könnten Sie mich wohl dorthin fahren?« Waldo reichte dem Fahrer den Zettel, der sah ihn kurz an und nickte.

»Klar. Steigen Sie ein.«

»Was wird das kosten?«

Der Fahrer warf ihm einen skeptischen Blick zu, bemerkte die Narben und Dellen in Waldos Gesicht und wandte sich rasch ab.

»So zehn Euro ungefähr.«

Erleichtert atmete Waldo auf. Das war ja wirklich nicht viel. Er öffnete die Beifahrertür und stieg ein.

* * *

»Wenn Waldo wirklich Frieder sein sollte, wie ist er dann bloß nach Eupen gekommen? Und wieso? Und wer hat ihn so zugerichtet?« Dani dachte eher laut nach, als dass sie diese Fragen tatsächlich stellte. Kraut und Hager Ludd schüttelten nur die Köpfe.

Dani hatte im Imbiss gegenüber der Polizeiinspektion belegte Brötchen besorgt. Sobald sie das Ergebnis der DNA-Analyse bekamen, würden sie versuchen, Waldo zu finden, und wer weiß, wie lange das dauerte. Da war es besser, vorher etwas zu essen.

Es klopfte an die Tür, und im gleichen Augenblick wurde sie auch schon geöffnet. Hager sah einen großen, gut aussehenden Mann mit einer Gesichtsfarbe wie angeschimmelter Käse.

»Herr Odenkirchen!« Dani stand auf und trat auf ihn zu. »Kommen Sie doch rein. Geht es Ihnen nicht gut?«

Odenkirchen stolperte ins Büro, und Dani bugsierte ihn rasch auf ihren Schreibtischstuhl. Kraut goss bereits ein Glas Wasser ein und reichte es ihm. Er trank einen Schluck und wischte sich die feuchte Stirn.

»Danke. Es geht schon wieder.«

»Was ist denn passiert, das Sie so umgehauen hat?«

Odenkirchen griff in die Innentasche seines Jacketts und zog einen Briefumschlag hervor.

»Das habe ich heute Morgen in meinem Schrank gefunden«, sagte er und schüttelte den Inhalt des Umschlags auf den Schreibtisch. Dani erkannte die Stücke auf den ersten Blick: das Smaragdcollier, die Ohrringe und das dazu passende Armband von Margret Hemmesfeld.

Alle vier starrten den wertvollen Schmuck in sprachlosem Staunen an. Dann sagte Odenkirchen mit heiserer Stimme: »Ich schwöre bei Gott, ich habe nichts mit dem Mord zu tun.«

25. Kapitel

Waldo betrachtete die zahlreichen Fenster des Mehrparteienhauses. In einer dieser Wohnungen lebte Elisabeth Hemmesfeld. Plötzlich fürchtete er sich vor der Begegnung mit Frieders Schwester. Sie würde die Geschichte vom alten Freund ihres Bruders vermutlich sofort als Lüge entlarven. Falls er überhaupt dazu kam, sie zu erzählen. Falls sie nicht sofort bei seinem Anblick zu schreien anfing und die Polizei rief.

Bei der Vorstellung wurde ihm ganz heiß.

Aber wo sollte er sonst ansetzen, wenn nicht bei Lissi?

Unschlüssig trat er zur Haustür und studierte die Klingelschilder. Freimann, Schröder, Kapsteck, Hundshammer. Kein Hemmesfeld. Eine Klingel war unbeschriftet.

Er zog sein Notizbuch aus der Tasche und überprüfte die Adresse. Kein Zweifel. Das war das richtige Haus.

Und nun? Er blickte sich um. Schon wieder musste er feststellen, dass er viel zu unbedacht gehandelt hatte. Da stand er irgendwo in einer fremden Stadt, in der er keine Menschenseele kannte, und weit und breit war kein Taxi zu sehen. Ein Telefon, um eines zu bestellen, besaß er nicht. Ganz zu schweigen davon, dass er keine Telefonnummer eines Taxidienstes kannte.

Ich bin der schlechteste Detektiv der Welt, dachte er und wünschte sich, er hätte Hager in seine Pläne eingeweiht, statt einfach kopflos zu flüchten. Hager hätte ihm sicherlich die Chance gegeben, seine Herkunft zu klären, bevor er ihn verhaftet hätte. Und ihm vor allem dabei geholfen.

Er fragte sich, ob sein Verstand immer schon so mangelhaft

funktioniert hatte oder erst seit seiner Ermordung, als sich die Haustür öffnete und eine junge Frau mühsam einen großen Kinderwagen hindurchbugsierte. Schnell trat Waldo hinzu und hielt ihr die Tür auf.

»Vielen Dank. Das ist nett«, sagte sie und sah ihn an. Ihr Lächeln erlosch und machte einem erschrockenen Ausdruck Platz. Rasch schob sie den Wagen auf den Bürgersteig.

»Entschuldigen Sie«, rief Waldo und lief hinter ihr her. »Darf ich Sie etwas fragen?«

Sie blieb stehen und wandte sich um. »Natürlich.«

»Ich suche eine junge Frau, die eigentlich hier im Haus wohnen sollte. Aber der Name steht nicht an der Tür. Elisabeth Hemmesfeld.«

Die junge Mutter nickte. »Ja, die hat hier gewohnt, ist aber vor ein paar Wochen ausgezogen.«

»Oh.« Waldo ließ enttäuscht die Schultern fallen. »Wissen Sie zufällig, wohin?«

»Nein, leider nicht. Aber fragen Sie doch mal den Vermieter. Der hat sicher ihre neue Adresse.«

»Und wo finde ich den?«

Die Frau dachte nach. »Tja, wo er wohnt, weiß ich nicht. Aber ich habe seine Telefonnummer. Die könnte ich Ihnen geben.«

Waldo lächelte. »Das wäre toll. Vielen Dank.«

Sie zog ein Handy aus der Jackentasche und klickte sich durch ihr Adressbuch. »Hier hab ich ihn: Liederberg. Haben Sie was zu schreiben?«

Waldo nickte und zückte Notizbuch und Stift. Die Frau diktierte ihm die Nummer.

»Vielen Dank. Sie haben mir sehr geholfen. Ach, noch eine Frage: Wo bekomme ich so ein Handy?«

Jetzt sah sie ihn an, als stamme er von einem anderen Stern.

»Es gibt Geschäfte in der Stadt, da kann man so was kaufen.«

»Oh. Dann nochmals vielen Dank.«

Sichtlich erleichtert packte sie den Griff des Kinderwagens und schob ihn schnell davon.

Waldo fühlte sich ein wenig besser, bis ihm auffiel, dass er immer noch in einer fremden Stadt stand und weit und breit kein Taxi zu sehen war.

Aufs Geratewohl entschied er sich für eine Richtung und marschierte los. Hinter der nächsten Ecke kam ihm ein älterer Mann entgegen. Waldo sprach ihn an: »Wissen Sie, ob ich hier irgendwo ein Taxi bekommen kann?«

Der Alte legte die Stirn in Falten und nickte schließlich. »Ja, gehen Sie diese Straße bis zur nächsten Kreuzung und dann rechts. Da ist eine Straßenbahnhaltestelle, und da warten immer Taxis.«

Waldo bedankte sich. Wieder einen Schritt weiter, dachte er. Ich lerne es schon noch.

* * *

Die Runde hatte sich inzwischen um Lothar Werner erweitert, der ebenso erschüttert wie seine Kollegen auf die Schmuckstücke starrte. Kraut hatte bereits Staatsanwalt Obermann von dem Fund unterrichtet, der die Schuld der drei Einbrecher an dem Doppelmord wieder infrage stellte.

»Sie behaupten also allen Ernstes, Sie wüssten nicht, wie der Schmuck in Ihr Haus gekommen ist?« Lothar Werner sah Odenkirchen über den Rand seiner Brille hinweg streng an.

Der schüttelte den Kopf. »Nein, keine Ahnung. Und wenn ich was mit dem Mord zu tun hätte, würde ich die Beweisstücke wohl kaum selbst zur Polizei tragen.«

»Sie geben also zu, dass es sich um Beweisstücke handelt?« Werners Miene wurde düster.

»Oh, mein Gott«, stöhnte Odenkirchen und schlug die Hände vors Gesicht.

»Chef«, sagte Kraut und schüttelte den Kopf, als Werner sie ansah.

Er richtete sich auf. »Tut mir leid, ich versuche wohl gerade verzweifelt, einen hoffnungslosen Fall zu retten.«

»Wir werden schon noch herausfinden, wie der Schmuck zu Herrn Odenkirchen gelangte«, sagte Dani und klopfte Dieter beruhigend auf die Schulter.

Werner ging zur Tür. »Schaffen Sie die Stücke erst mal zur SpuSi. Vielleicht bringt uns das weiter.«

Kraut nickte und tütete den Schmuck wieder ein.

»Und wir überlegen mal, wer Ihnen die Sachen untergeschoben haben könnte«, sagte Dani zu Dieter und schenkte ihm und Hager Kaffee nach.

»Das alles ist sehr merkwürdig«, stellte Hager fest und sprach damit allen aus der Seele.

* * *

»Können Sie mich zu einem Handygeschäft fahren?«

Der Taxifahrer, ein junger Schwarzer mit einer wilden Haarkrause, sah Waldo belustigt an. »Soll es ein schwarzes oder ein silbernes sein?«

Waldo runzelte die Stirn. »Hm, keine Ahnung.«

Der Taxifahrer lachte. »Mann, das war ein Scherz. Steigen Sie ein.«

Er lachte immer noch, als Waldo sich mit schiefem Grinsen anschnallte, und zeigte dabei zwei Reihen riesiger weißer Zähne, fast schon beängstigend.

Er schleuste seinen Wagen in den Verkehr ein. »Wer hat Ihnen denn so übel mitgespielt?«

Waldo sah ihn überrascht an. »Was?«

»Na ja«, sagte der Schwarze und führte mit dem Zeigefinger eine Kreisbewegung über sein Gesicht aus. »Das da.«

»Oh. Das versuche ich gerade herauszufinden. Aber ich stelle mich ziemlich dumm an.«

»Hab ich gemerkt«, lachte der Fahrer. Obwohl seine Fröhlichkeit Waldo etwas irritierte, war er doch froh, jemanden zu treffen, der beim Anblick seines Gesichts nicht sofort in entsetztes Schweigen verfiel.

Nach wenigen Minuten stoppte der Wagen wieder.

»Da sind wir. Ein Handygeschäft.« Der Fahrer deutete auf einen kleinen Laden, in dessen zwei Schaufenstern lauter Handys auslagen. »Das macht fünf Euro.«

Waldo zupfte einen kleinen Schein aus seinem Portemonnaie und bezahlte. »Ich werde sicher bald wieder ein Taxi brauchen. Wie kann ich Sie erreichen?«

Der Fahrer zeigte auf eine Nummer auf dem Armaturenbrett. »Rufen Sie mit Ihrem neuen Handy diese Nummer an, und schon kommt eins angebraust.«

»Und das sind dann auch Sie?«

»Nein. Irgendeiner, der gerade frei ist.«

»Oh.« Waldo überlegte kurz. »Und wenn ich Sie anrufen möchte?«

Der Fahrer betrachtete ihn amüsiert. »Warum denn das?«

Waldo verzog verlegen das Gesicht. »Ich hab's nicht so mit fremden Menschen. Und wir kennen uns ja jetzt schon.«

Das reizte den Mann schon wieder zum Lachen. Er ist wirklich sehr fröhlich, dachte Waldo.

»Rufen Sie diese Nummer an und fragen Sie nach Fidelis. Dann komme ich, sobald ich frei bin, okay?«

»Super. Danke.« Waldo stieg aus und blickte dem Taxi nach. Fidelis, ein perfekter Name für diesen glücklichen Mann.

Es dauerte eine geschlagene halbe Stunde, bis der Verkäufer Waldo ein Handy mit Prepaid-Karte verkauft und dessen Funktionen erklärt hatte. Und leider war er nicht halb so fröhlich wie Fidelis, sondern recht schnell genervt, obwohl nur wenige Kunden den Laden betraten und sein Kollege locker allein damit fertig wurde.

Erschöpft setzte sich Waldo in ein Café in der Nähe des Ladens, bestellte eine Cola und ein Sandwich und beschäftigte sich mit seiner neuen Errungenschaft. Zur Übung gab er die wenigen Rufnummern ein, die er besaß, und speicherte sie ab. Hager, Babette, Amersbach, Fidelis, Lissi, Liederberg. Ein Anfang immerhin. Jetzt war er ein Mensch, der ein Handy und Telefonnummern hatte.

Als Nächstes, beschloss er, würde er den Vermieter anrufen und Lissis neue Adresse herausfinden. Dann würde er dorthinfahren. Mit Fidelis. Diese Aussicht stimmte ihn auch ein wenig fröhlicher.

Er bestellte einen Kaffee und bezahlte die Rechnung. Aus dem Nummernspeicher suchte er Liederberg heraus und drückte die grüne Taste. Schon beim ersten Klingeln meldete sich eine männliche Stimme. Zuerst etwas stockend, dann immer flüssiger stellte Waldo sich vor und erzählte, er sei ein alter Freund von Lissi und habe festgestellt, sie sei umgezogen.

Überraschend bereitwillig suchte Liederberg Lissis neue Anschrift heraus und gab sie an Waldo weiter. Ihm schien das Schicksal seiner ehemaligen Mieter ziemlich gleichgültig zu sein.

Dann wählte Waldo Fidelis' Nummer.

»Taxizentrale Bonn«, sagte eine Frauenstimme.

Waldo stellte sich wieder vor. »Ich hätte gern ein Taxi mit Fidelis«, sagte er. Die Frau antwortete nicht, und Waldo dachte schon, er hätte bei der Bedienung des Telefons etwas falsch gemacht.

Doch dann fragte sie nach: »Mit Fidelis?«

»Ja, genau.«

»Okay«, sagte die Frau und zog das Wort ungewöhnlich in die Länge. »Und wohin?«

»Zum Handygeschäft in Bonn.«

Schweigen.

»Hallo? Sind Sie noch da?«

»Ja, ich bin noch da. Wo ist denn das Handygeschäft?«

»In Bonn.«

»Das habe ich verstanden. Aber wo in Bonn?«

Oh, anscheinend gab es mehrere Handygeschäfte in Bonn.

»Das weiß ich nicht, aber Fidelis weiß es.«

Wieder folgte eine schweigsame Pause, und er vermutete, dass Handygespräche gelegentlich aus technischen Gründen mit langen Unterbrechungen verbunden waren, und wartete einfach ab.

Tatsächlich meldete sich die Frau wieder. »Alles klar, ich sag Fidelis Bescheid.« Waldo wartete einige Sekunden, um sicherzugehen, dass sie seine Antwort auch mitbekam.

»Danke.« Er legte auf, trank den letzten Rest Kaffee und stellte sich vor das Handygeschäft.

»Zentrale für 301. Zentrale für 301.«

Fidelis schlüpfte auf den Fahrersitz und drückte den Sprechknopf. »301 hier für Zentrale.«

»Ich hatte gerade einen seltsamen Anruf.«

Noch bevor die Frauenstimme weitersprach, grinste Fidelis über das ganze Gesicht.

»Jemand möchte, dass du ihn am Handygeschäft in Bonn abholst. Kannst du was damit anfangen?«

Jetzt lachte Fidelis laut auf. Voll krass, der Junge. »Ja, ich weiß Bescheid. Danke. Ich fahre gleich los.«

»Hör mal, pass auf, ja? Ich glaube, der ist nicht ganz richtig im Kopf.«

»Schon gut. Ich passe auf.«

Er schloss die Fahrertür, fuhr los und schlug laut lachend auf das Lenkrad ein.

Waldo beobachtete, wie das Taxi vorfuhr. Im Schatten der hohen Häuserzeilen sah es zunächst so aus, als säße niemand hinter dem Steuer. Erst, als Fidelis ein breites Lächeln aufsetzte, erkannte man einen Fahrer.

Erleichtert stieg Waldo ein.

»Hallo, Fidelis. Sehen Sie mal, mein Handy.«

»Hey, toll, Mann.« Fidelis sah ihn grinsend an. »Wo soll's diesmal hingehen? Zum Schuhgeschäft?«

Betreten betrachtete Waldo seine Schuhe. »Wieso? Sind die nicht in Ordnung?«

Fidelis fiel vor Lachen fast aus dem Wagen. »Oh, Mann, du bist das Beste, was mir in den letzten Wochen passiert ist.« Er wischte sich ein paar Tränen aus den Augen. »Boah, voll krass, Mann«, stammelte er atemlos. »Wie heißt du eigentlich?«

Waldo konnte sich den Heiterkeitsausbruch nicht erklären, antwortete aber: »Waldo.«

»Okay, Waldo, was ist unser Ziel?«

Waldo gab ihm die Adresse, die er von Liederberg erhalten hatte.

»Das ist in Poppelsdorf«, sagte Fidelis. »Nicht weit weg. Schöne Gegend.« Und schon fuhr er los.

Diesmal kostete die Fahrt sieben Euro.

»Ruf an, wenn du mich wieder brauchst«, sagte Fidelis zum Abschied. »Du weißt ja jetzt, wie's geht.«

Und wieder lachte er lauthals, als er den Wagen in Bewegung setzte. Waldo konnte sich das fröhliche Naturell dieses Mannes nicht erklären, aber er beneidete ihn glühend darum.

* * *

Sie kamen nicht voran. Odenkirchen hatte in der letzten Woche Besuch von zwei Kollegen gehabt, die etwas Berufliches mit ihm besprechen, dabei aber nicht von Arbeitskollegen gesehen werden wollten. Dani fragte erst gar nicht nach, worum es bei diesem Gespräch ging. Eigentlich wollte sie ohnehin nichts mehr hören.

»Die beiden können aber unmöglich etwas mit der Geschichte zu tun haben«, stellte Odenkirchen fest, und Dani stimmte ihm zu.

Hager lauschte dem Gespräch, blieb selbst aber stumm, weil er nichts Erhellendes beizutragen hatte. Kraut grübelte vor sich hin.

Dani stellte sich mit einer Zigarette ans Fenster. »Kraut?«

»Ja?«

»Gehen Sie zurück auf Los. Ziehen Sie nicht zweitausend Mark ein.«

Kraut kniff die Augen zusammen. Was sollte das bedeuten? Dann begriff sie.

Sie schwang in ihrem Drehstuhl herum, legte die Stiefelabsätze auf den Schreibtisch und faltete die Hände vor der Brust. Odenkirchen und Hager folgten dem Schauspiel verwirrt.

»Hör mal, Flegel, wir haben heute einen wichtigen Fall abgeschlossen. Es liegt nichts Dringendes auf unserem Tisch. Was hältst du von einem Tag in den Ahrthermen mit Schwimmen, Sauna, Whirlpool, Massage? Na, klingt das gut?«

Dani grinste.

»Das klingt sogar sehr gut. Lass uns sofort gehen.« Sie warf ihre Zigarette aus dem Fenster.

Odenkirchen blickte fragend von einer zur anderen. Hagers Stirnrunzeln schwand nach ein paar Sekunden. »Ah.

Ich verstehe«, sagte er grinsend. »Darf ich mich anschließen? Ich habe heute auch noch nichts vor.«

Ihr gemeinsames Lachen befreite sie für einen Moment von der Last des Chaos, das sich innerhalb von wenigen Stunden vor ihnen aufgetürmt hatte.

Ein Kollege der Spurensicherung holte sie schneller als erwünscht auf den Boden der Tatsachen zurück.

»Die Haare in der Bürste stimmen mit der DNA von Frieder Hemmesfeld überein«, sagte er und legte mehrere Bögen Papier auf den Tisch.

»Waldo ist Frieder.«

Hager strich schweigend sein Haar zurück und überlegte, welche Schlussfolgerungen daraus zu ziehen waren. Er konnte kaum einen klaren Gedanken fassen. War Waldo nun ein Mörder oder nicht? Oder nur Opfer? Das war er mit Sicherheit, aber aus welchem Grund? Und Opfer von wem?

Ähnliche Gedanken gingen Dani und Kraut durch den Kopf. Die Antwort, auf die sie vier Stunden lang gewartet hatten, half ihnen überhaupt nicht weiter. Klar, Waldo war Frieder. Aber was bedeutete das schon? Nicht viel, und noch weniger, solange er selbst das nicht wusste.

»Okay, Leute.« Kraut stand auf. »Jetzt suchen wir Waldo. Herr Odenkirchen, Sie können gehen. Bleiben Sie aber bitte für uns erreichbar.«

Während Dani Odenkirchen verabschiedete, telefonierte Kraut bereits mit den Kollegen in Bonn und erläuterte die Situation. Die Kollegen erklärten sich bereit, je einen Streifenwagen mit zwei Mann vor den Wohnungen von Frieder und Lissi zu postieren. Über alles Weitere würde man sich per Funk oder Handy verständigen.

Auf dem Weg nach Bonn, Kraut saß am Steuer, sagte Dani: »Er weiß zwar nicht, dass er Frieder ist, aber es könnte ihm bei Lissis Anblick wieder einfallen. Sie standen sich offenbar sehr nahe. Was meinen Sie, Herr Ludd?«

Hager nickte. »Wäre möglich. Einige wenige Erinnerungen hat er in den letzten Wochen ja schon zurückgewonnen. Nichts Bedeutendes. Aber wenn er seine Schwester sieht, könnte das die Blockade lösen.«

Er seufzte. »Ich hab in Wirklichkeit keine Ahnung von solchen Dingen. Ich weiß nicht, was passieren kann.« Plötzlich fiel ihm etwas ein. »Ich könnte Professor Amersbach anrufen, den Arzt, der Waldo behandelt hat. Vielleicht kann der uns weiterhelfen.«

»Gute Idee«, erwiderte Dani. Kraut nickte.

Hager wählte Amersbachs Nummer aus seinem Adressbuch. Siegbert meldete sich.

»Hallo, Siegbert. Hager Ludd hier. Ich muss dringend Ihren Chef sprechen. Danke.«

Er wartete und erklärte Dani und Kraut: »Amersbachs Sekretärin.«

Beide sahen sich stirnrunzelnd an. Aber es blieb keine Zeit für Fragen.

»Hallo, Professor, Hager Ludd hier.« Ludds Gesprächspartner schien etwas zu sagen, doch Hager gab ihm keine Chance.

»Folgende Situation, Professor: Waldo ist ein in Deutschland gesuchter Mordverdächtiger. Er ist gerade dabei, seine Herkunft zu ergründen, und er scheint auf der richtigen Spur zu sein. Wir vermuten, er sucht gerade nach seiner Schwester. Was haben wir zu erwarten?«

Kraut lächelte beifällig. Die knappe, präzise Art des belgischen Kommissars gefiel ihr.

»Seine Eltern«, sagte Hager jetzt und lauschte. »Mit einem Hammer erschlagen«, antwortete er dann auf eine Frage.

Schließlich klappte er sein Handy zu und steckte es in die Brusttasche. »Amersbach sagt, Waldo könnte gefährlich werden, wenn er erkennt, wer er wirklich ist. Die verschütteten Erinnerungen und damit auch die vergrabene Persönlichkeit könnten wieder hervorbrechen. Außerdem könnte ihm wieder einfallen, warum er seine Eltern umgebracht hat. Wir sollen vorsichtig sein.«

Dani griff zum Handy und rief die Bonner Kollegen an. Sie waren bereits an den bekannten Adressen der beiden Hemmesfelds eingetroffen und hielten die Augen auf.

»Der Mann könnte gefährlich werden«, sagte Dani, »also geht kein Risiko ein. Wir sind in zehn Minuten bei Elisabeths Adresse. Dort wird er wahrscheinlich anfangen zu suchen.«

Sie legte auf und sah auf die Uhr. »Er könnte auch jetzt schon bei Lissi sein. Dann sind die Kollegen vor der Tür nutzlos.«

Noch einmal griff sie zum Handy. »Ich rufe Lissi an und peile die Lage.«

Sie wählte und wartete.

»Hallo, Frau Hemmesfeld«, sagte sie aufgeräumt. »Daniela Flegel von der Kripo Ahrweiler. Wie geht's?«

»Hi, Frau Flegel. Alles bestens, und selbst?«

»Alles gut. Ich hoffe, ich störe Sie nicht bei irgendwas Wichtigem.«

Ausnahmsweise schaute Kraut nicht missbilligend wie sonst bei Danis ausschweifenden Telefonaten, sondern bewunderte ihre Fähigkeit, Smalltalk zu machen. Bei ihr selbst hätte das Gespräch etwa so gelautet: »Hey, Lissi, ist Ihr Bruder aufgetaucht? Nein? Dann passen Sie auf. Er ist auf dem Weg und könnte gefährlich werden.«

Tja, nicht sehr produktiv in diesem Fall. Dani dagegen plauderte munter weiter. »Was machen Sie denn gerade?«

»Ich male ein neues Bild. Ich hab demnächst eine Ausstellung in einer Galerie in Köln und muss noch ein bisschen was dafür tun.«

»Also sind Sie zu Hause?«

»Ja, klar. Gibt's was Neues?«

»Nein, ich ruf nur an, um zu hören, ob es Ihnen gut geht. Gibt's bei Ihnen was Neues?«

»Ja, gibt es. Das wissen Sie wahrscheinlich noch nicht. Ich bin ... Oh. Tut mir leid. Ich muss auflegen. Da ruft noch jemand an. Das könnte die Galerie sein. Bis bald. Tschüss.«

Verwirrt sah Dani ihr Handy an.

»Sie hat aufgelegt, weil die Galerie angerufen hat, bei der sie demnächst eine Ausstellung hat. Ansonsten schien sie völlig entspannt. Waldo ist offenbar noch nicht aufgeschlagen.«

Dani telefonierte noch einmal mit den Kollegen vor Lissis Wohnung und teilte ihnen diese Erkenntnis mit.

Zehn Minuten später parkten sie ihren Wagen hinter dem der Bonner Kollegen.

»Nichts passiert bisher«, sagte eine junge Polizistin in Uniform. »Niemand hat das Haus in den letzten zwanzig Minuten betreten oder verlassen.«

»Also warten wir«, sagte Kraut.

Über Funk hielten sie Kontakt zu den Kollegen vor Frieders Wohnung, aber auch da war alles ruhig.

26. Kapitel

Waldo lehnte an der Wand gegenüber von Lissis Wohnungstür und starrte sie seit zwanzig Minuten ununterbrochen an.

Der Mut, der ihn befähigt hatte, die Haustür bei der ersten Gelegenheit, als ein Bewohner das Haus verließ, aufzuhalten und hineinzuschlüpfen, hatte ihn bis zur dritten Etage vollends verlassen.

Jetzt ließ er sich zu Boden sinken und starrte weiter die Tür an. Sie war weiß, doch die Holzmaserung war noch zu erkennen. Waldos Augen tasteten die Jahresringe ab. Wie alt mochte der Baum gewesen sein, der diese Tür geliefert hatte?

Er widerstand der Versuchung, seinen Hinterkopf an die Wand zu schlagen.

Was sollte er sagen?

Würde sie ihn womöglich erkennen? Oder er sie?

Und dann?

Hallo, Lissi, ich bin nicht mehr so hübsch wie früher, aber ich bin dein Bruder.

Und wenn er sie nicht erkannte und sie ihn nicht? Weitergehen zur nächsten Adresse? Er bezweifelte, dass er das konnte. Diese Suche nahm ihn mehr mit, als er je geglaubt hatte.

Er hatte furchtbare Angst, Frieder, der Elternmörder, zu sein. Seine Angst, ohne Identität wieder nach Hause zu fahren, war nicht minder groß.

Lissi war umgezogen, knapp fünf Wochen nach dem Tod ihrer Eltern. Hatte das etwas zu bedeuten? Von Katharina wusste er, dass Hemmesfelds recht wohlhabende Leute gewesen waren und demnach Lissi wohl ordentlich geerbt hatte.

Warum sollte sie also nicht umziehen?

Dennoch mutete es ihn seltsam an. Wenn seine Eltern so plötzlich und grausam gestorben wären, er wäre sicher nicht innerhalb von ein paar Wochen umgezogen. Er hätte Zeit gebraucht, das Geschehen zu verkraften. Vermutete er jedenfalls.

Er schüttelte den Kopf, um Klarheit zu bekommen. Wenn das wahr war, was er glaubte, dann waren seine Eltern grausam ermordet worden, und er würde nicht die Zeit brauchen, das als Opfer zu verkraften, sondern als Täter.

Gott, das war alles so verwirrend.

Auf einmal wünschte er sich nichts sehnlicher, als neben Fidelis im Taxi zu sitzen und irgendwohin zu fahren. Irgendwohin.

Er konnte nicht ewig hier an dieser Wand sitzen bleiben. Lissi könnte herauskommen, ihn sehen, schreien, die Polizei rufen, bevor er die Chance hatte, mit ihr zu sprechen.

Er beschloss, Lissi erst einmal anzurufen und sie nicht gleich mit seiner Monsterfratze zu überfallen. So könnte er die Geschichte mit dem alten Freund anbringen, vielleicht diesmal erweitert um einen mehrjährigen Auslandsaufenthalt, und einfach mal abwarten, wie sie reagierte. Da ihm nichts Besseres einfiel, schien das immerhin ein Anfang.

Er sammelte sich, griff zum Handy und wählte Lissis Nummer.

Obwohl er trotz der geringen Entfernung zu Lissis Wohnung kein Klingeln hörte, meldete sie sich: »Hi, Lissi hier.«

Waldo atmete dreimal tief durch. »Hallo, Lissi.«

Er wollte die handytechnische Pause verstreichen lassen, bevor er mit seiner weitschweifigen Erklärung fortfuhr.

Gerade setzte er dazu an, da sagte sie: »Frieder? Bist du das?«

Frieder? Hatte sie seine Stimme erkannt? Oh, Mann, was sollte er jetzt sagen? Aber Lissi sprach bereits weiter. »Frieder?

Das ist unmöglich. Du kannst es nicht sein. Du bist doch …«

Wie erstarrt presste Waldo das Handy an sein Ohr. Was sollte er nur sagen? Endlose Sekunden verstrichen. Hatte sie ihn wirklich erkannt? Lissi atmete heftig ins Telefon. »Frieder, bist du noch da?«, flüsterte sie endlich.

Er nickte und wusste im selben Augenblick, dass er damit seine wirkliche Identität anerkannt hatte. Er war Frieder Hemmesfeld, der Elternmörder.

Er erinnerte sich an die Zeitungsartikel und stellte sich vor, wie er am Bett der Eltern gestanden hatte, mit dem Hammer immer wieder zuschlug, das Blut, es musste viel Blut gewesen sein. Warum hatte er das nur getan? Welches Scheusal brachte so etwas fertig?

Und dann war ihm etwas ähnlich Grauenhaftes widerfahren. Was war da nur passiert?

Zumindest sah er jetzt so aus wie das Monster, das er tatsächlich war.

Erst, als er Lissis Stimme hörte, bemerkte er, dass er immer noch das Handy ans Ohr hielt.

»Frieder? Wo bist du?«

Sekundenlang erwog er, das Haus wieder zu verlassen und zu fliehen. Doch er entschied sich anders.

»Mach die Tür auf, Lissi«, sagte er mit heiserer Stimme und stand auf.

Wenige Sekunden später hörte er, wie ein Schlüssel im Schloss gedreht wurde. Dann öffnete sich die Tür langsam. Lissi, das Handy immer noch ans Ohr gepresst, starrte ihn an. Ihr Mund öffnete sich zu einem Schrei. Sie schlug die Hände davor und ließ dabei das Telefon fallen, das in mehreren Einzelteilen auf den Flurfliesen zerschellte.

Waldo steckte sein Handy ein und trat auf sie zu.

»Hallo, Lissi«, sagte er. »Schön, dich wiederzusehen.«

* * *

Die Zeit verstrich, und nichts passierte. Dani, Kraut, Hager und die Bonner Kollegen beobachteten gelangweilt das Haus, in dem sich kaum etwas bewegte. Hin und wieder fragte Dani per Funk bei den Kollegen vor Frieders Wohnung nach, aber auch da war alles ruhig.

Schließlich ergriff Kraut die Initiative. »Wir sollten hineingehen und mit Lissi auf Frieder warten. Früher oder später kommt er hierher, da bin ich sicher.«

Dani nickte. »Okay. Dann können wir sie schon mal von den neuesten Erkenntnissen unterrichten.«

Die beiden Bonner Polizisten sollten weiter vor dem Haus bleiben und sofort anrufen, wenn Frieder auftauchte.

Dani, Kraut und Hager gingen zur Haustür. Dani suchte nach Lissis Klingel.

»Hm, ich kann ihren Namen nicht finden«, stellte sie schließlich verwirrt fest. Kraut sah die Klingelleiste durch. »Ich auch nicht. Das Schild ist leer.«

»Verdammte Scheiße«, fluchte Dani. »Sie ist umgezogen. Das wollte sie mir wahrscheinlich eben erzählen, als die Galerie angerufen hat.«

»Klingel bei den Nachbarn«, sagte Kraut und rannte zum Streifenwagen zurück. Die Kollegen blickten ihr neugierig entgegen. »Lassen Sie in der Dienststelle die aktuelle Adresse von Elisabeth Hemmesfeld feststellen. Sie wohnt nicht mehr hier.«

Wenige Minuten später hatte Dani von Nachbarn erfahren, dass Elisabeth vor etwa drei Wochen ausgezogen war.

Kraut hielt bereits die aktuelle Adresse in Händen, als sie und Hager zum Wagen zurückliefen. Diesmal schalteten sie Blaulicht und Martinshorn an, während sie den ortskundigen Kollegen durch die belebte Stadt folgten.

»Ich rufe sie noch mal an«, entschied Dani und drückte auf die Wahlwiederholungstaste.

»Die gewünschte Rufnummer ist derzeit nicht erreichbar. Bitte versuchen Sie es später noch einmal.«

»Sie geht nicht 'ran", sagte Dani und legte auf.

»Und jetzt?«

»Jetzt gehen wir direkt zu ihr«, entschied Kraut und bremste den Wagen heftig ab, um nicht auf den Streifenwagen der Bonner aufzufahren, die vor einem Apartmenthaus in Poppelsdorf anhielten.

* * *

Mit weit aufgerissenen Augen, die Hände vor den Mund geschlagen, stolperte Lissi rückwärts. Waldo folgte ihr und schloss die Wohnungstür hinter sich.

Bei ihrem Anblick schossen tausend Bilder gleichzeitig durch seinen Kopf. Lissi und er und Susi, der kleine weiße Hund. Er am ersten Schultag. Lissi hinter dem Fenster des Wohnzimmers, wie sie ihn grinsend anstarrte. Ihr Vater, der die Hand zum Schlag erhob. Ein Weihnachtsbaum. Mutter, die weint. Die Fülle der Erinnerungen brachte ihn fast zu Fall. Er stützte sich am Türrahmen ab und versuchte durchzuatmen.

Noch wusste er nicht viel mehr, als dass sie seine Schwester war, aber das reichte einstweilen. Gemeinsam würden sie das grausige Knäuel aus Mord, Totschlag und Verschwinden schon aufdröseln.

»Lissi«, sagte er heiser und streckte die Hände nach ihr aus. Sie schrie auf, drehte sich um und rannte ins Wohnzimmer.

Als er den Raum betrat, hatte sie hinter einer großen, hellen Ledercouch Zuflucht gesucht und streckte abwehrend die Arme von sich.

»Bleib mir ja vom Leib. Komm nicht näher!«, schrie sie. Verwirrt blieb er stehen.

»Lissi, ich bin's, dein Bruder.«

»Nein!« Ihre Stimme schnappte über. »Du kannst es nicht sein. Du bist tot! Du bist tot!«

»Lissi, ich bin nicht tot. Ich lebe. Siehst du das nicht? Du hast doch meine Stimme erkannt!«

Lissi lugte über die Couchlehne. »Aber jetzt erkenne ich dich nicht. Du bist nicht Frieder.«

»Doch, ich bin es. Aber mir ist etwas Schreckliches passiert, und deshalb sehe ich jetzt so aus.«

Er trat ein paar Schritte näher. »Bitte, komm heraus. Du musst keine Angst vor mir haben.«

Langsam erhob Lissi sich.

»Setz dich in den Sessel«, sagte sie, und er gehorchte. Sie umrundete die Couch und setzte sich ihm gegenüber, den Tisch als Barriere zwischen ihnen.

Forschend betrachtete sie sein Gesicht und suchte nach Ähnlichkeiten mit Frieder. Tatsächlich, das waren Frieders Augen. Viel mehr war von seinem Gesicht nicht übrig geblieben.

»Was ist mit dir passiert?«

Waldo zuckte mit den Schultern. »Genau weiß ich es nicht. Jemand hat mich offenbar erschlagen und im Wald vergraben. Ich war aber noch nicht ganz tot. Ein Spaziergänger hat mich gefunden.«

Lissi runzelte die Stirn. »Und du erinnerst dich nicht daran, wer das war?«

»Nein, ich erinnere mich an gar nichts. Ich habe alles vergessen, mein ganzes Leben.«

»Aber eben, da hast du mich doch erkannt?«

Waldo nickte. »Ja, in dem Moment, als ich dich sah, wusste ich, wer du bist.« Er knetete seine Hände. »Lissi, ist es wahr, dass ich unsere Eltern ermordet habe?« Sein fragender Blick war voller Angst.

Zu seinem Entsetzen nickte Lissi. »Ja, du hast sie erschlagen und bist dann verschwunden. Die Polizei sucht nach dir.«

Er legte eine Hand über seine Augen. Also doch, er hatte es tatsächlich getan.

»Aber warum, Lissi? Warum habe ich das getan?«

»Ich weiß es nicht«, antwortete sie und betrachtete forschend sein zerstörtes Gesicht. Je länger sie es ansah, desto mehr erkannte sie Frieder darin.

»Du warst immer schon merkwürdig, Frieder. Das hast du wahrscheinlich auch vergessen.«

Sie atmete tief durch. »In unserer Kindheit musste ich dir oft aus der Patsche helfen. Du hast viele schlimme Dinge angestellt. In den letzten Jahren dachte ich, es sei besser geworden, aber dann ...« Sie brach ab.

»Dann habe ich unsere Eltern erschlagen«, setzte Waldo den Satz fort. Tränen stiegen in seine Augen. Er schlug die Hände vors Gesicht und schluchzte. »Und so grausam ... Wie konnte ich das nur tun, Lissi?«

Lissi stand auf und trat vorsichtig näher. Er hob den Kopf und sah sie flehend an. »Kannst du mir jemals verzeihen, Lissi?«

Sie setzte sich auf die Armlehne seines Sessels und strich sanft über sein Haar. »Das habe ich längst, Frieder. In den letzten Wochen war ich nur in Sorge um dich. Zuletzt habe ich angenommen, du wärest tot. Du warst zwei Monate verschwunden. Ich habe nicht mehr geglaubt, dich lebend wiederzusehen.«

Waldo ließ seinen Kopf auf Lissis Oberschenkel sinken und weinte. Lissis sanftes Streicheln beruhigte ihn allmählich.

»Wo warst du eigentlich die ganze Zeit?«

Waldo richtete sich wieder auf. Stockend umriss er seine Erlebnisse der vergangenen zwei Monate und wie er auf die Spur seiner wahren Identität gekommen war.

»Ich muss mich der Polizei stellen«, schloss er.

»Bist du verrückt?« Lissi sprang auf. »Du erinnerst dich doch nicht einmal an das, was du getan hast. Willst du dafür dein Leben im Gefängnis verbringen?«

Waldo schüttelte den Kopf. »Ich werde mich erinnern, Lissi. Ich habe mich an dich erinnert und an einige andere Dinge aus meiner Vergangenheit. Ich werde mich auch an den Mord erinnern, und damit könnte ich sowieso nicht mehr glücklich und in Frieden leben.«

Lissi kniete sich vor ihn auf den Boden und griff nach seinen Händen. »Tu das nicht«, bat sie eindringlich. »Wir haben jetzt Geld. Du kannst dich absetzen. Wir besorgen dir falsche Papiere, und dann tauchst du unter.«

Wieder schüttelte Waldo den Kopf. »Mit dem Gesicht? Sie würden mich sehr schnell finden, egal, wo ich hingehe. Ich sehe aus wie ein Monster, Lissi. Nein«, er löste seine Hände aus ihrem Griff und stand auf, »ich muss mich stellen. So will ich nicht weiterleben.«

Auch Lissi erhob sich und starrte ihn aus zusammengekniffenen Augen an. »Sie werden dich nicht ins Gefängnis stecken, sondern in die Klapsmühle«, sagte sie in eisigem Ton.

Waldo blickte sie überrascht an.

»Du bist völlig durchgeknallt, Frieder. Du bist nicht ganz richtig im Kopf, weißt du?« Sie trat einen Schritt zurück. »Deshalb hast du auch unsere Eltern umgebracht. Du bist irre.«

Waldo zuckte zusammen. Was war plötzlich mit Lissi los? Woher kam diese plötzliche Grausamkeit?

»Aber, Lissi, wenn das stimmt, bin ich doch im Grunde

unschuldig. Vielleicht kann ich geheilt werden. Und dann könnten wir beide …«

»Wir beide könnten gar nichts«, unterbrach Lissi ihn kalt. »Ich kann dich nicht mehr gebrauchen in meinem Leben. Du warst mir lange genug ein Klotz am Bein.«

Waldo legte die Hände an die Schläfen und versuchte zu verstehen, was da gerade passierte. Eben war sie noch so lieb gewesen, so mitfühlend, und jetzt …

Neue Bilder drängten sich in sein Bewusstsein. Susi, an einen Baum gefesselt. Er hatte sie in den Garten getragen und versucht, sie wiederzubeleben. Da war sie schon längst halb verwest. Lissi hatte ihm aus dem Wohnzimmerfenster zugesehen und gegrinst. Und dann standen die Eltern neben ihr, und sie weinte plötzlich.

»Ich verstehe das alles nicht«, flüsterte er. »Wenn ich das tatsächlich getan habe, wer hat dann mich erschlagen?«

Plötzlich fielen ihm ihre anfänglichen Worte wieder ein. *Du bist tot.*

»Du dachtest, ich wäre tot? Wieso?«

Lissi schürzte die Lippen. »Du warst seit Wochen verschwunden. Da liegt es nahe, anzunehmen, dass du tot bist.«

Waldo schüttelte den Kopf. Irgendetwas stimmte da nicht.

»Aber du hast nicht gesagt, du dachtest, ich sei tot. Du warst davon überzeugt.« Er ließ ihre Worte noch einmal nachhallen. Langsam wie Salzsäure tropften sie in sein Gehirn. Du kannst es nicht sein. Du bist tot. Du bist tot.

»Das ist Quatsch.« Lissi wurde wütend. »Ich war schockiert, das ist alles.« Sie stand auf. »Du solltest jetzt besser auf der Stelle verschwinden.« Sie trat um den Tisch herum auf ihn zu. »Hau ab, du Idiot«, sagte sie barsch.

Erschüttert stand Waldo auf. Lissis Gesicht war vor Wut verzerrt. Das brachte neue Bilder in ihm zum Vorschein.

Lissi, die ihm unter Tränen den Mord an den Eltern schilderte. Lissi mit einer Axt in der Hand.

Waldo schüttelte den Kopf, um einer drohenden Ohnmacht entgegenzuwirken. Das konnte doch alles nicht wahr sein.

Die toten Eltern, der verschwundene Bruder, die Erbschaft, der Umzug. *Du bist tot. Du bist tot.*

Wie versteinert starrte er sie an. »Du warst es, nicht wahr?«, brachte er mühsam hervor. »Du hast erst unsere Eltern ermordet und dann mich – beinahe jedenfalls.« Mit jeder verstreichenden Sekunde kämpfte sich die Erinnerung empor.

»Lissi, um Gottes willen. Warum?«

Lissi trat auf ihn zu. »Du bist völlig durchgeknallt. Verschwinde jetzt, sonst rufe ich die Polizei.«

Da Waldo einfach stehen blieb und sie gequält anstarrte, stieß sie ihn mit beiden Händen heftig gegen die Brust. Er taumelte rückwärts, fiel über die Lehne des Sessels und schlug hart mit dem Kopf auf dem Boden auf.

Er konnte nicht fassen, was da geschah. Seine Gedanken wirbelten durcheinander wie im Sturm. Dann verlor er das Bewusstsein.

Lissi trat vorsichtig näher. Das Monster lag zusammengesackt mitten im Wohnzimmer. Sie betrachtete sein Gesicht: eine Fratze aus Narben und Dellen. Grauenhaft.

Aber sie hatte ihm ja auch ordentlich zugesetzt mit der Axt. Ein Wunder, dass er das überlebt hatte. War doch erstaunlich widerstandsfähig, der kleine Idiot. War er immer schon gewesen. Was hatte sie ihm in ihrer Kindheit nicht alles in die Schuhe geschoben. Und der kleine Depp hatte immer nur mit großen blauen Augen darauf gehofft, dass jeder an seine Unschuld glaubte.

Tja, hatte nicht geklappt.

Damals nicht und heute auch nicht.

Sie ging in die Küche und suchte in dem Messerblock nach dem großen Fleischerbeil.

Diesmal würde sie ihm nicht die Chance lassen, wieder alles zu verderben. Diesmal nicht.

Sie schloss die Haustür zweimal ab und ging langsam ins Wohnzimmer zurück.

* * *

Sie stürmten die Treppe hinauf, Hager voran, immer zwei Stufen auf einmal nehmend. Eine plötzliche Angst um Waldo trieb ihn an. Er musste unbedingt verhindern, dass der Junge noch etwas Schreckliches tat. Dani und Kraut konnten ihm kaum folgen.

Auf dem Flur in der obersten Etage lagen die Einzelteile eines Handys verstreut. Hager wartete nicht darauf, dass die beiden Polizistinnen ihn erreichten, sondern trat mit einem heftigen Tritt die Wohnungstür ein und rannte sofort weiter. Noch im Laufen zog er seine Waffe, die er seit rund zwanzig Jahren nicht mehr gehalten, sondern nur noch geölt hatte, und sicherte sich nach rechts und links ab. In der Wohnzimmertür blieb er abrupt stehen. Dani und Kraut waren inzwischen direkt hinter ihm, und auf der Treppe waren die schnellen Schritte der Kollegen zu hören.

»Es ist vorbei, Lissi«, sagte Hager. »Lassen Sie das Messer fallen.«

Lissi starrte entsetzt zur Tür. Wo kam dieser Mann plötzlich her? Mit einer Waffe?

Sie durfte, sie konnte jetzt nicht aufgeben. Alles wäre verloren. Das Geld. Ihre Karriere.

Sie hob das Fleischerbeil und holte aus. Da traf sie ein Schuss.

* * *

Hager kniete am Boden und hielt Waldos Kopf in seinem Schoß. »Wird alles wieder gut, Junge«, flüsterte er. »Wir kriegen das wieder hin.«

Waldo nickte, aber aus seinen Augen liefen unaufhörlich Tränen seine zerstörten Wangen hinab.

Der erste Krankenwagen hatte Lissi aufgenommen, die aus einer Schusswunde in der Schulter stark blutete. Jetzt warteten sie auf den zweiten, der Waldo mitnehmen würde.

Dani und Kraut lehnten im Türrahmen und beobachteten die Szene.

»Ich hätte jetzt gern einen Kaffee«, flüsterte Dani.

»Geht nicht. Tatort«, erwiderte Kraut.

Dani nickte. »Whiskey?«

Kraut schüttelte den Kopf. »Mm mm.«

Als die Sanitäter durch die Tür traten, machten sie Platz und sahen zu, wie die beiden kräftigen jungen Männer Waldo auf eine Trage verfrachteten und die Treppe hinuntertrugen.

Ludd erhob sich mühsam. Er sah zehn Jahre älter aus als am Morgen.

»Möchten Sie ihm ins Krankenhaus folgen?« Dani legte einen Arm um die Schulter des Kollegen. »Wir bringen Sie hin.«

* * *

Waldo war völlig apathisch. Er reagierte weder auf die Ansprache des Arztes noch auf Hagers mitfühlende Worte. Er lag nur da, starrte mit trüben Augen an die Decke, und kein Muskel regte sich in seinem Gesicht.

»Er steht unter Schock«, diagnostizierte der Arzt.

Nein, so was, dachte Dani. Überraschung!

Sie trat auf Hager zu. »Herr Ludd, wir bringen Sie zu einem Hotel in der Nähe, und dann können Sie sich morgen wieder um Waldo kümmern, okay?«

Hager streichelte Waldos Wange und schüttelte den Kopf. »Nein, ich bleibe hier. Ich kann den Jungen doch jetzt nicht allein lassen.«

Dani nickte. »Okay. Wir sprechen uns morgen.«

Sie bat den Arzt, eine Liege neben Waldos Bett aufzustellen, damit Hager nicht die ganze Nacht sitzen musste. Der Arzt versprach es.

Lissi lag bereits im Operationssaal und wurde gerade narkotisiert.

»Morgen früh um acht wird sie wieder ansprechbar sein«, sagte der Chirurg und legte seinen grünen Kittel an.

Kraut stellte einen Polizisten ab, der zunächst vor dem OP und später vor Lissis Zimmer Wache halten sollte. Für Dani und Kraut gab es hier einstweilen nichts mehr zu tun.

Auf der Heimfahrt lenkte Kraut den Wagen, und Dani telefonierte mit dem Chef. Gerade hatte sie aufgelegt, da klingelte ihr Handy wieder. Sie meldete sich.

»Frau Flegel, mir ist etwas eingefallen.« Dani erkannte Dieter Odenkirchen an der Stimme.

»Vor ein paar Wochen war Lissi bei mir. Wir haben gemeinsam gegessen. Sie war einige Zeit allein im Wohnzimmer, während ich gekocht habe.«

»Vielen Dank, Herr Odenkirchen«, sagte Dani und überschlug ihre Pläne für den nächsten Tag. »Könnten Sie heute noch vorbeikommen und eine Aussage machen? Danke.«

Kraut sah sie erwartungsvoll an.

»Lissi hat wohl den Schmuck bei Dieter Odenkirchen versteckt. Und vermutlich auch die anonyme Mail geschrieben.«

Kraut nickte nur.

In der Inspektion sprachen sie zunächst mit Lothar Werner, der angesichts der Entwicklung wieder Hoffnung schöpfte, doch noch nicht den Dienst quittieren zu müssen. Dann notierten sie in ihrem Büro die Ereignisse des Tages. Odenkirchen kam vorbei, und Dani hielt seine Aussage schriftlich fest.

Endlich war Feierabend. Der morgige Tag würde die eine oder andere Überraschung mit sich bringen. Aber für heute war es eindeutig genug.

»Machst du heute noch irgendwas?«

Kraut betrachtete Dani aus den Augenwinkeln. Sie zeigte den deprimiert-erschöpften Anblick, den Kraut schon von ihr kannte: Immer, wenn ein Fall sich nicht so entwickelte, wie sie erwartet hatte, oder wenn es sehr traurig wurde.

»Nein, ich hab genug. Ich gehe nach Hause.« Sie stand auf und packte ihre Handtasche.

»Ich auch«, sagte Kraut. »Bis morgen.«

Dani winkte und verließ das Büro. Kraut erledigte noch einen Anruf und folgte ihr.

* * *

Hager saß auf seiner Liege und streichelte unaufhörlich Waldos blasse, schmale Hand. Eine Schwester hatte ihm zwischendurch ein Kännchen Kaffee und ein kleines Tellerchen voll Keksen gebracht, und er hatte tatsächlich eine Tasse getrunken und zwei Plätzchen gegessen.

Waldo zeigte nach wie vor keinerlei Reaktion. Wie tot lag er in den weißen Laken. Allein, dass seine Augen gelegentlich zwinkerten, bezeugte, dass er noch lebte.

Allmählich machte Hager sich ernsthafte Sorgen. Der Junge hatte schreckliche Wahrheiten erdulden müssen. Konnte ein Mensch das überhaupt verkraften?

Er versuchte es noch einmal.

»Waldo, mein lieber Junge. Hier ist Hager. Alles wird wieder gut. Glaub mir. Ich bin bei dir. Wir kriegen das wieder hin.«

Aber Waldo rührte sich nicht.

Hager wischte sich die Tränen von den Wangen und griff zum Handy. »Babette, ich bin's. Es ist alles viel schlimmer, als ich dachte.«

Stockend und unter Tränen berichtete er Babette von den Ereignissen des Tages. »Er ist wie tot. Er hört mich nicht. Ich fürchte, er wird das nicht überstehen«, schloss er weinend.

Am anderen Ende der Leitung hörte er, wie Babette ein Schluchzen unterdrückte. »Sag ihm, du bringst ihn nach Hause«, flüsterte sie schließlich mit Tränen in der Stimme. »Und tu es auch. Ich warte auf euch.«

* * *

Aus dem Schatten heraus beobachtete Kraut, wie immer wieder mal zwei oder drei Leute unterschiedlichen Geschlechts das im Biergarten stehende Taxi aufsuchten und es innerhalb von Sekunden so zuqualmten, dass man nicht mehr hineinsehen konnte.

Sie erwog ernsthaft, selbst mit dem Rauchen anzufangen. Irgendwas musste ja dran sein.

Da öffnete sich die Tür des Pubs und ein hübscher junger Mann trat heraus, im Arm eine schwer angeschlagene Frau.

»Okay, Süße, halt durch. Wir sind gleich da.«

Kraut wartete noch eine Weile, bis sie sicher war, dass es sich bei der Frau um Dani und bei dem Mann nicht um Martin handelte. Dann trat sie aus den Schatten heraus.

»Ich übernehme ab hier.« Mit festem Griff fasste sie Danis Hüfte und zog sie beiseite.

»Hey, was soll das?« Der Bursche stieß sie empört gegen die Schulter. »Das ist meine Torte.«

Kraut sah ihn wütend an. Er stutzte und lachte dann. »Ach, du Scheiße, eine Frau. Du bist eine Frau! Ich lach mich tot.«

Er ließ Dani los und stützte sich gegen die Brüstung des Eingangs. »Da wirst du wenig Glück haben. Die hier steht auf Kerle, wenn du weißt, was ich meine!«

Kraut fasste Dani fester und führte sie die Stufen hinab. »Zieh Leine, Bubi.«

Lachend stolperte der Junge ins Lokal zurück.

Kraut führte Dani zu ihrem Wagen. »Was'n los?«, stammelte sie.

Kraut bugsierte sie auf den Beifahrersitz. »Alles in Ordnung, Schätzchen.«

Sie fuhr die paar Meter bis zu Flegels Apartmenthaus und schleppte sie in den Aufzug.

Oben schloss sie mit ihrem Schlüssel auf und ließ Dani geradewegs ins Bett fallen.

27. Kapitel

Hagers Kopf schmerzte höllisch, als er aufwachte und realisierte, dass er sich in einem Krankenhaus befand. Sofort fiel ihm alles wieder ein, und er schlug die Hände vor die Stirn.

Waldo schlief in seinem Bett. Sein Atem ging ruhig.

Leise schlich er hinaus auf den Flur und traf die Schwester. »Wie ist sein Zustand?«

»Unverändert«, antwortete sie mit Blick auf die Patientenakten in ihrem Arm. »Er zeigt keine Reaktion. Möchten Sie einen Kaffee?«

Hager nickte und schlurfte ins Zimmer zurück.

Auf der Liege neben Waldos Bett saß er und beobachtete das zerfurchte Gesicht des jungen Mannes, bis die Schwester ihm einen Kaffee brachte.

Plötzlich wachte Waldo auf. Seine Brust tat einen heftigen Atemzug, und sein Kopf ruckte einmal auf und ab. Dann lag er da, die Augen aufgerissen, den Mund zum Atmen weit geöffnet.

Hager griff nach seiner Hand und drückte sie fest. »Waldo?«

Die blauen Augen flackerten wild umher.

»Waldo, wir gehen nach Hause. Was hältst du davon? Babette wartet schon auf uns.«

Da beruhigte sich Waldos Blick. Er schloss die Augen, nickte, und seine Hand drückte Hagers mit unerwarteter Kraft.

* * *

Dieser verdammte Wecker. Irgendwann würde sie einfach darauf verzichten und zu spät zur Arbeit kommen. Scheiß drauf.

Sie suchte nach dem Handy und drückte jede erreichbare Taste. Irgendwann hörte es auf zu piepen.

Sie schob sich am Kissen hoch, bis ihr Kopf an der Wand lehnte. Oh, Mann, schon wieder so eine Nacht. Sie hasste es.

Ihre Hand fiel neben ihr aufs Bett und tastete nach einem etwaigen Körper. Da war tatsächlich einer. Sie war nicht überrascht.

Wär ja auch zu schön gewesen, wenn sie es mal allein ins Bett geschafft hätte.

Sie zerrte an dem T-Shirt.

»Hey, Brady oder Klaus oder wie auch immer du heißt: Steh auf und geh nach Hause. Sofort!«

»Mein Name ist Kraut«, sagte eine bekannte Stimme, »und ich habe nicht vor, jetzt schon zu gehen.«

Dani schrak hoch und fiel seitlich aus dem Bett.

Im Aufrappeln fand sie den Schalter ihrer Nachttischlampe. Über die Bettkante hinweg starrte sie Kraut an, die lässig und voll angekleidet in ihrem Bett lag.

»Hi«, sagte Kraut und sah zu ihr hinab. »War's für dich genau so schön wie für mich?«

* * *

Ohne Appetit knabberte Waldo an einem Marmeladenbrötchen herum.

»Ich möchte nach Hause«, sagte er und sah Hager bittend an.

Der nickte. »Sobald der Arzt dich noch einmal untersucht hat, machen wir uns auf den Weg.« Er zögerte. »Allerdings müssen wir erst noch mit den Polizistinnen sprechen. Aber da du nicht allzu viel zur Aufklärung beitragen kannst, schätze ich, dass sie uns erst mal gehen lassen. In ein paar Tagen, wenn du dich erholt hast, kommen wir wieder zurück. Eupen ist ja nur eine Stunde entfernt.«

Waldo nickte. »Warum hat sie das getan?«, flüsterte er.

»Sie ist gestört«, antwortete Hager. »Das alles hat weniger mit dir als mit ihr zu tun. Du trägst keine Schuld an dem, was passiert ist.«

»Ich habe sie geliebt.«

»Ja, ich weiß.

Dass Lissi ihn mit dem Fleischerbeil erschlagen wollte, hatte Waldo wegen seiner Ohnmacht nicht mitbekommen, und Hager war froh darum. Das wäre noch ein Ereignis mehr, das er ertragen müsste. Und es war ohnehin schon mehr, als ein Mensch aushalten konnte.

Kurze Zeit später stimmte der Arzt Waldos Entlassung zu. »Es geht Ihnen gut«, sagte er, »aber Sie sollten sich noch ein paar Tage schonen.« Waldo und Hager nickten.

* * *

»Du bist mir also gestern Abend gefolgt?« Dani schwankte zwischen Scham und Wut. »Warum?«

Sie saßen am Küchentisch, jede eine Tasse Kaffee vor sich. Dani rauchte ununterbrochen.

»Ich habe mir Sorgen um dich gemacht. Ehrlich gesagt, schon seit einiger Zeit. Du trinkst zu viel, und ich hatte Angst, du verlierst dann die Kontrolle. Und ich hatte recht.«

Dani schnaubte. »Ich verliere nicht die Kontrolle. Nur weil du dich nicht für Männer interessierst, muss ich doch nicht abstinent leben.«

Allmählich wurde auch Kraut wütend. »Ich darf dich daran erinnern, dass du heute Nacht mit einer Frau im Bett gelandet bist und es nicht einmal bemerkt hast. So was nenne ich Kontrollverlust!«

Dani sprang auf. »Du bist nicht meine Mutter, verdammt noch mal!«

Kraut stand auf und wandte sich zur Tür. »Nein, aber deine Freundin«, sagte sie und ging hinaus.

* * *

Kurz vor dem Ausgang des Krankenhauses zögerte Waldo und blickte noch einmal zurück.

»Alles in Ordnung?«, fragte Hager und blieb ebenfalls stehen. Er ahnte, was in Waldo vorging.

Waldo nickte und ging weiter zur Tür. Hager atmete erleichtert auf. Eine weitere Konfrontation mit Lissi wäre mit Sicherheit nicht gut für den Jungen. Zumindest im Moment nicht. Später vielleicht …

Er schob den Gedanken beiseite. Damit konnte er sich später auseinandersetzen.

Vor dem Krankenhaus setzten sie sich auf eine Bank in der Sonne. Hager zündete sich einen Zigarillo an. Waldo sah ihm zu, wie er genüsslich daran zog und eine dicke Rauchwolke in die kalte Luft blies.

»Gib mir auch einen«, sagte er. Hager runzelte die Stirn. »Du rauchst doch gar nicht.«

»Ab heute schon.«

»Das ist sehr ungesund, weißt du das?«

Waldo sah ihn stumm an, dann zog er spöttisch die halbe Augenbraue in die Höhe. »Ja, genau. Wo ich doch bisher so gesund gelebt habe.«

Wider Willen musste Hager lachen. Der Junge hatte seinen Humor nicht verloren.

»Du hast recht«, grinste er und bot Waldo einen Zigarillo an. Dann telefonierte er mit Kraut.

»Ich werde mit dem Chef sprechen«, sagte sie, »aber ich nehme an, dass nichts dagegen spricht, wenn Sie erst einmal ein paar Tage nach Hause fahren. Eupen ist ja nicht aus der Welt.«

»Wir kommen ohnehin noch einmal nach Ahrweiler. Mein Wagen steht ja noch dort«, antwortete Hager. »Dann können wir Waldos und meine Aussage aufnehmen. Das dürfte das Wichtigste im Moment sein.«

Kraut stimmte ihm zu. »Wenn Sie ein paar Stunden warten, können wir Sie später mitnehmen. Wir werden noch vor Mittag ins Krankenhaus fahren, um Lissi zu vernehmen.«

Hager überlegte einen Moment und lehnte dankend ab. »Wir werden mit dem Zug fahren. Bis später dann.«

Er wiederholte das Gespräch für Waldo.

»Können wir nicht ein Taxi nehmen?«

Hager sah ihn überrascht an. »Sicher, wenn dir das lieber ist. Ich frage mal an der Rezeption nach einer Nummer.«

»Nicht nötig.« Waldo zückte sein Handy. »Hab ich mir gekauft«, sagte er, und ein wenig Kleine-Jungen-Stolz schwang in seiner Stimme.

Er wählte Fidelis' Nummer. Hager beobachtete ihn neugierig.

»Hallo, hier ist Waldo Ludd.« Hager schmunzelte gerührt.

»Ich hätte gern ein Taxi mit Fidelis. Ja, genau.«

Seltsam, heute entstanden keine allzu langen Pausen.

»Zum Krankenhaus in Bonn.«

»Oh, gibt es mehrere? Nein, das weiß Fidelis diesmal nicht.«

Verzweiflung schlich sich in Waldos Gesicht, aber Hager konnte sich den Kontext zusammenreimen. »Uni-Klinik, Innere Medizin, Haus 3«, sagte er, und Waldo gab es weiter.

»Wer ist Fidelis?«, fragte Hager.

Waldos etwas wehmütige Antwort steigerte seine Neugier: »Ein glücklicher Mann.«

Nach dreißig Minuten hielt das Taxi vor der Klinik. Waldo öffnete die Beifahrertür. Hager setzte sich in den Fond.

»Hi, Waldo, altes Haus«, Fidelis grinste ihn an. »Du kommst ja mächtig rum dieser Tage.«

Waldo lächelte. »Hager, das ist Fidelis. Und das ist mein bester Freund Hager.«

Fidelis drehte sich zu Hager um und schenkte ihm ein beeindruckendes Lächeln. »Hi, Kumpel.«

Hager verstand, was Waldo an diesem Mann so gefiel. Er strahlte eine Lebensfreude aus, die man fast mit Händen greifen konnte.

»Und wo soll's heute hingehen? Zum Supermarkt?«

Waldo grinste Fidelis an. »Ich weiß, dass das ein Witz ist, auch wenn ich ihn nicht verstehe«, sagte er.

Fidelis lachte laut. »Waldo, du Licht meines Lebens, ich hab dich echt vermisst.«

Waldo drehte sich lächelnd zu Hager um. »Wohin fahren wir?«

»Nach Ahrweiler zur Polizeiinspektion.«

»Ach, du lieber Himmel«, sagte Fidelis. »Was hast du gelappt?«

Waldo runzelte die Stirn. »Ich verstehe nicht, was das bedeutet«, sagte er dann.

»Ich erklär's dir gleich«, grinste Fidelis. »Das wird aber ein bisschen teurer als gestern.«

Waldo zückte sein Portemonnaie, nahm seine restliche Barschaft heraus, rund dreihundert Euro, und zeigte sie Fidelis. »Reicht das?«

»Allemal.« Fidelis startete den Wagen und fuhr los. »Dann erzähl mal, wie es dir seit gestern ergangen ist.«

Hager erschrak. Gerade eben ging es Waldo deutlich besser, woran offensichtlich dieser fröhliche Schwarze einen großen Anteil hatte. Jetzt, fürchtete er, könnte Waldos Stimmung wieder kippen.

Zu Hagers Überraschung begann Waldo aber tatsächlich zu erzählen, von seiner Suche und seinem Zusammentreffen mit Lissi. Hager war froh, dass er von Lissis erneutem Angriff mit dem Fleischerbeil nichts mehr mitbekommen hatte.

»Wie es aussieht, hat meine Schwester mir das da angetan«, schloss Waldo und führte mit dem Zeigefinger eine Kreisbewegung über seinem Gesicht aus, wie er es am Tag zuvor bei Fidelis gesehen hatte.

Diesmal lachte Fidelis nicht. »Ach, du heilige Scheiße«, sagte er erschüttert und riss die Augen auf. »Das ist heftig, Mann.«

Ein paar Minuten herrschte betroffenes Schweigen. Hager überlegte, wie er eine harmlose Unterhaltung in Gang bringen könnte. »Sind Sie hauptberuflich Taxifahrer?«, fragte er schließlich, und Fidelis antwortete erleichtert.

»Nein, ich studiere Volkswirtschaft hier an der Uni. Mit dem Taxi finanziere ich das Studium.«

»Bleibt Ihnen denn noch genug Zeit für die Vorlesungen?«

Fidelis konnte schon wieder lachen. »Normalerweise schon. Außer, wenn jemand ein Taxi mit Fidelis bestellt. Was in der letzten Zeit überraschend oft vorkommt.«

Er grinste Hager im Rückspiegel an. »Eigentlich hab ich jetzt Vorlesung, aber als die Zentrale Waldos Bestellung durchgab, bin ich sofort losgeflitzt. Das wollte ich mir nicht entgehen lassen.«

Vor der Polizeiinspektion in Ahrweiler stiegen Waldo und Hager aus.

»Ruf mich an, wenn du wieder mal in Bonn bist«, sagte Fidelis.

Waldo nickte. »Ganz bestimmt.«

Fidelis winkte noch einmal und fuhr davon.

Waldo überprüfte seine restlichen Finanzen. »Ich hab ganz schön viel Geld ausgegeben«, stellte er betreten fest.

Hager lächelte. »Wenn ich das richtig verstanden habe, brauchst du dir um Geld wohl vorläufig keine Sorgen zu machen.«

»Meinst du?«

Hager nickte. »Ich bin ziemlich sicher.«

* * *

Kraut nahm Hagers Aussage auf, Dani Waldos. Sie ließ sich im Detail seine Vorgehensweise bei der Suche nach seiner Herkunft schildern.

»Das war alles ganz schön clever«, sagte sie. »Aber Sie haben sich in große Gefahr gebracht.«

»Ich weiß, aber das konnte ich doch nicht ahnen.«

»Eigentlich doch«, sagte Dani. »Bis gestern waren Sie ein potenzieller Doppelmörder, der seinerseits bei einem brutalen Mordversuch fast gestorben wäre. Klingt das ungefährlich für Sie?«

»Oh.« Waldo war betroffen. »Sie haben recht. So habe ich das gar nicht gesehen.«

»Na ja, ist ja noch mal gut gegangen.«

Nach der Vernehmung besprachen sie mit den beiden Männern, wie es weitergehen würde.

Zunächst würde Lissi vernommen. Der Staatsanwalt hatte bereits einen Haftbefehl und Durchsuchungsbefehle für Frieders und Lissis Wohnungen ausgestellt. Die Spurensicherung war schon unterwegs.

Waldo würde sich mit dem Anwalt Claudius Berg zusammensetzen müssen und sein Erbe antreten. Aber das alles hatte ein paar Tage Zeit.

Erleichtert traten Hager und Waldo schließlich die Heimfahrt an.

Kurz hinter der Grenze sagte Hager: »Ruf Babette an und sag ihr, wir sind in einer Viertelstunde da.«

Babette erwartete sie vor der Tür und schloss Waldo in die Arme wie einen verlorenen Sohn.

* * *

Auf der Fahrt nach Bonn sprachen Kraut und Dani den Fall durch, soweit sie ihn bisher durchschauten. Falls Lissi nicht geständig wäre, müssten sie sie mit der richtigen Geschichte konfrontieren, um sie weich zu klopfen. Ihren Zwist vom Morgen ließen sie fürs Erste beiseite. Dazu war jetzt weder die Zeit noch die Gelegenheit.

Lissi wandte den Kopf ab, als sie das Krankenzimmer betraten. Ihre Schulterwunde, so hatte der Arzt versichert, war nicht weiter bedrohlich. Ein glatter Durchschuss. Sie würde sich vollständig erholen und in ein, zwei Tagen transportfähig sein.

Dani und Kraut zogen Stühle ans Bett und setzten sich. Dani schaltete einen kleinen Recorder an und sprach ihren und Krauts Dienstgrad und Namen, Datum und Uhrzeit hinein.

»Erste Vernehmung Elisabeth Hemmesfeld in der Uni-Klinik Bonn. Frau Hemmesfeld, Sie werden des Mordes an Ihren Eltern und des Mordversuchs an Ihrem Bruder verdächtigt, vorbehaltlich weiterer Straftaten. Sie haben das Recht, zu schweigen.« Dani zitierte Lissi ihre Rechte. »Falls Sie sich keinen Anwalt leisten können, wird Ihnen vom Staat einer gestellt.«

»Ich brauche keinen Anwalt«, brach Lissi ihr Schweigen. »Ich habe nichts getan.«

»Die Beschuldigte verzichtet auf einen Anwalt«, diktierte Dani. »Sind Sie bereit, auszusagen?«

»Ich habe nichts zu sagen«, brauste Lissi auf. »Ein Monster brach in meine Wohnung ein, und ich habe mich gewehrt. Das ist alles.«

»Der Mann, den wir gestern in Ihrer Wohnung angetroffen haben, ist Ihr Bruder Frieder. Sie wussten das, denn laut seiner Aussage haben Sie seine Stimme am Telefon erkannt und ihm die Tür geöffnet.«

»Das ist gelogen. Ich kannte ihn nicht, und er hat mich bedroht.«

»Hauptkommissar Hager Ludd, der Ihre Wohnungstür eingetreten hat, sah Sie mit einem Fleischerbeil über Ihrem Bruder stehen und hat Sie nach einer Warnung angeschossen.«

Lissi antwortete nicht und starrte aus dem Fenster.

Kraut setzte zum Sprechen an, und Dani hielt den Recorder in ihre Nähe.

»Jetzt erzähle ich Ihnen mal, wie es gewesen ist. An Heiligabend erfuhren Sie von den Plänen Ihrer Eltern, alles zu verkaufen und aufs Land zu ziehen. Sie sahen Ihre Felle davonschwimmen und kehrten in der Nacht noch einmal zurück, erschlugen Ihre Eltern mit einem Hammer und täuschten einen Einbruch vor. Am nächsten Tag fuhren Sie seelenruhig mit Ihrem Bruder in den Urlaub. Auf der Heimfahrt am Neujahrstag erschlugen Sie ihn ebenfalls, diesmal kreativerweise mit einer Axt, und vergruben ihn im Wald am Eupener Stausee. Wieder zu Hause packten Sie seine Reisetasche in seiner Wohnung aus, um seine Heimkehr vorzutäuschen, packten sie dann mit frischen Kleidern neu, um seine Flucht vorzutäuschen, und warteten ab, was passiert. Sind wir so weit einer Meinung?«

Lissi starrte schweigend aus dem Fenster.

»Als wir nicht schnell genug bereit waren, Frieder als Mörder Ihrer Eltern anzunehmen, verkleideten Sie sich und versetzten ein paar Schmuckstücke Ihrer Mutter. Im Nachhinein stellten wir fest, dass das Phantombild Ihnen weit ähnlicher sieht als Frieder.«

Wieder reagierte Lissi nicht. Dani und Kraut wechselten einen Blick. Und jetzt?

»Nach der Testamentseröffnung«, fuhr Dani fort, »waren Sie so wütend auf Dieter Odenkirchen, dass Sie in seinem Haus ebenfalls etwas von dem gestohlenen Schmuck deponierten, um diesmal ihn in Verdacht zu bringen.«

Lissi kniff die Lippen zusammen, blickte sie aber nicht an.

»Das war übrigens einigermaßen dämlich, denn es hat den Verdacht von Frieder wieder abgelenkt«, setzte Kraut hinzu.

»Es gibt noch einige ungeklärte Fragen«, sagte Dani. »Vor allem: Warum haben Sie Hannjo Schmieding erstochen?« Das war ein Schuss ins Blaue, und er traf.

»Dieses fette Schwein«, schrie Lissi und richtete sich so abrupt auf, dass sie vor Schmerzen das Gesicht verzog.

Krauts Handy klingelte. Sie stand auf und verließ das Zimmer, bevor sie das Gespräch annahm. Es war der Leiter der Spurensicherung. »Ich hörte, dass Sie gerade die Verdächtige vernehmen«, sagte er, »und da könnte es hilfreich sein, zu wissen, dass wir soeben in ihrer aktuellen Wohnung die fehlenden Schmuckstücke von Margret und Herbert Hemmesfeld gefunden haben.« Kraut bedankte sich und ging zurück ins Krankenzimmer.

»Unsere Kollegen haben soeben in Ihrer Wohnung den restlichen Schmuck Ihrer Eltern gefunden. Kein Wunder, dass Sie ihn so detailliert zeichnen konnten. Sie hatten ihn vor sich liegen.«

»Ich schätze, jetzt sollten Sie doch besser Ihren Anwalt anrufen«, schlug Dani vor.

»Ich wollte das alles nicht«, heulte Lissi plötzlich los. »Es ist alles Frieders Schuld.«

Dani und Kraut wechselten einen fragenden Blick. Jetzt wurde es spannend.

»Frieders Schuld? Wieso das?«

Lissi schniefte und wischte sich die Tränen von den Wangen. »Heiligabend auf dem Heimweg erzählte er mir von Vaters Plänen. Ich bin ausgerastet, aber er benahm sich wieder mal wie ein dummes Schaf. Wollte das einfach so hinnehmen. Dabei wären wir beide ruiniert gewesen.«

Sie schluchzte.

»Ich war so wütend. In der Nacht bin ich dann noch mal nach Neuenahr zurück und ... und ... Es ging sehr schnell. Sie haben nicht gelitten, wissen Sie?«

Ihre großen blauen Augen richteten sich um Verständnis heischend auf die Polizistinnen. Dani und Kraut starrten sie sprachlos an.

Lissi wischte ihre Tränen ab.

»Am nächsten Tag fuhren wir mit unseren Freunden in Urlaub. Ich hab Frieder erst mal nichts gesagt, aber als der Urlaub vorbei war, dachte ich, besser, er erfährt es von mir als von der Polizei. Und da hab ich's ihm erzählt.«

Wieder laut schluchzend schlug sie die Hände vors Gesicht. Dani blickte zu Kraut, die nur den Kopf schüttelte.

»Er hat sich total angestellt und gesagt, damit könne er nicht leben und so einen Quatsch. Ich hab Angst gehabt, dass er mich verrät und alles kaputtmacht. Er wollte uns ruinieren! Nur wegen unserer Eltern! Dabei haben die uns immer nur gequält und drangsaliert!«

Ihre Stimme wurde jetzt ruhiger.

»Wir mussten eine Pause machen, weil er sich gar nicht beruhigen konnte. Da hab ich ihm einen Joint gegeben, und er schlief ein, als wir weiterfuhren. Ich hab in einem Baumarkt eine Axt gekauft. Ich hatte ganz vergessen, dass ich den Hammer im Kofferraum liegen hatte.« Sie lachte verlegen, als schäme sie sich im Nachhinein für ihre Vergesslichkeit.

Dani schlug eine Hand vor den Mund.

»Dann bin ich nach Eupen gefahren, hab ihn erschlagen und vergraben.«

Sie holte zitternd Luft.

»Dieser Idiot. Er ist nicht ganz richtig im Kopf, wissen Sie? Als Kind hat er immer versucht, mir alles recht zu machen. Und jetzt auf einmal … Wir hätten ein so schönes Leben haben können, wir beide. Ich hab ihn so sehr geliebt.«

Dani war völlig erschüttert. Nie hatte sie etwas Schlimmeres gehört als dieses kranke Geständnis. Selbst Kraut, sonst stets der unerschütterliche harte Bulle, saß wie versteinert da und betrachtete Lissi, die wieder weinte.

Es dauerte Minuten, bis sie sich fassten.

»Warum Eupen?«

»Ich wollte ihn auf jeden Fall über die Grenze schaffen. Ich dachte, das verzögert die Aufklärung, falls man ihn finden sollte. Ich konnte ja auch kein tiefes Loch graben. War ja alles gefroren.«

»Was ist mit Hannjo Schmieding? Warum haben Sie ihn erstochen?«

Lissi schüttelte genervt den Kopf. »Der blöde Fettsack. Er stand vor der Tür, als ich gerade mit Frieders Reisetasche verschwinden wollte, und wurde misstrauisch. Ich konnte nicht riskieren, dass er sich was zusammenreimte, wenn er von Frieders Verschwinden erfuhr.« Wie zu sich selbst fügte sie hinzu: »Geiles Schwein. Bei der Vorstellung, wie er und Frieder … oh Gott, ich hätte kotzen können.«

Dani dachte daran, dass Schmiedings Leiche schon bei ihrem ersten Besuch mit Lissi in Frieders Wohnung gelegen hatte. Eine solche Kaltblütigkeit war ihr noch nicht begegnet.

»Sie sagten, der Hammer lag in Ihrem Kofferraum. Aber wir haben am Tatort einen Hammer gefunden.«

Lissi lächelte, und Dani glaubte, einen Hauch von Stolz in ihrer Miene zu entdecken.

»Ich hab ihn dorthingelegt, als ich von Eupen zurückkam. Und die Handschuhe auch. Ich hatte sie Frieder übergezogen, bevor ich ihn vergraben hab. Ich dachte, jetzt, wo er tot ist, schiebe ich ihm die Sache in die Schuhe.«

Sie brachte es tatsächlich fertig zu grinsen. Dani lief ein kalter Schauer den Rücken hinab. »Hätte ja auch geklappt, wenn der Blödmann nicht überlebt hätte. Er war immer schon so ein Idiot!«

Auf der Fahrt von Bonn nach Ahrweiler wechselten sie die ersten zehn Minuten kein Wort. Beide hatten Mühe, das Gehörte zu verarbeiten.

Kraut war die Erste, die das Wort ergriff. »Es tut mir leid, dass ich mich in dein Leben eingemischt habe. Es steht mir nicht zu. Entschuldige, bitte.«

Dani schüttelte den Kopf. »Nein, du musst dich nicht entschuldigen. Du hast völlig recht. Wir sind Freunde, und Freunde kümmern sich umeinander.« Sie holte tief Luft. »Und es stimmt auch, dass ich die Kontrolle verloren habe. Und nicht zum ersten Mal.«

Sie legte eine Hand auf Krauts Hand, die den Schaltknüppel umfasste. »Ich werde versuchen, etwas zu ändern. Hilfst du mir?«

Kraut nahm kurz den Blick von der Straße und sah sie an. »Natürlich«, sagte sie einfach.

28. Kapitel

Waldo weinte die ganze Zeit, als Dani und Kraut ihm die Ereignisse schilderten, die seit Heiligabend sein Leben so einschneidend verändert hatten. Hager brach fast das Herz, und er fragte sich, ob Waldo wohl jemals darüber hinwegkommen würde.

In Elisabeths Kellerabteil, das zu der neuen Wohnung gehörte, hatten sie etliche Kartons mit Frieders Hinterlassenschaft gefunden. Sie standen im Besprechungsraum bereit, ebenso wie der Schmuck seiner Eltern, der inzwischen wieder vollständig vorhanden war. Dani hatte sich erboten, die Perlenkette mit Ohrringen und die Löwen-Manschettenknöpfe zu Katharina und Johannes zu bringen, doch Waldo hatte beschlossen, das selbst zu übernehmen.

Claudius Berg hatte eigens für Waldo nochmals eine Testamentsverlesung vorgenommen, und Waldo wusste jetzt, dass er sich um seine finanzielle Zukunft einstweilen nicht sorgen musste.

Dani versorgte die beiden mit einer Kanne Kaffee und ließ sie im Besprechungsraum allein.

»Das sind eine Menge Kisten«, stellte Waldo beim Anblick seiner Besitztümer fest.

»Wir könnten sie einpacken und zu Hause durchsehen«, schlug Hager vor, doch Waldo schüttelte den Kopf.

»Nein, ich schätze, das meiste davon werde ich nicht mitnehmen.«

Er öffnete eine Kiste. Sie war mit Kleidern gefüllt, und er schob sie sofort beiseite. Im zweiten Karton befanden sich Bücher. Waldo begann, sie auszuräumen, als er bemerkte, dass Hager untätig herumstand.

»Nimm dir auch eine Kiste«, forderte er ihn auf. »Du wirst schon wissen, was wichtig für mich ist.« Hager lächelte und schnappte sich einen Karton.

Waldo sah jedes einzelne Buch durch. Er erinnerte sich an Amersbachs Gedächtnisregal. Möglicherweise waren hier seine persönlichen Anmerkungen enthalten.

Hagers Kiste enthielt gerahmte Fotos, Akten und Dokumente, die er als wichtig einstufte und beiseitelegte. Vielleicht würde der Junge sie nicht so bald sehen wollen, aber irgendwann mit Sicherheit.

Er sah etwas Schwarz-gelbes unter den Papieren und zog es heraus. Waldo hatte sich an ein schwarz-gelbes Heft erinnert. Das musste es sein. Doch es war kein Heft, sondern ein Buch. *Abendrot* lautete der Titel. *Krimigeschichten aus der Eifel* stand darunter. Hager blätterte es auf und las die Autorenliste. Er klappte das Buch wieder zu.

»Das hier dürfte dich interessieren«, sagte er und reichte es zu Waldo hinüber.

Waldo erkannte das Buch auf den ersten Blick. Aufgeregt nahm er es entgegen und blätterte es auf. Da stand es: *Frieder Hemmesfeld: In einem kühlen Grunde.*

Er sank auf einen Stuhl und blätterte, bis er die richtige Seite gefunden hatte. Hager beobachtete ihn, wie er konzentriert zehn Minuten lang las.

Dann sah Waldo auf. Seine Augen waren feucht.

»Jetzt weiß ich, was ich am besten kann«, sagte er. »Nur der Name stimmt nicht mehr. Ich bin Waldo Ludd, nicht mehr Frieder Hemmesfeld.«

Hager bezweifelte, ob eine Namensänderung so einfach durchzuführen sein würde. Obwohl – angesichts der grauenhaften Umstände hätten die Behörden vielleicht ein Einsehen. Aber selbst wenn nicht: Als Künstlername taugte Waldo Ludd allemal.

Nach zwei Stunden blieben nur drei Kisten mit persönlichen Gegenständen, die Waldo mit nach Hause nehmen wollte. Den Rest ließ er einfach stehen. Mochte die Polizei damit machen, was sie wollte.

Ihre letzte Station vor der Heimreise war die Villa Hemmesfeld. Katharina und Johannes erwarteten sie bereits. Der Einfachheit halber hatte Waldo auch Dieter Odenkirchen eingeladen. So konnte er seine Angelegenheiten in Deutschland auf einen Schlag abschließen.

Als Erstes überreichte er Katharina und Johannes die Schmuckstücke, die seine Eltern ihnen in ihrem Testament zugedacht hatten. Katharina weinte vor Rührung und warf noch mehr Speck in die Pfanne. Johannes räusperte sich nur.

»Herr Odenkirchen«, sagte Waldo, »die Firma ist bei Ihnen in besten Händen, denke ich. Wenn Sie jemals finanzielle Probleme haben, melden Sie sich.«

Er reichte Dieter einen Zettel mit seiner Telefonnummer. Zum ersten Mal gab er seine Nummer weiter. Ein aufregendes Gefühl.

Odenkirchen nahm den Zettel und dachte daran, dass er erst vor wenigen Wochen das Gleiche zu Lissi gesagt hatte.

Mit Katharina und Johannes vereinbarte Waldo, dass sie das Haus weiterführten, bis er entschied, was damit passieren sollte. Waldo wusste schon in diesem Moment, dass er bis zum Ende ihrer Tage sicher nichts ändern würde. Das wollte er ihnen in den nächsten Wochen mitteilen. Doch vorher würde er sich die Zeit nehmen, seine Situation ausführlich zu bedenken. Er hatte Zeit. Jede Menge Zeit. Ein ganzes Leben.

* * *

Kraut legte die Absätze auf die Schreibtischkante und faltete die Hände vor der Brust.

»Hör mal, Flegel, wir haben heute wirklich einen wichtigen Fall abgeschlossen. Was hältst du von einem Tag …«

Dani fiel ihr ins Wort. »Ich bin dabei. Los geht's.«

Schneller als die Polizei erlaubt, saßen sie in ihrem Wagen und fuhren in Richtung Ahrthermen.

»Ach, übrigens«, sagte Kraut, »dass jemand sich einer einfachen und verständlichen Ausdrucksweise bedient, um mit seiner gewöhnlich nicht allzu gebildeten Klientel zu kommunizieren, bedeutet nicht zwangsläufig, dass er intellektuell nicht in der Lage ist, komplexe Sachverhalte oder die Vortäuschung komplexer Sachverhalte zu durchschauen und zu analysieren.«

»Was?«

»*Quod erat demonstrandum.*«

ENDE

Sandra Lüpkes

IN HERMANNS SCHATTEN

Taschenbuch, 191 Seiten

ISBN 978-3-942446-17-4

8,90 EURO

Wenn Hermann drohend das Schwert erhebt, dann fällt sein Schatten weit auf nordrhein-westfälischen Boden. Hier regieren Mord und Totschlag, und immer wieder hat die Krimiautorin Sandra Lüpkes ihre Finger im mörderischen Spiel. In ihren 13 pointenreichen Kurzkrimis führt eine blutige Spur von Münster in die Eifel, vom Niederrhein nach Detmold, kreuz und quer durchs Land. Ihre Geschichten sind zart und melancholisch, hart und spannend, und manchmal einfach zum Brüllen komisch.